U0952696

大鱼

有爱的青春陪伴者

完结篇
莫奈何 著
江苏凤凰文艺出版社
JIANGSU PHOENIX LITERATURE AND ART PUBLISHING

图书在版编目（CIP）数据

昆仑雪. 完结篇 / 莫奈何著. -- 南京 : 江苏凤凰文艺出版社，2023.4

ISBN 978-7-5594-7394-3

Ⅰ. ①昆… Ⅱ. ①莫… Ⅲ. ①长篇小说－中国－当代 Ⅳ. ①I247.5

中国版本图书馆CIP数据核字(2022)第242798号

昆仑雪.完结篇

莫奈何 著

责任编辑 王昕宁
特约编辑 周丽萍 李 娜
出版发行 江苏凤凰文艺出版社
南京市中央路165号，邮编：210009
网 址 http://www.jswenyi.com
印 刷 长沙鸿发印务实业有限公司
开 本 880mm×1230mm 1/32
印 张 9
字 数 259千字
版 次 2023年4月第1版
印 次 2023年4月第1次印刷
书 号 ISBN 978-7-5594-7394-3
定 价 39.80元

目录

目录

前传

白龙

第一节 山墟君·黑蛟

昆仑山是个很冷的地方。

据传，昆仑山山底镇压了天地初开以来所有的怨魂，以至于煞气常年缭绕不去，气候严寒。山墟君一个人住在昆仑山，他虽是九天十地景仰的白龙之主，却不似凤凰般明亮耀眼，也不似神帝般平易近人。

提起山墟君，神界路过的狗都摇头。

山墟君冷漠无情、刚愎自用、固执己见、眼高于顶……四海八荒私底下对山墟君的贬词多得能出一本书，而且不会重样。然而不论众人对他有多大的意见，都无法撼动他的地位，光凭七下血莲花池这一项功绩，就能割断大部分神的舌头。

“山墟又去血莲花池了吗？”隔着零星错落的黑白棋子，棋盘对面的男子状似无意地问。

“是啊，他说血莲花池有异动。”神帝点点头，苦笑道，“我也是刚刚才知道的。昨日去昆仑山给他送春礼的那位小仙是个实心眼，喊得嗓子都出血了也没人应答，又不敢怠慢了这位神君，直眉楞眼地在山下守了一晚，回来的时候舌头都冻得不能动了。”

男子真情实感地笑出了声，颇有几分幸灾乐祸。

“您又要给他收拾烂摊子了。不过以山墟的性格，真的能理解什么是怠慢吗？恐怕连春礼是什么，他都要愣半天吧！”

这男子容貌俊朗，给人一种清水般明澈的感觉，他唇角带着三分似有若无的笑容，好似天生便是如此，叫人生不出敌意来。

神帝摇摇头：“我也没办法，他身边一个人都没有，性子难免有些孤僻。我想着离曜那孩子很是活泼，又好强，不如送去给他当弟子好了。能不能学到东西另说，总归是让他有点热气。”

“我虽是离曜的兄长，却做不了他的主。”男子一挑眉说，“再说，陛下您觉得山墟会收吗？”

神帝捂着脸叹了口气。

魔界。

自开天辟地以来，天地之间的清浊混杂难分，魔种妖邪横行，流血漂橹。

及至天道诞生，强横地分隔三界，魔种被困在这一隅之地，九天十地才稍得安宁。魔种天生嗜血，在这种环境里为了变强，就以同类为食。

血气积聚之地，怨念邪祟衍生之处，乃是八千丈血莲花池。

白衣白发的少年提剑站在一地血泊中，他连睫毛都是纯白的颜色，整个人恍若是从冰雪中雕琢出来的。然而他身上剑上都是血，像是被朱砂泼洒的白宣，生生地淬出一种残忍的秾艳来。

地上传出一丝细微的呻吟，拨动了少年绷紧的神经。

他握剑的手腕微微一震，血线沿着银白的剑刃抛出，在爬出来的那只小小幼崽脑门上留下了一道笔直的红线。幼崽懵懂地凝视着逼到他眼前的剑锋，全然不知自己的性命都悬在少年的手上。

“这是……蛟？”少年看着幼崽胖嘟嘟的脸颊上覆着的一层细小透明的鳞片，微微皱眉。

看来是某个即将生产的雌蛟慌不择路地冲进了血莲花池，魔种们把雌蛟分而食之，还没多久就被少年斩于剑下，反倒阴错阳差地救了这幼崽一命。

幼崽本能地惧怕他身上的神息，又因着救命之恩忍不住想亲近他，把自己为难得号啕大哭。少年无动于衷地盯着正在扯着嗓子号的幼崽，脑门上的红线像是要把他劈成两半。

算了，少年在心里说，善恶有报、因果轮回，要是现在就宰了这只小崽子，未免太过蛮横。少年又不愿意因为自己手软而在日后造成不可挽回的损失，思量再三，他纡尊降贵地划破了自己的手指，在幼崽的脑门上画了个符咒。

他也不管幼崽能不能听懂，自作主张地画完符之后，冷着声音说：“若你日后欲造杀孽，本君会第一个知晓，定将取你性命。”

少年在幼崽又圆又明亮的眼睛里看见了自己的冷脸。幼崽咂巴咂巴嘴，胆大包天地抱着他的手指放到嘴里吮了一下。

他冷酷地把自己沾满口水的手指头抽了出来，转身离开。

少年回到了白雪皑皑的昆仑山。昆仑山上除了他，连个能喘气的都没有。加上山上有大禁，除他之外无人能踏足半步。从山顶那一座朱色的小楼上放眼望去，百里之内皆是雪色。

他走进小楼，一路走一路解开衣衫，糊满了血腥气的衣衫被他随手扔了一地。

小楼最下面一层有一个掘出来的池子，以青石砌就、法阵供养，热水源源不断。升腾的水汽模糊了他的肩背，和肩背上纵横的伤疤。

山墟君把自己沉进水里，听着窗外雪片簌簌而落的声音，仿佛秋日的落叶堆叠。

不过昆仑山是无所谓季节的，身处这里的人总是质疑时间的意义。他也慕名去过花神的领域，看百花齐放的盛景，不过所有人都离他远远的。他站在那里，自觉和站在昆仑的雪地里没有区别。

热水包裹着他的身体，少年昏昏欲睡，忽然，他被惊醒了。

他的耳目遍及整座昆仑山，有传信的青鸟在昆仑山外等候，他立即就知晓了。少年神情恹恹地离开水池，潦草地披着衣衫走出了小楼。

青色的影子在缠绵的风雪里并不显眼，少年也没有要打开大禁的意思，只是对着天空上盘旋不去的青鸟伸出了手。青鸟也习惯了这位的作风，见他出来便扔下了竹筒，头也不回地离去。

竹筒里是一张信，神帝的亲笔——也可以说是亲口。因为山墟君很不耐烦读信，所以热衷于炫耀自己书法功底的神帝只能迁就他。

信笺飞到少年眼前，神帝的声音絮絮叨叨地响起来。少年伸了伸懒腰，走回小楼里找了张软榻趴着。

神帝还是老生常谈，除了告知他过段时间要上无量天来叩见天道，就是劝谏他收束性情、广泛交友，不要总是把自己锁在昆仑山。

神帝说话四平八稳、不急不缓，少年就着他没完没了的话音，趴在榻上睡着了。

信笺在空中凝滞了半晌，悲愤地把自己塞进了旁边的烛火里。

神界的破事没完没了，山墟君隔日就上了无量天，完完全全把血莲花池里那只小崽子忘了个干净。

无量天的最高处是无一台，也是传说中的天道所在。不过无一台与人间的“灵位”类似，只是一个象征，天道是无形的存在，不是具体的某个神或物。

众神白衣肃然，神帝和山墟君站在最前方。

山墟君脊背挺得笔直，板着他一贯的棺材脸，他望着通往无一台的漫长阶梯，很想打呵欠。然而他面上装得滴水不漏，一个呵欠憋了好久，直到仪式结束、众神散去，才顺利地打了出来。

“山墟。”神帝叫住了他。

“怎么？”

“离曜那孩子你觉得怎么样？”神帝咳了一声，委婉地开了个头。

山墟看了一眼被兄长牵在手里，摆出一本正经神色的小团子，直白地说：“很吵。”

神帝噎了一下，坚持道：“小孩子活泼一点才可爱。我想把他交给你教养，让你收他做弟子，你意下如何？”

“不如何，”山墟君说，“我不要。”

神帝一愣，下意识地追问：“为什么？”

山墟君慢吞吞地说：“太笨了。”

边上满怀期待的离曜终于哭了出来。

山墟君被神帝骂了一顿，因为他把小凤凰惹哭了，神帝足足哄了两个时辰才哄好。山墟君不仅冷眼旁观，还在神帝就要大功告成的时候轻飘飘地问了一句“我能走了吗”，把小凤凰的自尊心又践踏了一遍，哭得更狠了。

简直令“神”发指。

神帝哄完小的，看着旁边这个臭着脸的大的，也懒得管他了，摆摆手让他滚。

山墟君求之不得，从善如流地“滚”了。他中途被小凤凰的哥哥羲和拦了下来，邀请他去梧桐荫做客。山墟君以己度人，觉得这是变相的约架。他虽然不怕打架，但是终究对神帝鬓角冒出来的白头发于心不忍，于是拒绝了。

山墟君的脑子里隐约拿捏了一点人情世故，故作风度地拍着羲和的肩膀说：“你是个好哥哥。”

山墟君丝毫没有自己把无量天闹得人仰马翻的自觉，施施然回昆仑山去了，留下一地烂摊子给神帝收拾。

其实回到昆仑山他也没什么可做的，还不如去梧桐荫跟羲和打架。除去肃清血莲花池的日子，山墟君无非也就是在昆仑山修炼、泡澡、看下雪。

为了能泡更长时间，他还露出半龙之身，顶着纯白的龙角，雪白的龙尾拖曳在水中，宛若霜雪的鳞片在水光中更显无瑕，指间粘着透明的蹼。

山墟君对着头顶悬挂的灯举起手，去看朦胧的灯光，鼓起腮帮子吹了个泡泡——然而他不是在水中，所以也没有泡泡。少年遗憾地叹了一声，把自己埋进了热水里，慢慢地睡着了。

这样平静的日子过了几万年，山墟君自己也记不清了。

他在神界的名声越来越难听，神帝严厉呵斥了嚼他舌根的神祇，但仍然止不住议论蔓延。起因听着很缥缈，甚至有些无理取闹。神魔两界、人魔两界之间的结界近来有异动，魔种流窜到人间和神界边缘作乱，这是天道有异动的象征。

众神对山墟君早就心生不满，把以上种种归咎为山墟君的我行我素，惹怒了天道。

神帝又责罚了一个私下编排山墟君的神祇，转头看着坐在堂下的神。

山墟君的人形是个容貌俊秀得有些锋利的少年，近些年来渐渐长成了青年男子，那点脆弱的锋利被磨砺成了桀骜，看着越发不驯。然而他还是一副孩子心性，无论旁边是哪个神，他都只是低着头掐自己素白法袍上的金色流苏玩。

“山墟。”神帝很想叹气。

“嗯？”山墟君迅速放下流苏，抚平了衣上的褶皱，动作非常熟练。

“荒城和葬骨川的力量都在减弱，对高等魔种的桎梏还没有丧失，但是低等魔种很容易钻过结界漏洞。血莲花池也有异常，也许是新一代大修罗王要诞生了。”神帝条分缕析地给他介绍了当下的情况，委婉地暗示他别再给自己添堵，“你怎么看？”

葬骨川是神魔两界的交界线，荒城是人间和魔界之间的缝隙。

听到神帝的话，山墟君居然认同地点了点头，说：“天道确实不太稳定，也许是有什么变数发生了。如果不是今天要上无量天，我现在已经在血莲花池了。既然现在事情解决了，那我可以走了吗？”

神帝方才训斥那神祇的“捕风捉影、胡乱臆测”，现在被他一句话甩了回来。神帝只觉得脸颊火辣辣地疼，一时间哑口无言。

山墟君却以为他默认了，于是整理了衣衫，对他拜别后径直离开了。

“山墟君还真是，”看了一出好戏的羲和斟酌半天，终于挑出了一个合适的词，“真性情。”

神帝憋在胸口的那口气再也绷不住，他感觉自己的白头发又长了几根，疲惫地说：“你要是想骂他就直接点，我现在很乐意听。”

羲和微微一笑，没有如神帝的愿，只是说："话说回来，白龙对天道和血莲花池还真是敏感，说不定真的出什么事了呢？"

山墟君对血莲花池非常熟悉，他三天两头就来一回收拾魔种，每次过来都跟回家似的。血莲花池周围本就寸草不生，他一过来，暗地里蛰伏的魔种们都抱着脑袋逃之夭夭了，这里便越发显得死寂。

血莲花池说是池子，但其实是个埋在地面下的高塔，只露出一个被开了瓢的顶来。

山墟君低头望去，脚下是一片腥臭的血水，映出他霜雪般的面容。血莲花池有八千层，每一层都禁锢着一个不省油的魔种。从池底一路厮杀上来、最后破开血水的魔种被称为大修罗王。

山墟君看了半天，也没察觉出什么不对，血莲花池空前绝后的老实。但这并非是他的直觉出错，血莲花池是整个魔界的"眼"，也许有异动的是魔界。

如今的万魔之都没有名字，它的名姓随着上一任大修罗王魂飞魄散而湮灭了，徒留一片断壁残垣、荒草丛生。一进入魔都，山墟君就嗅到了一股浓重的血气。他抬眼望去，看见一个被悬挂在高楼上飘摇的影子，像是一块破抹布。

那是一个魔种。

山墟君指尖轻拂，捆着魔种的绳索无声断裂，那魔种竟然不知道躲避，笔直地摔到了地上，砸出一声闷闷的响。

他没料到还有这么笨的魔种，一时间有些惊讶，本是奇怪荒芜的魔都里怎么还有能喘气的，想抓过来问问，这下只剩下"这魔种这么蠢是怎么活到大"的疑问了。

"神君，神君别走！"那边的魔种呻吟着从砸出来的大坑里举起了手，不知死活地喊道，"我有话说！"

山墟君头一次见这样的魔种，新鲜得紧，于是抬脚走了过去。

那魔种哼哼唧唧地从坑里爬了出来，正好对上蹲下来的山墟君的眼睛。虽然山墟君是神界公认的臭脾气，但只要是有眼睛的，没有一个不被他的皮囊冲击到。

魔种乍然对着这张仿佛从白玉里雕画出来的脸，几乎呼吸不上来，呆呆地看着他。

山墟君却皱着眉，和魔种紫色的双瞳对视半晌，一把将垂在他额前的头发薅了上去。青年魔种光洁的额头上，赫然是一道泛着淡淡白光的符文。

是那条血莲花池上出生的蛟。

青年开心地露出一口白牙，笑着说："神君，你又救了我一次。"

山墟君冷冷地扫了他一眼，说："你怎么知道我待会儿不会杀你？"

青年悻悻地闭了嘴。

"你怎么在这里？"山墟君吓唬得他安静下来，才接着问。

"我在这里等你啊！"青年理直气壮地说，"你每次来附近的血莲花池都好凶，来得快去得也快，我都跟不上你，也不敢上去和你打招呼，生怕你顺手把我也宰了。"

山墟君有些无语，却不得不承认他的担忧有道理。

青年的碎嘴子快赶上神帝了，山墟君从他大惊小怪的漫长叙述里挑挑拣拣地找了重点听。

当年山墟君留下了这小蛟的性命，他居然也命大地在弱肉强食的魔界活下来了。当然，有一部分原因是血莲花池附近让山墟君杀得太干净了，没什么魔种敢来这边晃悠。

小蛟就这么天生地养地长大了，因为山墟君那道缺德的符文，他不能通过吃同类增进修为。他的修为一点点往上涨，也就比乌龟快一点。

山墟君来了又去，日复一日年复一年，青年本以为自己的好运气在今天就要到头了。几个本性嗜血躁动的魔种在魔都附近抓到了他，正要把他开膛破肚，连骨带皮下魂魄地吃个干净时，山墟君来了。

魔种们闻风丧胆，屁滚尿流地跑了，青年又捡回一条小命。

听完这冗长的来龙去脉，山墟君对着青年那双亮闪闪的紫色眼睛，无动于衷地戳破了他自我感动的幻想："我不是专程来救你的。"

青年点头如捣蒜："我知道。"

山墟君没话说了，直接说："既然你没有沾过血，那我遵守我的诺言不杀你。我走了。"

"神君，我不能跟着你吗？"青年鼓起勇气说，"我很听话的，吃的也少。而且我是你的信徒，我听过你很多事。"

"你是魔种，我是神。"山墟君一挑眉，"你是我的信徒？"

青年丝毫没有觉得不妥："不可以吗？我是魔种，但不是完全的魔种啊！"

"什么意思？"

青年坦荡地把手腕伸到山墟君眼前，山墟君扣住他的脉搏，释放灵力稍作试探，当场愣作了一尊石像。

青年还在滔滔不绝："我早就发现啦！我有双魂，所以我有一半血统是魔血，另一半应该是神血。也许我父亲是某个神也说不定……"

山墟君心神震荡，他知道青年说得没错，这具身体里确实有两种本应水火不容的血。可原因不是青年猜测的离谱的"也许我的父母是跨越种族相爱"，而是山墟君——那日，他划破手指在小蛟额头上留下符文，小蛟却含住了他的手指。

一个魔种接受了神明的血，却没有被点燃全身血液而亡，反倒生出了双魂。

"神君你……"青年看着山墟君的脸色越来越难看，试探着问，"怎么了？"

那个"变数"，就是眼前这个人畜无害的青年吗？

"你想跟着我？"山墟君问。

青年点头。

"我不会带着一个魔种在身边，但是如果你能好好修行，修炼出龙骨洗净你身上的魔种血液，我就带你回昆仑山。"山墟君看着青年茫然的眼睛说，"这很难，但如果你愿意试，我就教给你功法，在这期间保护你不死。"

"好。"青年一口答应下来。

"你叫什么名字？"山墟君问。

“我没有名字。”青年摇摇头说，“因为我的鳞片是黑色的，所以他们都叫我小黑。”

“那么我为你取名，墨规。”

第二节 墨规·神魔混血

山墟君自问不是个仁慈的神，但他不愿就此将墨规斩杀。

说到底，墨规会生出双魂是因为他的血，这并不能算是墨规的错。既然神和魔种的混血令天道不安，那他将墨规彻底变成神就好了。

墨规对山墟君的心事毫无察觉，这缺心眼的青年一副任由山墟君宰割的纯真模样，山墟君指东他绝不往西。

山墟君观察了他几天，不知道墨规这么天真的个性是娘胎里带来的还是受神血影响，总而言之这只小羔羊要是留在魔界，说不定他下一次来就只能给墨规收尸了。山墟君思量片刻，干脆在葬骨川给他辟了个院子。

葬骨川的天空和土地都是浸了血似的红，但比起魔界还是好了很多。

所谓院子是一道篱笆围起来的地，里头戳了个简陋的木屋。昆仑山白茫茫一片都是雪，山墟君也从来没有打理的心思，对这个院子亦是如此。墨规却兴奋地去魔界摘了红色的娑婆花种到院子里，还砌了个水池，摩拳擦掌地准备去血莲花池上薅两朵红莲。

“酆都和血莲花池的红莲一源同宗，都是受血魂滋养生长盛放的。”山墟君面无表情地告诉墨规，“水养不活它。”

“这样啊，好吧。”墨规窘迫地挠了下后脑勺。

“你该修炼了。”

山墟君纠正了墨规粗糙的练气方法，但葬骨川灵气稀薄比魔界更甚，修炼起来举步维艰，墨规苦不堪言。但是山墟君不在乎这个，墨规的姿势稍有不对、心念稍有偏差就会被他用剑鞘抽一下，一天下来，墨规身上好些地方肿起来一指高。

墨规被他抽得眼泪汪汪的，也不敢开口求饶。迟钝如他，也能看出来山墟君根本没长心软那根筋。

“想放弃了吗？”山墟君忽然睁开眼睛，看着对面打坐的墨规。

墨规被他说中心事，陡然一震，瞪大了眼睛看着他，支支吾吾地否认：“我没、没有啊……”

山墟君并不理会他的辩解：“如果你想放弃了就离开，我不会拦你。但若有一日你手上有了血，我一定会亲自取你性命，以偿还我一念之差犯下的错误。”

墨规缩了缩脖子，不知道该说什么，山墟君却已经起身离开。

山墟君总是穿着一尘不染的白衣，行走在葬骨川赤色的天地间，像是一粒雪尘。墨规知道自己又惹他生气了，抓了抓头发，不知道该怎么办。

山墟君憋着一肚子火回到昆仑山，把神帝的信使拍在门外，怒气冲冲地把自己投进了水里。他透过摇曳的水波凝视破碎的灯光，吐出一长串泡泡，破罐子破摔地想，实在不行就把墨规身上的神血剖出来，他来承受这禁术的反噬便好，也算是他欠墨规的。

山墟君认定了墨规会走，在他眼里，墨规就是一条笨笨的小蛟，又不聪明又吃不了苦。

遇上我，是他运气不好。山墟君懊恼地翻了个身，面对着黑黢黢的池底。

等他第二日再去葬骨川的小院，却看见墨规还保持着打坐的姿势坐在那里，身上挂满了露水，像是一夜未动。墨规被他惊醒，下意识地想站起来，却没轻没重地砸在了山墟君身上。

墨规挺大一条蛟，绝对不轻，山墟君却单手就托住了。

“我的脚、脚麻了，”墨规结结巴巴地解释，“我没有要走。”

山墟君直接戳穿了他：“至少昨天我走之前，你是想离开的。”

墨规闭嘴默认了。

“为什么又不想走了？”山墟君替他搓揉发麻的手脚，问。

“我想活着。”墨规低着头说，“不用吃人、吃魔种或者别的什么，也能好好地活着。”

求生是生命的本能，山墟君认可了这个理由，点点头说：“那要认真修炼。”

神帝觉得山墟君最近去魔界的频率太高了一些，迂回地试探了一下，询问他是否生出了杀障。

山墟君丝毫没有察觉自己身上浓烈的魔种气息。墨规太笨了，他只能为其另寻一些修炼的法子，近来翻阅典籍，很是疲惫。神帝忽然问起他，吓得本来在打瞌睡的他差点打碎茶盏。

神帝越发忧心：“你倒也不必如此勤勉，不如就让羲和陪你一同去魔界好了。”

那还得了？山墟君瞥一眼温和从容的羲和。

无量天两只凤凰，虽然是兄弟，可性情却大相径庭。这凤凰虽然是表里如一的好脾气，但天下之火皆以其为主，纯净的辟邪之火能把魔种烧成灰烬。

“不必。”山墟君放了茶盏，淡淡地说，“我一人足矣。”

席间有神祇忍不住冷笑，觉得他这话实在是猖狂，一点都没把凤凰放在眼里。羲和自己却没露出什么异样，轻巧地把这个话题拨过去，转而聊起了他的弟弟。山墟君听着一群人开始吹捧那只小凤凰的天资，顿时有些兴致缺缺。

还不如跟墨规画棋盘玩。山墟君想。

墨规不知道从哪里学来的下棋，自己捡了石子和兽骨磨成圆圆的棋子，然后在院子的地面上画棋盘。

山墟君的棋艺师承神帝，墨规那点道行让他杀得人仰马翻，最后只得抹了棋盘乖乖修炼。

山墟君越想越觉得自己像个白发苍苍的老父亲，有颗为儿女操不完的心。神帝一宣布散席，他立刻就走，像是一刻都不想留。

神帝已经习惯了，神色自若地招呼剩下的神祇离席。

羲和碰了一下方才山墟君搁下的茶盏，素白的茶杯上有细微的火光掠过，留下了一道黑色的线。羲和的神色变得很微妙，随手把茶盏打碎了，然后对仙娥露出抱歉的表情。

“羲和，怎么搞的？”神帝注意到了这边的响动，转过来看着他。

“失手。”羲和笑了一下，“陛下既然没有责怪山墟失礼，那也谅解一下我的失误吧。”

神帝一笑而过。

山墟君什么都不知道，他现在满心满眼都是弥补自己犯下的错误，所以一离开无量天就去了葬骨川。他昨日和墨规说了自己今日有事不来，因而撞见躺在屋顶上的墨规时，全然在他意料之中。

墨规神情闲适，叼着一片长长的叶子，翘着腿，仰面对着赤色的天空。

深红色的天幕上有一道伤痕般的绯色烟云，墨规正躺在那道烟云下，仿佛漫天的红色潮水要对着他倾泻而下。

他看见山墟君时，吓得差点从屋顶上滚下来。

“今日修炼了吗？”山墟君问。

墨规胆战心惊地点头。

山墟君在婆娑花中间坐下，墨规见他要久留，便赶紧跑了下来。山墟君把袖子里的酒瓶拿了出来，墨规嗅到香醇的芬芳，鼻尖像小动物似的抽了抽，露出好奇的神色。

“给你带的，没有人喝过。”山墟君说。

他的本意是让墨规长长见识，顺便放松一下。虽然对山墟君自己来说，苦修是一种习惯，伤病枯燥都是必经的一切。但他旁观了几次羲和对待离曜的方式，忍不住开始反思自己对墨规是否太过苛刻。

墨规受宠若惊，捧起那只精致的酒瓶，试探着舔了一口。

山墟君挑挑眉。

墨规的神色明亮起来，一口接一口地喝光了酒，末了还意犹未尽地舔了舔嘴唇。山墟君对此毫无经验，也没意识到要提醒墨规喝慢一些、少喝一些。

因而，当墨规摇摇晃晃地站起来，指着他的鼻子的时候，他很是诧异。

“你能不能不要对我那么凶啊！”墨规委屈地说，“我也很想努力修炼，可是我就是很笨啊！”

山墟君眨了眨眼睛，没有否认他笨这个事实。

“如果不是我生下来我娘就死了，我也有兄弟姐妹的，他们不会看着你欺负我的。”

山墟君慢慢拨开墨规戳到眼前的手指，认真地反驳了他的话：“首先，我没有欺负你。其次，以魔种的本性来说，你应该没有兄弟姐妹。”

“魔种会在母体里互相掠夺资源，你能活下来，说明你的兄弟姐妹已经死在你母亲的肚子里了。”

墨规呆呆地看着他，忽然蹲下抱着头哭了出来。

山墟君愣了一下，骤然手足无措起来。他皱眉看着痛得缩成一团的墨规，叹了口气，牛头不对马嘴地安慰道：“别哭了，我也没有兄弟姐妹。我的姐姐也死了，我家里现在就我一个人。”

墨规的哭声小了下去，半晌，他闷闷地说：“对不起。”

“不用说对不起，”山墟君垂下眼帘，轻描淡写地说，“我已经忘记了。”

“神也会死吗？”

山墟君思考片刻，肯定地回答他：“会。”

“但神明的死亡和魔种、凡人都不一样。魔种的死是灰飞烟灭，彻底消失。凡人的死亡是进入轮回，遗忘上一世的一切，重新开始。而对神来说，死亡是另一种回归。神的遗骸会留下，但魂魄、灵力会逸散至这天地间的每一个角落。”

墨规的眼神空洞，也不知道是听明白了还是没听明白，枉费山墟君浪费口舌跟一个醉鬼解释。

“那，你的姐姐是怎么死的？”墨规问出了他平时绝对不敢问的问题，山墟君却没有露出被人冒犯的表情。

“我的父母和姐姐都是为了天道死的。”山墟君仰望夜空，情绪没什么起伏地说，“而我还活着，只是因为我的姐姐替我死了。”

墨规没有再出声，他像是畏寒的幼兽一般，把自己裹成一团，呼吸平缓地睡着了。

等他第二天醒来时，山墟君已经离开了。墨规想起来自己昨晚说了什么鬼话，吓得一身冷汗，战战兢兢地等候山墟君的到来。山墟君照常来了，却只字未提昨晚的交谈。他在心里默认墨规醒来了什么都不记得，墨规自己也不敢提。

山墟君只教他调息、练气，偶尔兴致上来了，也教他诗词和书法，对于极具杀伤力的剑道和符篆阵法避而不谈。他害怕墨规以后走上歧途，这些东西反而助纣为虐。

墨规没想到这一层，每天都在为他的功课苦恼，尤其害怕书法。

墨规虽然怕山墟君，却也对他有着莫名其妙的信任。

而随着墨规的龙骨渐渐成形，山墟君偶尔也会点头准他去人间玩耍。

墨规长了一张天真纯然的脸，又生了一副绵软简单的性子。他头一次去人间，就被老鸨连哄带骗地拐进了妓馆里。墨规对着莺莺燕燕，只觉得自己要淹死在这脂粉香里。

山墟君把他捞出来的时候，他连眼珠子都不会转了。

“魔种要长成你这样，可真是不容易。”山墟君慢吞吞地揶揄了他一句。

墨规的脑筋一点弯都不会转，以为山墟君是在夸他，飘飘然地说：“刚刚那个婶婶也说我长得好看。”

山墟君无言以对。

“神君，我最近觉得我身上有时候有些热。我感受了一下，觉得是我的血在沸腾。”墨规眉飞色舞地说，“是不是意味着我要修成正果了？”

“那意味着血莲花池的‘潮汐’来了。”山墟君泼了他一盆冷水，“最近你在葬骨川小心一些，血莲花池翻涌，要么有大魔出世，要么万魔躁动。神界有可能会派武神下界清理。”

“哦。”墨规的神色一下子就黯淡下去了。

山墟君和这咋咋呼呼的小蛟待久了，很难不对他生出一点恻隐之心，见状忍不住问：“你很想跟着我吗？”

“我主要是，不知道我可以去哪里。”墨规实话实说，“我不想吃人也不想吃同类，那我在魔界肯定是活不下去的。可我若是在人间，这得算作乱了吧？虽然我也没想做什么，但估计没有神会信。我想跟着你，因为我觉得你是个很不错的神，既然救了我两次，也一定肯给我机会好好活着。”

“对于神魔这样生命漫长的种族来说，生死其实是最无足轻重的。”山墟君说，“但你想活着，不是舔谁的血活着，这没有错。等修成龙骨之后，你想去哪里？”

墨规怔了片刻，下意识地追问：“你不是说，修成龙骨之后我可以跟着你吗？”

“昆仑山是个很冷的地方。”山墟君和他强调，“我是个脾气很差、很无聊的神。”

“我不怕冷。”墨规笃定地说，“我也不嫌弃你脾气差、无聊。”

无量天。

神帝站在无一台下，眉头紧锁。

无一台上的光芒流动得越来越快，像是紊乱的流云。

“陛下，深夜召我前来，怎么了吗？”羲和走到他身后，问。

“最近葬骨川和荒城的屏障越来越不稳定了，从葬骨川逃过来的魔种越来越多，甚至有修罗王越界。”神帝说，“山墟君要照看葬骨川，那你就去荒城看一看吧，查一下究竟是哪里出了问题。”

“是。”羲和以手掌按住胸口，顺理成章地提议道，“那我回来的时候顺道去葬骨川看看山墟君有没有什么需要我帮忙的。”

“以他的性格，这事若是提前知会，他也只会说一句‘不必’。”神帝摇摇头，“罢了，你直接去吧。他一个人再强也有照看不到的地方，你去了也免得他孤木难支。”

墨规从人间回来，学了做灯笼的手艺，兴致勃勃地找了材料来做。

山墟君对他日益宽容，也没训斥他玩物丧志、荒废修行。一神一魔就这么坐在院子里，山墟君看书，墨规给灯笼糊纸。

“神君，这是给你的。”墨规把一个胖乎乎的娃娃灯笼放到山墟君眼前。

山墟君修长的五指从底部抓着灯笼，拨动着转了一圈，目光扫过娃娃大大的笑容，颇有几分兴趣地问：“为什么给我做这个？”

“这你就不懂了吧？”墨规嘿嘿笑了两声，“这是人间的娃娃灯，是求子用的。神君你这样的年纪在人间，早就娶亲生子了。所以送个娃娃灯祝福你，希望你娶得一位……嗯，我实在想不出什么样的女子配得上你，就祝你娶到一位你喜爱的神女，然后生一个女儿。”

“为什么是女儿？”山墟君追问。

“因为神君你脾气太差啦，”墨规吐了吐舌头，“有个女儿的话，应该会温柔一些。”

山墟君哼了一声，冷淡道：“幼稚。”但他终究没有把灯笼丢开。

墨规已经把山墟君的性子拿捏了个七七八八，大部分人和事在他那里都会得到一个“愚蠢”的评价，那说明他不耐烦。若他只是说“幼稚”或者“无聊”，那多半是感兴趣，却拉不下脸承认。

“我走了。过几日便是你闭关的好时机，我会来替你护法。”山墟君留下书本，负手离开了。

墨规知道天长日久的修炼总算要到头了，只待他过几日闭关便可修成龙骨，然后就能和山墟君一起回昆仑山。他给那只娃娃灯笼上颜色，觉得既然是山墟君的女儿，那一定和他一般姿容出彩，便愈加用心起来。

墨规忍不住哼起了歌，却被不远处的响声惊动。

一个玉雪可爱的小孩站在那里，震惊地看着他。那孩子眉心有一道金色翎羽印记，周身泛着和山墟君一样的神息，只是比之山墟君的内敛沉静，这个孩子身上的气息更加炽烈、不加收敛。

墨规手中的画笔“啪”的一声落在地上。

第三节 墨寒川·师尊

山墟君每次说自己回昆仑山了，其实都是在葬骨川附近猎杀越界的魔种。他的习惯是带着一身血回昆仑山，然后在热水池子里滚几圈，最好能趴在池子底睡一觉。

只是这一次，他还没来得及踏进热水里，就被神帝火急火燎的一封信叫去了无量天。

山墟君不大高兴地上了无量天，刚走进神殿就被神帝劈头盖脸地扔过来一沓公文。他动作迅捷地躲过了，没什么所谓地扫了一眼乱雪般的纸片，只觉得神帝在发疯。

神帝面色难看，指着他说：“我念在你孤身一人的份上，对你多有容忍，你却得寸进尺、不知轻重到这种地步！”

山墟君心头一跳。

神帝恨铁不成钢地说：“你是山墟君，是白龙末裔，九天十地哪个生灵没有被你的光辉照耀过？你怎么能和一个魔种混迹在一起！你传他诗书、教他修炼，是在给魔界磨刀，是在往自己的心口递剑锋！你父亲要是知道……”

“不要提我父亲。”山墟君冷冷地打断了他，“墨规也不是魔种，他身上有我的血。是我一念之差酿成今日的局面，但是墨规是无辜的，他的手是干净的。你们要罚要杀，我都认，让他走。”

“就是因为他身上有你的血，才更要他死。”神帝冷笑一声，“神魔混血乃是逆天而行，更遑论魔种成神，他是这天地秩序的变数！这才是天道异动的原因，白龙对天道和血莲花池敏感至此，你难道会不知道？你只是在装聋作哑罢了！”

山墟君已经不想和他再争论下去了，直截了当地问：“他在哪里？”

神帝没拦住他，羲和也没拦住他，仗着血脉优势把墨规抓上无量天的离曜更拦不住他。

山墟君闯进刑塔的时候，他们已经剖开了墨规的皮肉，把那条半成形的龙骨抽出来。墨规不能带着龙骨去死，他只能作为纯粹的魔种死去，这样他们的手才干净。

山墟君的剑气贯穿了整个无量天，无处不是霜花攀附。

天道怒而降下天劫，紫色的雷电被山墟君挥剑劈碎，只余光电的碎屑纷飞飘落。墨规疼得在他怀里发抖，滚了他一身的血。

墨规从未设想过，自己会是在这样的情形下进入昆仑山。

他从山墟君的只言片语和书上的记载中了解到，昆仑山是个终年下雪的地方，风里都是霜雪的小小结晶。他知道昆仑山冷，却不知道冷到了这样的地步，即便被山墟君裹在大氅里，也忍不住牙齿打战。

其实昆仑山没有那么冷，只是大量的失血让他如坠冰窖。

山墟君急急忙忙地冲进小楼，把墨规放进池子里，找来灵药倒了进去。可是没有用，墨规的伤口哪怕愈合了，已经剖出的龙骨也不能再放回去。他的魂魄在剧痛之下濒临破碎，如今已是强弩之末。

他的死亡只是时间问题。

“殿下。”泡在水里的墨规虚弱地唤了他一声，池子里的水被染成了红色。

墨规平时跟他都是“你”来“你”去的，丝毫没有注意礼节的意思。而神界那些人再不喜欢他，也要捏着鼻子尊他一声“山墟君”或“殿下”。

此刻他如此称呼，无疑是想和山墟君撇开关系，不想连累他。

只可惜墨规好不容易聪明一次，却已是徒劳。

“我在。”山墟君握住了他渐渐失去温度的手。

“我没有说是你，我什么都没有说。”墨规半睁着眼睛，有气无力地说，“我给你添麻烦了吗？”

“没有，我什么事都没有。你别说话了，我会救你的。”山墟君的心里涌出一股酸楚，虫子似的一口一口咬着他的心脏。

他知道自己在说谎，却毫无办法，他能斩下这世上任何一个魔种的头颅，却无法挽回这条小蛟的魂魄。

墨规的眼皮止不住地往下掉，他觉得很累很困，山墟君的话他听进去一半没听进去一半。他觉得自己就要沉进这池温暖的水里了，这种感觉让他安心。可是山墟君死死地攥着他的手，不让他沉溺。

带着寒凉气息的灵力涌进墨规的身体，勉力维持着他脆弱的清醒。

“殿下，我在院子里给你留了一个礼物。希望他能陪着殿下……”墨规的声音越来越低，已经没有把话说完的力气了。

他想说，殿下你知道吗，你有时候真的很让人讨厌，可也是真的好；他想说，殿下不要再一个人了，也不要嘴硬了，你不说别人怎么会知道你想要什么呢？你这样会让想逗你开心的人为难的。

他还想说，殿下，你说起你姐姐的时候，表情真的很难过……希望我给你留下的礼物能让你以后不那么孤独。

“墨规？墨规！”山墟君喊着他的名字。

墨规却听不见了，他觉得自己躺在一片暖融融的阳光下，而他是一捧慢慢融化的雪。他看见了那个意气风发的少年，白衣白发，干净得好像不属于这世间。

他对山墟君说谎了，他不是山墟君的信徒，他只是想活着，所以赖上了这位少年神君。

恍然间，他好像又回到了那个荒草丛生的魔都。少年的银瞳灿然，像是盈满月光的海，看着他的眼神充满了考量。

“殿下，我能……追随你吗？”墨规无意识地喃喃着。

是回光返照。

山墟君握住了他的手，坚定道：“好。”

墨规却没有再回应山墟君，他湿漉漉的睫毛垂下来，像是蝴蝶枯死的翅膀。

墨规被埋在昆仑山的雪里。

他生在污秽血腥的血莲花池，死时却躺在纯净无瑕的白雪中。

山墟君慢慢拼凑出了墨规被抓上无量天的来龙去脉。神帝派羲和去荒城巡视，羲和带上了他那个狗都嫌的弟弟离曜。离曜人小脾气大，从荒城乱跑到了葬骨川，正好遇见了在编灯笼的墨规。

离曜年纪小，从没见过正儿八经的魔种，兴奋得摩拳擦掌，上去就要制服墨规。

墨规生怕被抓住了牵连出山墟君来，连滚带爬地躲着他，也不敢和他动手——动了也没用，山墟君只教他修成龙骨，没有教他剑道。离曜轻而易举地制服了墨规，墨规被他身上的神息烫得发颤，离曜却以为他不老实，弄断了他好几根骨头。

等羲和赶来，惊讶地发现墨规身上居然有山墟君的气息，这起本来手起刀落就能解决的闹剧生生被闹上了无量天。

山墟君没有理会神帝的再三催促，安葬了墨规之后，他径直去了葬骨川的小院。

院子里那些婆娑花被踩得乱七八糟，花朵被碾进了泥里，花枝胡乱支棱着。反倒是池子里打着花苞的红莲开了，也许是饮了主人鲜血的缘故。

山墟君稍一查探，就从水池底揪出来一条黑色的小蛟——和墨规如出一辙的紫色眼睛。

他不知道墨规是从哪里、又是什么时候弄出来了一个孩子，但他还是把小蛟收进了乾坤袋里。山墟君像一个幽魂似的晃进屋子里，他之前从不踏足墨规的屋子，意在暗示墨规，他并不是拘禁对方。

屋子里赫然放着一堆书页，歪七扭八地爬着几串字，一看就是出自墨规的手。

山墟君把小蛟和那些书页都带回了昆仑山。

小蛟被养在水缸里，靠近山墟君的水池，免得水被冻住。山墟君拨亮了烛火，面无表情地开始看墨规的流水账，期待着能从里面找到关于这小蛟的只言片语。

“今天神君教我写字了，写字好难。”

“神君又嫌弃我笨，不知道他将来有了自己的孩子会不会这么嫌弃他的小孩。不过神君的孩子应该是很聪明的。”

“修炼好累，活着好难。但还是想活下去。”

“用血救了一条小蛟。感觉他和我长得有些像，想拿去吓唬神君说我有孩子了，不知道会不会挨骂。”

“小蛟的眼睛变成了紫色，完蛋了，他和我一样了。我又给神君添麻烦了，不敢吓唬他了。”

“感觉神君会更喜欢女儿，可是小蛟是雄性。更害怕了。”

…………

山墟君把杂乱的书页整理好，捋平了折痕放进匣子里。

良久，他对着跳动的烛火说：“真是个笨蛋。”

墨规不知道，他眉心的符文是观测他的杀心的，而不是推断他有没有杀人。他不知是胆小得连反抗都不敢还是担心连累山墟君，纵然被逼到绝路，被人像活鱼一样剖开身体取骨，也没有生出杀心。

山墟君给这个懵懂的魔种取名“规”，意为规束自我。却不想墨规践行了这个名字的意义，却未能阻挡这开明的世间抹杀他的决心。

赐汝名姓，却未能全汝性命。

山墟君两万年未出昆仑山，神界也没有神祇能进来。

这期间，那条小蛟长成了人形，是个漂亮得令人叹惋的男孩子——因为太美了，而过于美好的东西总是易碎。

山墟君给他取名墨寒川。

墨寒川是个安静内敛的孩子，不像墨规那么聒噪，非常省心。他也很聪明，山墟君教什么都是一点就通，尤其写得一手好字。

有时候，山墟君看着他紫色的眼睛，忍不住想，果然是墨规随便捡的，一点都不像他。

在墨寒川的记忆里，山墟君总是凝视着他的眼睛发呆。墨寒川知道他在透过自己的眼睛看谁，他清楚地记得那个院子里发生的一切。骄傲的小凤凰打断墨规肋骨的时候，墨规用最后一点力气遮掩了他的存在。

山墟君是个很沉默的人，墨寒川的性情和他接近。两个人除了授课的时候，一天之中能说的话不超过三句。

按道理说，墨寒川应该算是山墟君的弟子，可山墟君没有允许他称自己“师尊”，他便老老实实地称对方“神君”。

“你知道‘天道’是什么吗？”

山墟君忽然问出这句话的时候，窗外在下着墨寒川有生以来见过的最大的雪。

风抓挠着窗户，像是野兽含在喉咙中沉闷的嘶吼。墨寒川茫然地抬头，手里捏着的毛笔一顿，墨水打在纸张上的“啪”的一声，清晰可闻。

山墟君只是开个头，没想着他能回答。

他在对方的沉默里自顾自地往下说：“天道是一套规则，是横亘在神魔人三界之间的屏障。天道保护凡人不受魔种虐杀，不受神明干涉命运。天道通过限制各个种族的活动，来平衡天地间的善恶阴阳。听着是不是很伟大？”

墨寒川的喉头微微抽动，声音轻微：“所以‘他’死了，因为他的存在跳出了秩序和规则之外，影响了大局。那么‘他’就必须被抹杀，这与他是什么样的人、有着什么样的愿望和做了什么都没有关系。他的存在，就是错了，是吗？”

“他”，墨寒川不知道该怎么称呼墨规，恩人吗？父亲吗？

“是啊。”山墟君笑了一下，眼眸低垂，遮住了那双瞳子里的光影，越发令人不寒而栗，“这样虚伪脆弱的太平盛世，真的值得吗？如果天道的光照不到每个人的额头，那还有存在的必要吗？”

墨寒川没有回答，他也答不上来。

“早点睡吧。”山墟君摸了摸他的头，起身离开。绣金的白色长袍拖曳在朱色地板上，像是在血海里漂着的一捧雪。

山墟君能感受到天道的不安，但他不在乎。

离开墨寒川的房间之后，他撑着伞迎着雪一路登上了昆仑山的顶峰。

昆仑山山顶是一个冰冻的湖泊，周围空无一物。天气晴好的时候，那个湖泊便像一面闪闪发光的镜子，嵌在雪顶上。

湖泊周围是纯白的云英石碑，密密麻麻，像是一片低矮的蘑菇群。每块石碑上都有一个名字，却没有生卒年——对神来说，时间是最多也最无足轻重的东西。

山墟君走到一处石碑前，伸手拂去蒙在上面的冰晶，露出下面的名字来。

明络。

山墟君靠着石碑坐了下来，支着伞遮住了石碑上方落下的雪。他的姿态缱绻依赖，仿佛不是置身冰天雪地，而是在午后的阳光里倚着少女的肩头，趁她翻动书页的时候捣乱吹她垂落的头发。

他已经不是那个身形细瘦的少年了，石碑也并不高大，他必须缩手缩脚才能摸索着做到那个熟悉的姿势。

“姐姐，”山墟君的睫毛颤动着，语气像个委屈的小孩子，“我有点累。”

耳边只有低低呼啸的风声，仿佛夹杂着少女哼着歌谣的声音。

他抬起头，目之所及只有雪。

山墟君在“明络”这块石碑的旁边挖了一个坑，躺了进去。他睁大眼睛看着白茫茫的天空，那么多的雪坠落下来，像是要把他淹没。山墟君觉得无比轻松，像是压在他肩头沉甸甸的责任、命运都被卸了个干净，随着死亡一起埋葬。

山墟君闭上了眼睛。

“昆仑山真冷啊。殿下，我能追随你吗？”颤颤巍巍的声音萦绕在耳边，开口的人像是鼓足了莫大的勇气，眼睛亮得像是小兽。

山墟君猛地掀开身上层层覆盖的雪片，坐了起来。

天光大亮。

他的头上并没有细雪飘落，墨寒川举着那把伞，费力地遮住了他的头顶。黑蛟因为受了神血的缘故，长个子都比别的种族慢一些，那把伞都快和他差不多高了。

墨寒川咬着嘴唇看他，瑰丽如烟霞的紫色眼睛里蓄满了水雾。

山墟君怔怔地去摸他冰透的脸颊，摸到了一手温热的眼泪：“哭什么？跟个小女孩似的。”虽然是捡回来的，可爱哭这点倒是很像。

“我以为……你死了。”墨寒川抹了一下眼睛，呜咽着说。

“别哭了，我们回去。”山墟君爬起来，牵住了墨寒川的手，没头没尾地说，“以后叫我师尊。”

一大一小两个人在雪地里留下两串脚印，像是幼兽紧挨着成年野兽的步履，磕磕绊绊的。

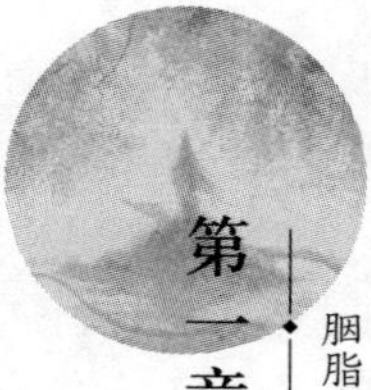

第一章 胭脂奁

第一节 露华山·掌灯人

露华山是昔日四大派之一，在仙盟倾覆、修真界乱成一锅粥的情况下，她们却保住了自己这颗“完卵”。

究其原因，其一是露华山都是女修，而且是医修，门生遍布天下，达官显贵、贩夫走卒都有受过露华山恩惠的。其二便是这露华山的掌门，她是个很拎得清的人，跟朱雀门那种搅屎棍子不同，最懂得什么叫“明哲保身”。

一开始，墨寒川的手下送来消息说露华山一带有修罗王气息暴露，羽烛白简直不敢相信自己的耳朵。

“真是世风日下、人心不古啊！”羽烛白两根手指拎着那张纸，感慨道，“怎么连医修都能和魔种搅和到一起？”

她说这话的时候没有避开墨寒川，甚至还提高了声音，好让自己的话一字不落地砸进墨寒川耳朵里。趴在窗台上的小狐狸惊天动地地咳嗽起来，好像个得了肺痨命不久矣的病人，一边咳一边给墨寒川使眼色。

墨寒川拒绝了他的帮助，轻描淡写地把那张纸折一折，扔进了火堆里：“你要去看看吗？不知道是哪个修罗王。”

“有区别吗，反正都要死。”羽烛白冷哼一声，甩开他搂过来的胳膊，踢开门出去了。

造孽啊。小狐狸默默地想，人没了的时候你要死要活的，人回来了你倒要起脾气来了。

自打离开九嶷山以后，羽烛白就一直在追问墨寒川当年为什么要上无量天、为什么他还活着却不回昆仑山、为什么骗小狐狸去盗定八荒。墨寒川始终避而不谈，一直用一些无关痛痒的话敷衍她。

羽烛白积蓄的怒气终于在墨寒川想要偷偷溜走的那个夜晚，达到了顶峰。

那晚，墨寒川见她睡熟了，便轻轻地把被羽烛白握住的手抽了出来。殊不知他的手一离开，羽烛白就醒了。

起初，羽烛白以为他只是去倒个水什么的，没想到这人半天不回来。她心里的不安炸开了锅。

羽烛白把墨寒川抓了个正着，大怒之下不顾他反抗，划破手指在他身上画了一道替死符。符箓画就，此后墨寒川不管是磕着碰着，还是被人开膛破肚，都会一分不差地落到羽烛白身上。

“你不是想走吗？”羽烛白舔净了自己手上的血，冷笑着说，“现在你可以走了，随便你干什么、上哪里找死都可以。滚吧。”

墨寒川被她眼睛里跳跃的银色吓得够呛，几乎以为她的心魔当场就要破笼而出。然而羽烛白没有，她只是抓着墨寒川的手腕，用力到指节发白。

“我不走了，”墨寒川把她抱在怀里，摸着她的头发说，“你冷静下来。”

羽烛白咬牙切齿地说：“你这个骗子。”

在那之后，墨寒川再也没离开过她半步，始终让自己留在她的视线范围之内。

羽烛白日益暴躁，墨寒川不肯对她坦白，她就愤怒地竖起自己满身的刺去扎他。墨寒川知道她在赌气，根本就不在乎，像是一泊柔软的湖水，纵容了她所有的戾气。

见羽烛白走了，小狐狸清了清喉咙，装模作样地问：“那你们要去露华山吗？”

“嗯。”墨寒川点点头，“现在也没有别的线索。”

小狐狸不懂这些，就是找了个由头跟墨寒川说话，这下忽地没了下文，有些尴尬。

“我……死之后，”墨寒川拣了个不那么奇怪的说辞，问，“她一直这样吗？”

“也不是。”小狐狸摇摇头，“你不在了以后，她连话都不怎么说了，只要开口必定是阴阳怪气的，能气死人。她跟凤凰打了好几架，把他的肋骨都打折了好几根。后来有一段时间，大概是神帝给她种了清心咒以后吧，她连着几个月没出过一点声音，我差点以为她变成哑巴了。”

窗户外面传来小狐狸描述的“阴阳怪气”的一声笑。

“我听得见。”

小狐狸缩了缩脖子。

“现在去露华山。”羽烛白撂下这句话，自己先走了。

露华山在西边的林城，是个寒冷潮湿的地方，一年有三个季节都在飘雨。

从乡野间破败的草庐到城中烫金匾额的药堂，无处不见露华山女修的身影。她们每个人都穿着一模一样的青衣，在滂沱大雨中像极了急流中飘零的树叶。

“我看不出来这里有什么奇怪的。”羽烛白关上了窗，隔绝外面湿润的气流，对着屋子里的人摇头，“她们每个人身上都有魔种的气息，但是确实是在救人。如果说那个修罗王只是在这里逛了一圈，不应该留下这么浓的味道。”

“根据剑宗、朱雀门和新仙盟的事来看，幕后的魔种行事风格非常一致，都是优先掌控当地最大修真门派的掌门、长老，进而控制整个门派搅动局势。”墨寒川走过来，用干帕子擦干净她头发上的水，“如果露华山的魔种和其他地方的是同一拨，这里未免太远了。而且露华山自始至终什么都没做。”

“一头狼闯进羊圈，把每只小羊羔都舔了一遍，然后说它什么都没干。”羽烛白慢悠悠地说，“你信吗？”

“那就是我们还没有看见。”墨寒川从善如流。

“既然他们如此信奉擒贼先擒王那一套，那就先去露华山看看。”

窗外沙沙的雨声透过瓦片。羽烛白隔着楼板可以听见楼下小二招呼客人的声音。然而不止于此，她甚至可以听见楼下有多少个心跳声、又分别在哪里。

无数个声音如丝线般交缠、汇聚，最后一股脑地灌进了她的耳朵里。

羽烛白很清楚，这是因为她的神魄正在试图从这具脆弱的肉身中挣脱出来。

离开九嶷山后，她一天比一天睡得沉、睡得多。

同时，这个世界更加真实、清晰的一面开始向她展开怀抱。空中淌过的流云、树上爬着的蝉和路边滴落的水珠，它们的每一根线条纹路都在羽烛白的眼中暴露无遗。

“真的是长大了啊，跟我说话都开始摆沧雪神君的款了。”墨寒川低低地笑着，把她按在自己怀里，让她感受到隔着胸腔，那颗心脏正在跳动。

羽烛白像一只奓了毛又被安抚好的猫，慢慢在他怀里安静下来。

墨寒川抱着她放到床上，期间羽烛白一直抓着他的衣服没放开。他给羽烛白盖好被子，转而握紧了她的手，侧首亲了亲她冰凉的手指。

“睡吧，我守着你。”

羽烛白看了他很久，最后抵抗不住昏沉的睡意，蜷缩成一团睡着了。

她从小就是这个睡姿，看着睡得很乖，其实稍微有动静就会惊醒。

如今她的睡眠愈加脆弱，墨寒川不在，她再困倦也睡不着；墨寒川松开她的手，她就会惊惶地睁开眼睛。墨寒川发现这点之后，便整夜整夜地握着她的手，一动不动。可即便如此，羽烛白还是把自己折腾出了满眼的血丝。

羽烛白做了一个很长的梦，梦里她回到了昆仑山，梦到了山墟君。

在她的记忆里，山墟君对她一直很冷淡。

羽烛白知道山墟君不喜欢自己，但不知道为什么。

山墟君看她的眼神很冷，像是微凉的剑刃在她的皮肤上擦过。因为血缘，羽烛白一直对山墟君有亲近的冲动，但求生的本能又尖叫着让她离山墟君远一些。

那个时候她还不会说话，昆仑山上没有别人，她便格外黏着墨寒川。山墟君一看她，她就不动声色地往墨寒川身边躲。

在梦里，羽烛白变成了小小的一团。

她本来在雪地里捏雪球玩，墨寒川在一边看书，顺便盯着她不要把自己埋进雪里。羽烛白堆了两个小小的雪人挨在一起，犹豫了很久，又堆了一个高一些的雪人在旁边。墨寒川看见那三个雪人，愣了一下，摸了摸她的头，问她冷不冷。

羽烛白正要摇头，脑子里有一根弦疯狂地震颤起来。

她感受到了强烈的杀气，下意识地抬头，便看见山墟君拎着剑走过来。羽烛白想跑，可是四肢像是被冻住了，一丝一毫的距离都挪不动。

墨寒川也看见了。

在山墟君面无表情地挥剑的时候，他不假思索地抱住了羽烛白，用孱弱的脊背迎上了剑锋。他没有血溅当场，因为山墟君的剑偏移了方向，如果他乐意的话，他可以把两个孩子一起劈碎。

剑风扬起的雪尘模糊了羽烛白的视线，三个雪人碎了一地。她在墨寒川的怀里颤抖着。墨寒川的呼吸同样急促，他的下巴蹭着羽烛白的皮肤，泛出冷汗来。

“寒川，”山墟君的声音孤寒，“让开。”

墨寒川把她遮在身后，用力地摇头，说：“不。”

“让开。”山墟君又重复了一遍，声音冷硬得像铁。

羽烛白的视线越过墨寒川的肩头，落在山墟君的脸上。

我不是继承了你的血、你的发色和瞳色吗？我不是你的女儿，你在这世上唯一的亲人吗？为什么你要恨我，要杀了我？

那些悲怆的声音撞击着羽烛白的胸腔，叫嚣着把她撕裂。

昆仑山的风雪、年幼的墨寒川和提剑的山墟君都渐渐模糊，羽烛白仿佛身处旋涡之中，远离了过往。

隐隐约约的，她听见墨寒川说：“难道你觉得她生下来就是错的吗？你的做法和天道对墨规的行为有什么区别？”

羽烛白猝然惊醒，心脏狂跳，冷汗开闸似的涌出，浸湿了衣衫。

“怎么了，”墨寒川第一时间发现了她的异常，挥手点亮灯，端详她的神色，“做噩梦了吗？”

羽烛白坐起来，抱着膝盖慢吞吞地点头。

墨寒川起身为她倒水，找来帕子为她擦汗。羽烛白还沉浸在经年的恐惧之中，身上每一根经脉都是麻木的，根本动不了，只能任由墨寒川摆布。

“烛白，别吓我，出个声。”墨寒川拂开她的额发，皱着眉说。

羽烛白的眼珠子艰涩地转动了一下，良久，她轻声说：“我梦到山墟君了。”

她身上流着山墟君的血，可墨寒川管那个人叫“师尊”，她却一板一眼地称呼对方的尊号。

羽烛白不想再说，用力地闭上了眼睛，身体不住地颤抖着。墨寒川也不再追问，只是搂着她，像哄小孩睡觉一样拍着她的后背。

“寒川，”羽烛白忽然问，“墨规是谁？”

“捡我回来的人，别想了，都是过去的事了。再睡一会儿吗？天还没亮。”墨寒川哄她。

不知道是不是因为墨寒川身上似有若无的香气，后半夜她什么都没梦到，安安稳稳地睡到了天亮。

墨寒川的眉头才将将松开，客栈外的巷子里却传来了女人凄厉的哭号。他怀里的人浑身上下的肌肉在一息之间抽紧，睁开了眼睛。

“出什么事了？”羽烛白的声音微哑。

“我去看看。”墨寒川说。

窗户在这时被没轻没重地撞开了，湿漉漉的小狐狸连滚带爬地摔进来，抖落一身雨水。他慌里慌张地就要往床上蹦，被墨寒川一把抓住了后脖颈，没让他把一身寒气带到羽烛白身上。

羽烛白前后一联系，拧着眉问：“你又穿女装出去骗人了，还是在人前露出尾巴了？”

“不是我！”小狐狸大声申辩，“外面有修罗王的味道，有点恶心。”

“出什么事了？”墨寒川切入正题。

“有个要出嫁的女孩失踪了。”小狐狸在他的手里摇摇晃晃，“我昨晚上去听墙角，他们说这已经是两年来失踪的第三十个女人了。”

两年，不多不少，正是羽烛白的神魄在“江画舟”身上汇聚齐的日子。

“每次失踪的，都是要出嫁的女人吗？”羽烛白问，“魔界哪个修罗王有这种爱好？”

“不是。”小狐狸摇头晃脑地说，“失踪的女孩里有花魁、待嫁的新娘、已为人妻的少妇和未出阁的采桑女，甚至还有露华山的女修。仙盟当时也派稽查司来查过，什么都没查出来。现在新仙盟自己一堆烂摊子，更腾不出手来处理了。”

像是为了应和小狐狸的说辞，外头那哭得上气不接下气的女人歇了一会儿，鼓足了劲似的，将哭声翻上了新高。那哭声落在羽烛白耳朵里，还伴着女人五脏六腑震颤的杂音和血液奔腾的淙淙水流声。羽烛白头痛欲裂，按住了太阳穴。

墨寒川捂住了她的耳朵：“我给你画一张符，你——”

“不，就这样。”羽烛白拒绝了，“我什么苦头没吃过，不差这一桩。先前在江南的傀儡丝、现在失踪的女人……如果我没猜错，那些女人都长得很美。我想我知道是哪个修罗王了。”

她和墨寒川对视一眼，从对方的眼睛里看到了同一个名字。

钟寂。

他在江南用傀儡丝操纵蛇女搏杀、炼制傀儡坐新仙盟盟主的位置，甚至引墨寒川入万度瞳的幻境、截杀九嶷山众人。羽烛白遍寻他的踪迹而不得，谁知他竟然龟缩在这里。

“真是瞌睡来了就有人递枕头。”羽烛白眼神略冷，她活动了一下五指，关节发出轻微的爆响。

她和钟寂之间，有一笔血账要清算。

黑暗里涌动着香气，不是花香，而是带着暖意的脂粉香气。

脚步声从容地靠近这片黑暗，一声接一声，像是踩在女孩惊恐的心跳上。女孩被淹没在令人陶醉的香气中，却慌张得像一条被按在砧板上的鱼。她不住地挣扎着，却无法活动自己的手脚，只能像虫子一样在地上蠕动。

一不小心，她撞倒了身旁的东西，那东西砸在地上，发出闷闷的一声响。

忽地，灯光亮了起来，照亮了地上狼狈不堪的女孩。她穿着一身大红的嫁衣，发髻上的金簪散乱地掉了一地，热汗洇染开了她脸上的胭脂。但即便如此，也能窥见妆容下那张年轻美丽的脸。

女孩看清了自己所处的环境，也看清了掌灯的人，竭力从喉咙里挤出了一声尖叫。

房梁上垂下无数红色的幛幔，低低地起伏着，宛如赤色烟云。而幛幔拂动间，其后站着的“人”也若隐若现。那也许不能再称之为人，十几个被盛装打扮的女子呈两列，从房门口一直站到了底。

她们的眼珠子一动不动，冷冷地映着烛光，仿佛嵌在眼眶里的琉璃珠子。

那些女子的容貌惊人地相似，按靠近房间深处的顺序排列着，越往里，女子的容貌越美。也许她们生前各有各的美丽，或娇媚或清丽，但对房间的主人来说，重要的只有她们无限相似却无法取代的那张脸。

而对着十几张神似的容貌，女孩只感受到了要捏爆她心脏的恐惧。

击碎她神智的是那个掌灯的人，她甚至分不清对方是男是女。

那人拖着长长的红色袍子，长发半披，露出来半张脸，她看见了那张脸上描红的眼角，斜斜地飞入太阳穴。

“你撞倒了我最爱的人偶。”

女孩肝胆欲裂，目光落在对方的喉结上。

这是个男人。

他蹲下身来，捏住了女孩的下巴，制止了她后退的动作。女孩闻到了对方身上浓郁得近乎糜烂的香气，令人作呕。

“不过没关系，”男人用一种迷恋的语气宽容了女孩的莽撞，“你很漂亮，比她们都好看。你会比这个房间里最美的人偶还像那个人，以后你就是我最喜欢的人偶啦！”

女孩涕泗横流，不断地往后退。

“别做出这么难看的样子，那个人从不这样狼狈。”男人皱着眉，用手帕擦去了女孩脸上的液体，“要是你的五官因为你的懦弱发生了什么意外，我就只能把你脸上的肉一条条剖下来处理了，那样会很麻烦。你不想这样，对吧？”

他的语气温柔又眷恋：“现在，对着我笑。”

女孩颤抖着，露出了一个比哭还难看的笑容。

男人很不满意，他粗暴地拎起女孩的衣领，把她按在了房间里唯一的镜子前。在男人拖拽她的过程中，她看见了那个被她撞倒的人偶。那张脸呆滞、没有生气，可脸上的每一根线条、每一处起伏都完美无缺，世间最顶尖的画师看了这张脸都会羞愧而死，它根本不该出现在凡世。

猝然对上那张脸时，女孩的呼吸都停滞了，连害怕都被暂时地遗忘了。那张脸出现在女人的身上竟然有一丝怪异感，只是她却说不上哪里奇怪。

搁着铜镜的妆奁上散乱地放着一些东西，男人信手从上面捡起一支沾着红色颜料的笔，在女孩的脸上勾画起来。

“你在看她，她好看吗？”男人贴近她的耳边，问，“想和她一样吗？”

女孩僵硬地摇头。

男人微笑着拧断了她的脖子。

女孩软绵绵地倒伏下去，在生命的最后一刻，她想明白了。

那张脸不该出现在女人的身上，制造她们的人有意模糊了原貌的棱角，可女人们荏弱的身形与那张脸根本不搭。

男人毫不在意地剥去了女孩身上的嫁衣，把她素白的身体搂得近了一些，哼着歌继续在上面勾画。红色的线条爬满了女孩的脸，涣散的瞳孔对着黑漆漆的屋顶。

烛火幽幽跳动。

第二节 胭脂铺·傀儡丝

胭脂铺老板的女儿在成亲前一天晚上失踪了，近些年来，林城失踪的女孩就没有找回来过。老板娘哭得肝肠寸断，老板白着头已经在着手准备后事了。

羽烛白从窗口望出去，胭脂铺前的红色双喜字换作了白幡。

客栈和胭脂铺之间只有一条窄窄的巷子横着，若真的有魔种来掳人，她和墨寒川没理由察觉不到。何况那只小狐狸昨晚到处乱窜，半个魔种的影子都没撞到。可若是用回溯之术还原昨夜情景，难保不会惊动幕后的魔种。

羽烛白还在思考是哪里出了问题，哭声方歇的巷子里又响起了叫骂声。

“我女儿都没了，你这个腌臜婆还在血口喷人！”老板娘捧着心口，一副随时会昏死过去的模样。

“你骂谁呢？你家女儿自己开的门，不知道跟哪个野男人跑了，还在这儿借失踪装什么相？”半倚轩窗的女人鬓发散乱，衣衫不整，露出半个香肩。

她已经不算年轻了，眼角有了细细的纹路，但若不是她正扯着嗓子和人对骂，此情此景，也算得上香艳。

女人纤细的指间拢着细细的金色烟斗，她吸了一口烟，吐出袅袅的烟圈，火上浇油道：“我亲眼看见那小丫头连嫁衣都没脱，半夜三更地就推开后院门跑啦！看那会情郎的着急模样，现在两个人不知道在哪儿快活呢！”

羽烛白略一侧首，那女人的窗户确实正对着胭脂铺的后门。

女人注意到了羽烛白的目光，挑衅似的看了她一眼：“怎么，小姑娘，想男人了？”

羽烛白笑而不语，恰逢此时，墨寒川推门进来。墨寒川还披着“连京”

那副叫人神魂颠倒的画皮，羽烛白对着他勾了勾手，他顺从地放下手里的东西走了过来。

那得意扬扬的女人看见墨寒川的脸，顿时安静下来。

羽烛白犹嫌不够，勾着墨寒川的脖颈强迫他躬身下来，缠绵万分地吻上了他的唇。

边上的小狐狸看得头皮发麻，伸出爪子遮住了自己的眼睛。

墨寒川身上丝丝缕缕的清冽香气缠绕着羽烛白，她凝视墨寒川微微颤抖的睫毛，胸腔里涌出一股说不清道不明的暖流。

那女人啐了一声，“砰”地砸上了轩窗。

一吻结束，两人都有些喘息。

墨寒川摩挲着她的脸颊，像是在掂量她这些时日有没有瘦：“被欺负了，拉我给你找回场子？”

“不，”羽烛白玩着他微凉的指尖，直截了当地说，“我就是想亲你。”

小狐狸这次把耳朵也捂住了。

墨寒川一贯娇纵她，笑着低声说：“想亲就亲。”

羽烛白得寸进尺：“下次我要你主动亲我。”

“好。”

羽烛白从来不知道“收敛”两个字怎么写，她前脚把人气得砸了窗户，后脚就登门询问昨晚的事。

胭脂铺后是个青楼，满院的莺莺燕燕，见墨寒川进来纷纷看直了眼。那女子正是里头过了气的花魁。见羽烛白挽着墨寒川上门，那女人起初还很硬气地不见，墨寒川把一袋金锭子扔在桌上，她便立刻笑脸相迎了。

“二位的闺房情趣还真是特别。”女人懒懒散散地靠在榻上，手上却诚实地把金锭子拢到了袖子里，“想听什么曲子？”

“不听曲子，”羽烛白的指节在桌面上叩了叩，让女人把目光转移到自己脸上来，“我只问一个问题，昨晚你真的看见那个女孩是自己离开的吗？别对我说谎，我看得出来。”

女人一愣，随即露出谄媚的神情：“二位是修士吧，来调查这件事的吗？我确确实实看到那小妮子是自己走的，不过也不关我什么事，我就没多嘴。”

“你怎么知道我们是修士？”羽烛白眯起眼睛。

“自从两年前林城里好些姑娘失踪，就有传言说我们这里有个以少女为食的妖邪。每次谁家丢了姑娘，不管是私奔还是做了丑事被暗地里处死的，都会往那莫须有的妖邪身上推。”女人耸耸肩，“那个叫什么仙盟的，次次闻着味过来，次次空手而归。不过我看二位身上并没有穷奇纹，想来和他们不是一路人。”

羽烛白不知道是失望还是庆幸，若那女孩真是自己走的，那便少一个人死在魔种手里；若不是，那这就是一条能抓出钟寂行踪的线索。

她正在犹疑间，一个小孩磕磕绊绊地从门边走了过来，手上不甚稳当地端着茶水。

小狐狸本来趴在门边打盹，那孩子没看见，绊在小狐狸身上，手里的茶盏“丁零当啷”地摔了个粉碎。小狐狸一声惊叫，险些冲出一句人言来，被墨寒川眼疾手快地拎到怀里摸顺了毛。

“要死了要死了！”女人尖声嚷了起来，抄起桌上的竹鞭就去抽那女孩的手，“你个蠢货，端水都端不明白！那老女人是送你来伺候我的还是消遣我的？老娘当年也是这院子里的头牌，一夜千金，她就让你这么个小白痴糟践我？”

她手里的竹鞭还没落到女孩手上，羽烛白已经一把攥住了竹鞭，顺势抽了过来。她看着女人，皮笑肉不笑地说：“小孩子而已，客人都没说什么，娘子还是不要责怪了。”

女人登时就哑了，对着跪在地上瑟瑟发抖的女孩哼了一声，让她滚下去。

羽烛白皱着眉，她做神的时候有墨寒川和神帝纵容，做人的时候有一帮子师兄师姐娇养，这还是头一次直白地看见小孩子忍受这样的苦楚，她后知后觉地认识到不是所有人都和她一样。

羽烛白伸手把那女孩拉起来，安慰似的拍了拍她的肩膀。女孩抬头看她一眼，唯唯诺诺地下去了。

倒是羽烛白被她那一眼看得呆了一下。

“客人还有什么要问的吗？”女人理了理鬓发，又恢复了几分昔日花魁的风姿，问。

“有。”羽烛白在她对面坐下，说：“请娘子把林城两年来失踪的女孩都仔仔细细地和我说一遍。”

女人怔了片刻，看表情是想骂人，不过看在钱的份上忍住了。

羽烛白一面眼睛都不眨地看着女人，一面给墨寒川传音入秘。墨寒川拍了拍怀里哼哼唧唧的小狐狸，小狐狸便摇着尾巴从窗台上蹿出去了。

林城里第一个失踪的是书院先生的女儿，那女孩子犹擅音律，一管竹笛能引得流莺停驻。她失踪之后，城中流言四起，有说她被盗贼掳掠的，有说她随情郎私奔的，桩桩件件说得有鼻子有眼。那位老书生老来得女，却落个这般下场，羞愤之下吞金自尽了。

起初没有人能把这些女孩的失踪跟妖邪联系到一起，直到这里的花魁也消失了。

龟奴信誓旦旦地宣称他亲眼见到花魁跟一个男人走了，两人牵着手消失在长街尽头的月光下。老鸨不信这回事，但又死活抓不到那名刚刚挂牌的年轻花魁，只好拿龟奴发怒。

老鸨把人打得只剩一口气，送到城中的药堂里，露华山的修士便知道了这件事。露华山秉着息事宁人的态度，派人去青楼里转了一圈，还真的寻到了一丝邪气。

“那间屋子就这么被封住了。”女人对着门外挑了下下巴，“那小姑娘是自小养在楼里的，老鸨当眼珠子似的宠着，就为了拿她去傍达官贵人，却便宜了不知道哪里来的妖怪。”

羽烛白思忖不语。

钟寂最擅长的便是傀儡术，控制女孩跟他走只是雕虫小技。可问题是，他若是频繁地出现在城中给女孩种傀儡种子，不可能只留下那么一点稀薄的气息。

墨寒川出声道：“我们去那个屋子里看看。”

女人忍不住看向了他。“连京”的皮囊无疑是极其出挑的，明明应该是站在哪里都会让人移不开眼的存在。可是从进屋开始，他就默默站在羽烛白身后，像是一个无声无息的影子。

羽烛白点头应允，两人并肩出去了。

给够了钱，一切都好说，老鸨本就觉得那房间晦气，收钱的时候更是狐疑，觉得这两人是不是有什么毛病。他们之间的亲昵太过自然，老鸨顺理成章地把他们看作了夫妻。夫妻一起逛青楼就够让人毛骨悚然的了，居然还一起逛闹鬼的屋子，实在是叫人匪夷所思。

房门用朱砂并黄纸封住了，门上一片灰尘。推开门才有风流进去，掀动了满室的蜘蛛网和死寂的空气。房间里的陈设足以看出老鸨对这女孩的重视，墙角细腻的花瓶、床上历经两年还未褪色的帐子和乌木描金的妆奁都价值不菲。

羽烛白环视一圈，没头没尾地说："刚刚那个小姑娘，眼睛很像你。"

墨寒川说："像我，那你怎么不看我？"

羽烛白龇着牙，转过去捏了一下他的脸，把他捏成了一只腮帮子鼓鼓的松鼠："像你，不是像连京。"

"哦。"墨寒川笑了一下，"你看出什么不对来了吗？"

"没有，但我大概能猜出一点来。"

羽烛白到那副妆奁前翻翻拣拣，抹了自己满手的灰，从里头刨出来林林总总十几盒不同的脂粉来："如果我是钟寂，要抓那么多姑娘，我会选用最省时省力的方法。在所有姑娘都会用的东西上下傀儡种子，不愁我要钓的那条鱼儿不咬钩。"

"胭脂？"墨寒川把那些胭脂水粉盒子都装进乾坤袋，又一根根地擦干净了羽烛白的手指，"胭脂水粉价格、款式都不一样，失踪的那些女孩家境有穷有富，不一定能买到同一款。是我的话，我就在材料上下手。"

"红蓝花、蜀葵花、苏方木……"羽烛白垂眸思量片刻，"我还需要一个替我'卖胭脂'的人，最好是个土生土长的凡人，这样不会吸引修士的注意。我会骗那个凡人，这是一种新材料新配方，我给你发财的机会，你不能向任何人提起我。"

"城里最大的胭脂铺，就在这家青楼对面。"墨寒川幽幽地说，"别人家丢了女儿，都有个找的过程，最后到底是跑了还是死了，还未可知。他家倒好，直接跳过了中间的部分，开始办丧事。虽然妖邪之事风行，可终究没有坐实，他们也太过笃信了。”

胭脂铺老板有一个女儿，还有两个儿子。妹妹丢了，两个哥哥回来本是要找人，却被父亲劈头盖脸地骂了一顿，晕头转向地跟着父亲准备葬礼。老板娘晨间和后面青楼上的女人吵了一架，把自己气得险些晕倒，此刻正有气无力地躺在床上呻吟。

她一面哭，一面呼唤着女儿的乳名，见丈夫推门进来，用力砸了瓷枕过去。瓷枕在老板脚边粉身碎骨，老板瞪着一双眼睛，眼眶血红。

“都是你弄的那劳什子花！”老板娘撕心裂肺地哭喊着，“害人害己，把我们的女儿都搭上去了！这都是报应啊，都是报应！”

老板死死地盯着悲痛的妻子，只觉得她那副涕泪齐下的模样令人倒胃口。

他满心怨愤，女儿没了他也很难过，但若没有那花，何来今日全家的富贵？怕是他们还在仰人鼻息，艰难地讨生活。他三言两语摁住了自己挣扎的良心，看着起身要把院子里的花一把火烧干净的妻子，杀心顿起。

老板娘还在絮絮叨叨地骂他没有良心，明明知道那些失踪女人和自家的胭脂有关，却在修士上门调查时三缄其口。老板眼角扫到床上垂下的丝帛，挪动脚步过去把丝帛攥在手里，从背后慢慢地靠近了妻子。

门外忽然传来一阵响动，老板娘正好开门，那个纤细的影子毫无防备地撞进了夫妻二人的视线。

少女一身白衣，眉目生春，在月下转头望着他们。

“鬼啊——”老板一口气差点没接上来。

他没见过那些陈列在房间里的瓷器般的女孩，但隐约猜到那些失踪的姑娘都死了。

他明白自己被利用了，可但凡他能在那些花上榨出来一点利益，他就不会放弃。他的女儿死了，那是她运气不好，他从别处买来胭脂水粉给她用，已经是仁至义尽。所以这时，那女孩盈盈立于月下，他心中生出的不是失而复得的欢喜，而是恐惧。

老板娘像是失了魂，踉踉跄跄地扑过去搂住了女孩。

“女孩”却惨叫一声，这位悲伤得失了智的母亲踩到了他的尾巴。老板娘诧异地看着“女儿”，毛茸茸的尾巴已经收回去了。

白冉认真回忆了一下墨寒川和羽烛白的要求，略施小计，脖颈上张开了一条狰狞的伤口。鲜血喷涌而出，溅了老板娘一脸，白冉惨白着一张脸，幽怨地看着她。

老板娘被吓得连退三步，撞到了老板的身上。

“我好痛啊。阿爹，阿娘，我好害怕，这里好黑。”白冉穿女装勾引魔种很擅长，卖惨却是没有经验的，说得有些干巴巴的。

只是他的演技拙劣，效果却立竿见影。

老板娘捂着心口瘫坐在地上，老板红了眼睛，抖着腿不知道是想上来掐死她还是想跑。院子里乱成了一团，外头两个儿子奋力拍着门却进不来，给这锅热油又添了把火。

白冉照本宣科地念完那两句话，不知道接下来要说什么了，干脆闭嘴盯着两个人。

“女儿啊，娘对不起你。”老板娘捂着脸痛哭出声，喃喃道，“娘这就去把那些害人的花给烧了。”

暗处的羽烛白眉峰一挑，老板娘四肢绵软地爬起来，撞开了门。老板看到白冉脚下的影子，眼珠子动了动，粗暴地把老板娘拖了回来。

“你是哪里来的妖孽，冒充我女儿？”老板指着白冉大喝一声，声音不自觉地抖着。

白冉歪着头看了他一会儿，不知道哪里出了问题，索性扯着嘴角对他咧开一个笑容。

老板肝胆欲裂。

“行了，白冉。”羽烛白的身形显现，她雨燕般踩在墙头，对着装神弄鬼的白冉一抬手，“回来吧！别把他吓死了，鬼王要来找我麻烦的。”

白冉就地变成了一只小狐狸，几步蹿上墙头，爬到了羽烛白肩上。

羽烛白居高临下地打量着这对烂泥般瘫软在地上的夫妇，走到老板娘面前，问："谁给你们的那种花？"

"一个男人，高高瘦瘦的，看不清脸。"老板娘讷讷地回答。

"这里有花种子吗，"羽烛白又问，"或者那种花。"

老板凶狠地瞪着羽烛白，豪猪一样暴起扑了上来，手里银光闪闪。羽烛白轻描淡写地躲过，一只手钳住了他的手腕，寸劲震断了他的腕骨，老板哀号着倒地。

羽烛白看着筛糠似的抖着的老板娘，重复了一遍问题。

她从屋子里捧出来一盆花。

羽烛白一眼就认出来了，那是魔界血莲花池边上长的婆娑花。她从那细细长长的花蕊间拈起一根丝线，在老板娘眼中，她手里什么都没有。那根细线透明、坚韧，在月下泛着莹莹的光。

傀儡丝。

"那个人说了什么？"

"他说这花见不得光，见光就死，所以我们家的花圃都是用黑布罩着的。"老板娘如实道，"还说要用鸡血浇花。"

"嗯。"羽烛白想，没什么价值，这上面残留的气息是很久之前的了。

老板娘突然流下泪来，"砰"的一声跪在羽烛白面前："仙子，你救救我女儿吧！你要知道什么我都说，哪怕拿我的命去换我女儿的命也可以！"

羽烛白叹了口气，拍着老板娘的肩膀说："你女儿已经丢了一天了。"

老板娘听懂了她的言外之意，脸色苍白。

"妖邪都是连血带肉一起吞的，哪怕吃熟食，也够炖熟一个人了。"羽烛白满怀恶意地补充道，"已经晚了。"

离开胭脂铺，白冉忍不住问："她那么可怜，你干吗对她说那种话？"

"被他们夫妇一己私欲害死的哪个不可怜，哪个姑娘的家里人不是日日以泪洗面？"羽烛白冷酷地说，"刀不砍到她身上，她永远都不会觉得自己错了。说什么一命换一命，自己感动自己而已。"

"你生气了，"白冉蹭了蹭她的脸颊，"昆仑君呢？"

“见他手底下的魔种去了。”羽烛白张开五指，一条银色的线缠绕着她的手腕往前延伸，没入曲折的街道。

白冉踌躇片刻，不怕死地问出了口：“你是不是还不太习惯昆仑君变成了一个彻底的魔种？”

羽烛白停下脚步，拎着他的后颈皮，平视他的眼睛：“你怎么知道他现在是个彻底的魔种？”

“他身上但凡有点神血，我也不至于当时认不出来！”小狐狸在她手里挣扎，“后来我又确认了一次，他身上确实只有魔种的血了。你能不能放我下来，我那块毛要掉了！”

羽烛白松开手，白冉落在地上，仰头瞪着她。

“我是还不习惯。”羽烛白坦然承认，“我一想到他这么一个白玉似的人，在昆仑山的时候一点污秽都不沾，却被人抽了龙骨一脚踢到了血莲花池里……血莲花池那么个鬼地方，一脚踩进去都是血，我只要稍微想象一下他是怎么爬出来的、怎么熬过来的，我就想杀了那个人。”

“但是没关系，他身上流的是什么血不重要。不管他变成什么样子，我都会带他回昆仑山。”

第三节 人偶·修罗王钟寂

“找到了吗？”

墨寒川坐在桌边泡茶，他在魔界露面的时候永远是那身绣红枫的黑袍，脸上扣着鎏银面具。

上身赤裸、背覆黑羽的男子跪伏在地上，迫于他的威压不敢抬头，眼角只能瞥见他袍角鲜血般燃烧的枫叶。

“我们找到了婆娑花，已经烧毁了。万度瞳不在魔界，他很可能跟钟寂在一起，我们没能……”

墨寒川放下杯子，杯底撞在桌面上一声轻响，像是撞在了男子的骨头上，震得他一颤。

“那是万度瞳，不是青铜镜，藏不住人。”墨寒川说，“再找。”

他话音刚落，手腕上那根银线突然显现，疯狂地震颤起来。墨寒川猛地起身，带翻了一桌茶盏。银线直直地延伸出去，贯穿了庭院围墙和满街的雨水，游走在喧闹的人群间，只有他和另一个人看得见。

下雨了。羽烛白搂着小狐狸躲在屋檐下，忽然看见一个小小的影子从巷子里拐出来。

羽烛白紧绷的神经怔松，那赫然是青楼里眼睛神似墨寒川的小女孩。羽烛白的神色轻缓下来，想招手叫那女孩过来避雨，眼神却突然一凝。

白冉还在叽叽喳喳地说着什么，被她一把捂住了嘴，无辜地看着她。

那小女孩撑着伞，低着头穿过滂沱大雨，像是一朵柔软的蘑菇，在风雨里摇摆不定。

“怎么了？”白冉小声问。

“青楼对里面的女孩都管得很严，不论大小，不会让这么小的一个孩子晚上下着雨跑出来。”羽烛白沉声道，“如果是逃跑，雨夜人少，她只会更显眼，不是一个明智的选择。”

白冉揣度着问：“那万一她就是比较笨呢？”

羽烛白看了白冉一眼，本想说“不是每个人都和你一样笨”，思量片刻还是换了说辞：“如果是这么个‘万一’，那我们就装作什么事都没发生，买桂花糖回去给等了我们半天的寒川赔罪。”

她说完，捏了个法诀，隐匿了一人一狐的身形和气息，不远不近地跟在那女孩身后。女孩穿过城中蛛网般的小巷，竟然一拐走上了人山人海的大街。

这条街道用竹子和油布架起棚子，覆盖了整条通道，没有一滴雨漏下来。棚子下热闹非凡，人声鼎沸，小女孩一走进那里，就像一滴水没进了海洋。

羽烛白被耍猴人没轻没重地一撞，再抬头，登时失去了女孩的踪影。

她几乎可以断定这女孩有问题了。她闭上眼睛，再一睁开，眼前的世界变得不同。她的目光穿透了熙熙攘攘的人群，径直落在人海尽头的小女孩身上。

那女孩扔去了伞，仰头痴迷地看着她身前的男人。那男人又瘦又高，全身上下被青灰色的斗篷罩住，活像根戳在地面上的竹子。男人从袍子底下伸出枯瘦细长的手，按在了女孩的脸上。

羽烛白的耳中尽是雨点砸在瓦片上的闷响声、走钢丝的猴子喉咙里的吞咽声和无数个擂鼓似的心跳声，这些杂乱的声音里忽然掺和进来一个阴冷、癫狂的男声。

羽烛白听过这个声音，她很熟悉。

“真是漂亮的眼睛啊……”

羽烛白忽地暴起，剑气凝成一线贯穿了男人的手。男人捂着被烧得焦黑的手腕，鲜血汇成一线缓缓滴落。他惊愕地扭头，风帽被灌进棚子里的冷风掀开，暴露出一张敷着白粉、眼角勾着红线的脸来。

魔界有无数魔种，在羽烛白面前挂得上名字的，钟寂是最恶心的一个。

没人知道钟寂的妆容底下到底是怎样的一张脸，他总是把自己捯饬得花红柳绿、雌雄莫辩。钟寂尤其钟爱美人，手底下一水千娇百媚的魔种，居然还美得各有千秋。

对于他看上的又不肯臣服他的美人，他就会用傀儡术迫使其臣服。钟寂的傀儡术出神入化，傀儡丝是他最强的武器，不少神祇都中过招。

当年天裂之战，昆仑君不过是在血莲花池上不慎被钟寂打落风帽，真容露了出来，从此，钟寂便打起了他的主意。

墨寒川越是不拿正眼看他，他就越是狂热。

神界众人只知有个不知天高地厚的魔种被昆仑君的真容迷得神魂颠倒，却不知道钟寂只是想把昆仑君做成最得意的傀儡，且曾试图给他下傀儡丝。傀儡丝当然是没有下成，他不仅没能得逞，还被羽烛白抓着傀儡丝揪了出来。

羽烛白暴怒之下用傀儡丝把钟寂捆成了一只粽子，不顾墨寒川阻止，打碎了他十一根魔骨，把他从昆仑山上扔了下去。

彼时天裂之战已经结束，沧雪神君咬着牙不肯说原因，此举令魔界怨念更深，她就此落下一个任性妄为的名头。

新仇旧恨一起涌上心头，钟寂远远地看着羽烛白，露出一个略显狰狞的笑。不待羽烛白动作，他忽地砍断了自己被剑气所伤的胳膊，那条胳膊落地的刹那就被疯狂生长的霜花绞了个粉碎。

钟寂的血泼洒出来，旁边的人爆发出一声尖叫，整条街都乱了起来，人群拥挤着往外冲。

空气中有细微的琴弦绞紧的声音，女孩娇小的身躯挡在了钟寂面前。羽烛白和钟寂站在躁动的人群里，像是狂流中的两块顽石。钟寂一只手轻柔地抚摸着小女孩的头顶，另一只手在自己身上划过，一一比出那十一根魔骨的位置。

“沧雪神君万安。”钟寂笑眯眯地说，“没想到您那么快就追过来了啊！”

羽烛白手腕一振，止霜剑被她握在手中：“放开她，我或许能让你死得轻松一些。”

钟寂捂着脸笑出了声，下一瞬，霜华流转，剑光刺穿了他的胸口。那一剑是如此的快，以至于他都没察觉到自己的胸口开裂、肋骨如瓷器般破碎，他仅仅是感到胸口上有一丝凉意掠过。

钟寂压在女孩头顶上的手正要往下压，却摁了个空。白冉按着那被控制的女孩滚出去，钟寂崩散为一团闪耀着火光的灰烬。

白冉还是毛茸茸的可爱狐狸模样，不是江南郾城里那副一口能吞掉两个人的巨兽形态，要制住那女孩有些吃力。钟寂灰飞烟灭的同时，那女孩挣扎的动作也停止了，直挺挺地躺在白冉爪子底下，像个被剪断了线的木偶。

白冉还没反应过来，羽烛白已经一剑划破了女孩的胸膛，鲜血涌出，她一把攥住了缠绕在女孩心脏上的傀儡丝。

那些亮晶晶的丝线从不断跳动的心脏上蔓延出去，布满了四肢百骸，让钟寂得以控制她的一言一行。傀儡丝如蛛丝般攀附满了女孩的骨骼、血肉，羽烛白的动作只要再慢上一瞬，傀儡丝就会把她绞碎。

羽烛白用止霜剑一把割断了傀儡丝，雪白的丝线燃烧起来，在她的手里化作了飞灰。

白冉一身冷汗，施法给女孩愈合伤口。羽烛白低头看着自己掌心里被傀儡丝割出来的密密麻麻、纵横交错的伤口，陷入了沉思。背后一阵混杂着雨雾气息的风刮过，羽烛白还没抬头，已经被来人拥入怀中。

墨寒川的下巴抵着她柔软的发顶，强硬地把她要藏起来的手拽了出来。

“我听你的话留在你身边，那你是否也可以对我坦诚一些？”墨寒川握着她满是鲜血的手，声音听不清喜怒，“疼吗？”

“一般。”羽烛白挣扎着要把手抽回来，“我遇到钟寂的傀儡了，他的本体一定在这附近。”

“那个女孩就是他这次的猎物吗？”墨寒川遥遥看了一眼白冉怀里人事不省的女孩。

羽烛白赶紧转移他的注意力：“关于他的本体，你有什么猜测吗？”

“有一些，不过不一定准确。”

房间里只有一豆灯火静静燃烧着，火光之微弱，全然照不亮这空旷的黑暗。端坐在镜子前的人猛地惊醒，急促地喘息着，他的身心都还沉浸在止霜那致命一剑刺出的时刻。

他捋着汗湿的长发强迫自己冷静下来，却在瞥见铜镜里狼狈的自己时勃然大怒，一把将桌上的东西全部扫落。

胭脂盒子“叮叮当当”地摔了一地，打着转滚到了一双红色的绣鞋旁。

鞋子的主人身上潦草地披着那件大红嫁衣，她面部的骨骼和血肉都被重新塑造过了，更加接近男子心中那张完美的脸。

房门被人推开，一线潮湿的气息涌了进来。

“关上门！”男子尖叫一声，像是被热油溅到了似的。

来人对他这副鬼样子司空见惯，随手把门扣上了。

“我早就告诉过你沧雪神君和大修罗王都在这里，你找哪门子的死？”进门的少年披着一身黑色袍子，前襟没规矩地散开。而他身上最为惹眼的倒不是他胸前袒露出来的皮肤，而是他苍白的双瞳——看着竟像个盲人。

“只差一点，”钟寂喃喃道，“只差一双眼睛就可以做完了。她为什么要阻碍我？”

万度瞳被他这神神道道的语气恶心得起了一身的鸡皮疙瘩，再一环视周遭十几张莫名相似的面孔，嫌恶道："要是让她在这里抓到你，你就等着她把你切碎了下酒吧！"

钟寂猛地扭头过来盯着他："你算什么东西，也敢对我指手画脚？你不是在找青铜镜心吗，又回来干什么？"

"出了点差错，真要拿到青铜镜心，还需要你的配合。"万度瞳做事很有一套，语气软了下来。

"好说，只要羽烛白死，我怎么配合都行。"钟寂阴沉沉地说。

食铁鸟是魔界东北方的一个种族，他们从出生开始就以金铁为食物，活不下来的就会被抛弃。食铁鸟的翎羽坚硬如铁，指尖、羽毛都是利刃，敌人和他们擦肩而过时，往往没有什么感觉，却在瞬息之间四分五裂。然而他们的原形看着就很不聪明，黑羽红瞳，跟人间的乌鸦一个模样。

墨寒川手底下那个叫"汀罗"的魔种，就是一只食铁鸟。

羽烛白乍一见到那上身赤裸的魔种，注意力全然停留在他后背的羽翼上。伏在她肩头的白冉却奓了毛，死死地搂着她的脖子，哭着闹着要她走。羽烛白被白冉没轻没重地一勒，差点喘不上气来，往其爪子上抽了两巴掌。

"怎么回事，"羽烛白拎着狐狸的后颈皮问，"你穿女装的时候被他调戏了？"

墨寒川干咳一声，解释道："之前白冉在魔界酒馆里厮混的时候，我怕他出意外，一直让汀罗在暗中保护他。"

"然后？"

"然后汀罗还要完成我的命令，分身乏术，就把白冉捆起来关进了红叶山城的宫殿。"

白冉"嗷"的一声叫了起来。

"那个宫殿里黑黢黢的，连个鬼影子都没有！你知道我在里面被关了多久吗，这只死鸟还……"白冉哭诉的声音在汀罗冰凉凉的目光中戛然而止，他柔弱地"嘤"了一声，靠在羽烛白身上寻求安慰。

羽烛白笑着，觑了复又低下头去不言不语的汀罗一眼，很感兴趣似的问：“还什么？”

白冉抽抽搭搭地说：“还说要把我的毛都剃光。”

羽烛白虽然平时总是欺负这只蠢狐狸，但从来容不得别人动他一根毫毛。她本来憋了一口气要收拾汀罗一顿，却被这孩子气的威胁整得笑出了声：“下次你再出去鬼混，不用他动手，我先把你那一脑袋毛剃个精光。现在你给我闭嘴。”

墨寒川终于寻得了个清净，开口道：“汀罗率人在林城外的一条山谷里找到了大片的婆娑花，花蕊上有傀儡丝的痕迹。剩下的人手已经顺着傀儡丝在摸索钟寂的位置了，找到他只是时间问题。”

他刚刚说完，窗外连绵不绝的雨声中忽地混进了振羽的声音。

墨寒川推开窗户，一片黑色的羽毛飘落在他的掌心。

他收紧五指，羽毛被粉碎的同时，空中展开一张画卷，是掩映在黑夜中的一座山岳，周遭云雾缭绕。一尊破败陈旧的盘龙石雕盘踞在山顶，冷傲地俯视脚下的城。

山下的树林间悬挂着无数个雪白的茧，密密麻麻，像是蜘蛛的巢。

万度瞳走了，房间里又剩下钟寂一个人。

他把最新掠到的猎物爱惜地捧在手里，描画她的五官。

然而女孩的美丽有限，除非整个打碎了重新捏，否则和那张脸还是有距离。钟寂叹了口气，颇为遗憾地把女孩的脑袋安回去了。

“我一定给你找到那双眼睛。”钟寂痴痴地抚摸着那张没有眼睛的脸，说。

忽地，房间深处悬在丝线上的铃铛发疯似的摇了起来，铃声杂乱地响成一片。钟寂柔情似水的表情扭曲了，恶狠狠地把手边的妆奁砸了出去，把铃铛砸得粉碎。房间里安静下来，他又恢复了岁月静好的模样，吻了吻死去的女孩，才拎着衣摆施施然地走出去。

这是一栋红色木料搭建成的房子，石料将房屋架起，离地三尺，避免湿气侵蚀。雨水从头顶被破开的山石上洒落，洗濯着屋顶那只展翅欲飞的木鸟。

钟寂将将走出房门，一道影子便从上方的洞口飘落，携着一缕银光站定在他面前。

钟寂觉得身上那几处骨头隐隐作痛，他看着那人手上素白的剑，舔着牙齿露出一个笑："久违了，沧雪神君。"

羽烛白振去剑上的水珠，剑锋指着钟寂的眉心："这回我不会留你苟活了。"

"是吗，这回也是为了昆仑君？"钟寂嗤笑一声，不屑地看着她，"本来我以为你能大逆不道地肖想自己的师尊，还算是神界那帮道貌岸然的神祇里比较坦诚的。没想到你和他们一样，惯爱装模作样。你也不想想昆仑君是怎么死的，你哪里来的脸为他打抱不平啊？"

羽烛白根本不接他的茬，止霜剑气势汹汹地杀出去。钟寂一抬手，千丝万缕的透明丝线对着羽烛白挥出。

"江画舟"的肉体根本承受不住那些丝线的绞杀，而羽烛白毫不在意，她握着剑，就握着生杀予夺的权利！她任凭划过的丝线在她脸上留下浅浅的伤痕，不容推拒地斩出了一剑。

空气中弥漫的小水珠凝滞了，随着剑锋的推进被磨砺成锋锐的冰刃，暴雨般席卷出去，撕碎了围上来的傀儡丝。

"第一，昆仑君不是我的师尊。"

羽烛白冷冷地挥出第二剑，止霜剑上的红缨竟然在雪白的剑刃上映出了妖异的红光，镀在剑刃边缘浅浅的一层。

傀儡丝如巨蟒般从钟寂的袖子里排出，苍白的剑光惊雷般劈过去，轻易地穿透了傀儡丝，落到钟寂身上。钟寂拼着最后的力气用傀儡丝把自己裹了起来，却也抵挡不住暴雪般的剑意，被狠狠地掼在身后的房屋上，把脆弱的木屋砸了个稀碎。

羽烛白抹去唇角的血，一剑扎进白色的茧里，生生地把钟寂剖了出来，他不知道刮了几层白粉的脸上血迹斑斑，像是粗制滥造的面具。

二人身后，那些瓷器般的女孩在重击下彻底碎掉了，破碎的锦衣纷飞如火。

羽烛白俯首看到那张和墨寒川极其相似的脸，虽然早在见到钟寂的分身对那女孩下手时就有预料，但她心里的怒火还是瞬间烧到了天灵盖。

羽烛白掐着钟寂的脖颈把他拎了出来，目光冷厉地从他身上剐过去。

“第二，我最讨厌别人把脏手伸到他身上。”羽烛白砍去了钟寂的右手，猩红的血溅了她半边脸。

钟寂在她手底下嘶叫，仿佛被扔进雄黄酒里的蛇，他的眼底燃起了诡异的火光。羽烛白看不见，周遭山壁里傀儡丝像是白蚁那样爬行。她只听到了密集的细微的摩擦声，像是群蛇在地面上爬行，鳞片刮着地面的声音。

羽烛白猛地抬头，傀儡丝从四面八方绞杀过来，随之崩裂的还有岩石——钟寂在山体里种了傀儡丝，收紧丝线的同时，整座山都会随之崩塌，把他和羽烛白一起埋在碎石下。

江画舟肉体凡胎，山陵崩塌之下必死无疑，羽烛白只有魂归神位。

混乱之中，羽烛白听见了风声。

漆黑的羽箭带着细碎燃烧的火光刺进了暴雨般坠落的乱石中心，正正落在钟寂眼前。幽蓝色的火焰被箭上的风卷了出去，反将倾泻而下的乱石烧成齑粉横扫出去。

绣着红枫的黑袍飘落，着袍之人一把将羽烛白从钟寂身上拎了起来。

“一个人跑那么快做什么？”墨寒川皱着眉去探羽烛白的脉搏，气血紊乱至极，这具本就不瓷实的身体已成强弩之末。

“报仇心切。”羽烛白用脚尖拨着钟寂把他翻了过来，让他看清了扣着鎏银面具的墨寒川。她杀人诛心地把墨寒川的面具摘下，凑上去亲了一口。

墨寒川不理解她的用意，拿手帕擦干净她脸上的血。

“第三，”羽烛白在钟寂瞪大的眼睛里看清楚了自己得意忘形的嘴脸，“我再也不会让人指着我说‘你没有资格管昆仑君的事’。他是我的。”

钟寂咳出黏稠的血块来，伏在地面上笑出了声：“羽烛白，你以为你真的赢了吗？”

羽烛白面色一变，胸腔里突然传来琴弦绷断的声音。

她留在九嶷山的结界……破了。

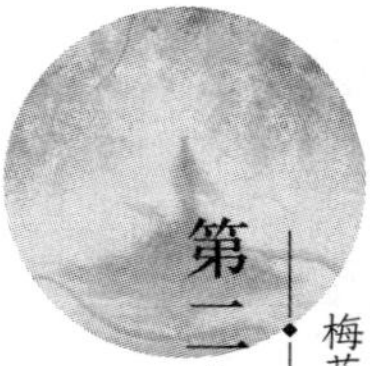

第二章 梅花痕

第一节 九嶷山·风不止

又下雨了。苏若秋对着灰蒙蒙的天空举起了手腕上的伏羲钱，一枚枚地拨弄着，透过铜钱中间的孔窥视清透的雨幕。

这是她很小的时候喜欢玩的把戏，那时候她刚刚到九嶷山，一步路不敢多走，一眼不敢多看。江楼发现了这一点之后，拿了一枚铜钱给她，骗她只要透过铜钱的孔去看世界，周围的人就看不见她。

苏若秋对江楼的话深信不疑，容许和江夫人也很配合。

最终，这个拙劣的谎言终结在鹤风手里。他偷拿了那枚铜钱去买桂花糖，然后在苏若秋憋不住要哭出来的时候手忙脚乱地安慰她，却脱口而出“不就是一枚铜钱有什么不一样的，你师尊就是骗你玩的”。

“原来你在这里。”叶岚撑着伞站在亭子外，看着她的动作，“你掌门师兄叫你去吃饭。”

“不用管我。”苏若秋懒洋洋地说。

鹤风下葬那一日，九嶷山莫名其妙地下了雪，一个结界把整座山罩了个严严实实。

山上的人就这么出不去了，苏若秋离山的计划也只能搁置。

叶岚和她的师父就此在山上住了下来，帮着容许指点白珏的修炼。

叶岚自小在朱雀门那种地方长大，自以为什么德行的人都见识了个遍，遇上什么狗脾气的混账都能处变不惊了，却还是在九嶷山狠狠地长了一番见识。

九嶷山四人当中，看上去脾气最好的容许性子最拧。别人说什么他都可以微笑点头说好，然后该干吗干吗。脾气最差的苏若秋称得上是表里如一，若非必要，谁都不能靠近她七尺之内。但这人居然还有个一视同仁的优点，无论对着生人还是熟人，她都是一张冷脸。

“他们只是觉得你来我不会太在乎，你也不必在意，话送到了就好。”苏若秋见她还杵在原地，开口道。

“你对江小姐也这样吗？”叶岚终于问出了口，“我监视你们那几天，总觉得你们之间的气氛有些奇怪。明明贵派弟子之间的关系非常亲近，你也很关心江小姐，可对她尤其地拒人于千里之外。这是为什么？”

“不要问和你无关的事。”苏若秋“啪”的一声收起了伏羲钱，起身走进雨里，“给你最后的忠告，不要靠近我，这对你没有好处。”

她红色的衣裙拖曳在一地淋漓的雨水里，像是漂在水洼上的落花。

“以贵派弟子的修为，想必都已经辟谷了。”松石的半边肩膀还捆着绷带，单薄得像个白纸糊的娃娃，却还能端得住前仙盟盟主首徒的风度，侃侃而谈，“为何还要一日三餐？五谷轮回、口腹之欲可不利于修行。”

容许本是仪态庄重，听闻此言，略有些惆怅地低下了眼帘。

“因为我们家有个没有修炼的小姑娘啊。让她一个人吃饭岂不是太可怜了，所以她从小到大，每一顿饭我们都陪着。”他在心里默默地说，她身体素来不好，也不知道在外漂泊的这些日子里，晚饭后的羊奶有没有按时喝呢？

想到这里，容许又觉得自己杞人忧天。

小师妹是神明转世，还会缺那一碗羊奶吗？

松石自知失言，悻悻地住了口，饭桌上一时寂静下来。

白珏左看看右看看，他打小就看他父亲在饭桌上跟人打机锋，是以很看不惯这种说话弯弯绕绕的做派。可他想到容许从前吃饭时罗里吧嗦地嘱咐他们“冬吃萝卜夏吃姜，不用大夫开药方”的模样，还是把话咽了下去。

毕竟大师兄不是大师兄了，是掌门，那副老妈子的作风更要不得。

上官策和容许想到了一处去，默默地把桌上刚刚热好倒出来的羊奶从窗口泼了出去。

片刻后，叶岚回来了，摇头对等候的众人说：“苏小姐让我们自便。”

容许意料之中地笑笑：“让诸位见笑了，只是这是我们九嶷山的陈腐规矩，饭桌上一个人都不能少。所以即便知道我师妹不来，我们也不得不等到现在。”

松石和叶师父都表示理解，容许宣布开席之后，才有人动筷子。

一顿饭吃完，仆役把碗筷都撤了下去，容许便独自迎着雨去了藏书阁。藏书阁里却已经有人在了，上官策抱着一盏琉璃罩的灯蹲在书架边，仰头叫了他一声“大师兄”，然后又闷闷地改口喊“掌门”。

容许那颗操不完的心又躁动起来，拎着上官策站起来扶正了他鼻梁上的琉璃镜，斥责道：“你这像什么样子，本来眼睛早就看书看坏了，这是要破罐子破摔还是以毒攻毒？”

容许塑造了好长一段时间“进退有度、温和从容”的掌门派头此刻土崩瓦解，内里还是那个爱操心的大师兄。

上官策自知理亏，也不辩解，只是说：“藏书阁里那些破开结界的书都被拿走了。”

容许一愣。

“白珏是不会来找正经书看的，叶岚师徒二人和松石修士也都不是会乱闯的人。”上官策慢吞吞地补充，“应该是小师姐拿的。”

容许按了按太阳穴，头痛道：“随她去吧。”

几人心知肚明，这结界八成是“沧雪神君”——他们那位小师妹设下的，能让他们这么简单地破开才是有鬼了。

“这结界应该是沧……是小舟留下来保护我们的，那师姐为什么急着要下山呢？”上官策不解地捻着手指，有些焦虑，“连白珏都不走，难道小师姐要……”

“别瞎想，她只是害怕。”容许敲了一下他的额头，“若有一天九嶷山大难临头，只要她还有一口气在，就不会不管我们的。她是你的小师姐啊，你不信她吗？”

“我当然相信她，哪怕有一天她拿剑指着我，我也会觉得是我身后有敌人。”上官策低声说，“对不起，师兄。我错了，你罚我吧！”

“怎么还跟个小孩子似的上赶着找罚啊？”容许笑了笑，“回去休息吧。”

叶岚用热水把手泡暖，再搓了药酒去揉师父身上的扭伤。

师父从前在朱雀门是做杂役的，人又老实，总是被欺负，经年累月的劳累让他的肌肉时不时会泛酸。她手法熟练地按揉着师父的肩背，师父却有些窘迫。

“阿岚，你是大姑娘了，以后不要再替我做这些事了。”师父认真地说，“你坐下，我有话跟你说。”

叶岚老老实实地带着一手刺鼻的药酒气味，坐在师父面前。

“我们以后怎么办，你想过吗？总不能一直在九嶷山上麻烦人家。”师父说，“而且现在鹤风掌门已经仙去，几个孩子撑着一个门派，外头还有那么多豺狼盯着这里，他们可谓自身难保。我们能在这里躲一时，不能躲一世。”

“那师父以为呢？”叶岚捻着指腹上棕色的液体，状似漫不经心地说，“若要一笔恩一笔仇地算清楚，那我们和九嶷山可谓两不相欠。我一走了之，容掌门也不会说什么，但多的我也不会做。”

师父的身体颤了颤：“是啊，你一直是个很倔的孩子。你不愿借坑害苏若秋谄媚掌门，自然也不会做出不仁不义的事。是师父错了。”

“我先回去了，师父早点休息。”

叶岚起身走进淅淅沥沥的雨中，背影单薄。她深深地呼吸着山间湿润的气息，不防看见了长廊下对饮的两个人。

白珏挽着袍角蹲在长廊的栏杆上，贵公子的讲究全无，像个刚刚从田里洗脚上来的山野村夫。松石披着件袍子，虚虚地拢着衣襟，面色苍白但仍带微笑，好似个强颜欢笑的痨病鬼。两人听见脚步声，齐齐转过来看着她，毫无男女之嫌地对她招手，示意她过来一起喝。

叶岚还真就过去了，廊下两只酒鬼凑满了三只。

“冷的？”叶岚晃了晃酒坛子。

“只有我大师兄那样婆妈的人才喝热酒。”白珏一挥手，豪气干云地说，“壮士，喝！”

叶岚震惊地看着他。

“醉了。”松石对叶岚比口形。

“我没醉！”白珏号了一嗓子，对叶岚说，“这位壮士，麻烦你去把我大师兄叫来，我们一起喝。”

叶岚挑了下眉，没有要追究这位酒鬼的意思，拎起酒坛子喝了一口，就坡下驴道：“白珏，你傻了吗？大师兄不是就在你面前？”

这回换松石震惊了。

白珏定定地看了叶岚两眼，就在松石以为他还没醉到那个地步的时候，他忽然抱住了叶岚的腰，号啕大哭起来。

“师兄，师尊没了！”

叶岚爱怜地抚摸着他的头，慈爱如火光边的老母亲。白珏一边哀号一边哭，鼻涕眼泪快蹭到叶岚身上，才被她推开摁在了柱子上。

白珏眼泪汪汪地看着她，像条被雨淋湿的找不到家的小狗。

叶岚竭力回忆着容许的做派，最后一巴掌拍在白珏肩头，故作轻松道：“不至于，没事的。”

松石绝倒。

苏若秋踩在黑龙脊背般的屋脊上，俯视被笼罩在烟雨中的九嶷山。

零零星星的灯笼像是迷路的萤火虫，飘散在幽深的夜里。寂静的雨中传来白珏的鬼哭狼嚎，大抵又是喝多了。白珏酒量不好，又偏偏爱用贪杯装纨绔，不知道是什么毛病。

苏若秋有一搭没一搭地想，以后白珏该不会变得和掌门师叔一个样吧？她思及鹤风那个要饭似的德行，赶紧打消了这个念头。

她没有撑伞，任缠绵的雨丝浸湿她的发梢和衣衫，就地坐了下来。

这里远离整个九嶷山，却又能看见整个九嶷山，对苏若秋来说，这是再好不过的地方。

忽然，浓墨般的山林间忽然涌起了白色的雾气，苏若秋愣了愣，这雾气似乎浓郁得有些不正常。水雾从四面八方向九嶷山推移过来，像是牢笼合围。苏若秋猛地站起来，翻下房顶急匆匆地去寻容许。

她闯进了房间，话音却被掐灭在喉咙里。

温暖的灯光拥抱着湿漉漉的女孩，烛火边的男人回过头来，对着她微微一笑。

男人无疑是英俊的，下巴上带着青灰色的胡楂，装束随意舒适却不显得邋遢。他手上把玩着几枚铜钱，铜钱上镌刻着人首蛇身的伏羲。

温婉的女人在他身后用彩色丝线打璎珞，轻声哼着歌谣，哄摇篮里的孩子入睡。

摇篮是毛榉木制作的，苏若秋不止一次见过那个期待孩子降临的男子完善图纸。摇篮边上挂着一只银质的长命锁，上头镌刻的莲花静静地盛放。

苏若秋怔怔地去摸自己的手腕，却空空如也。

“秋秋，怎么淋湿了？”男人对她张开双臂，“来，让师尊抱抱。”

苏若秋低头看着自己的手，小而柔软，还未被剑柄磨出一层层的茧子。

浓重的雾气吞没了整座九嶷山，一场沉寂漫长的梦境降临，空气中只有繁复的雨声和几个人匀净的呼吸声。

然而，暗地里的人还不敢轻举妄动，笼罩在九嶷山上的结界闪烁着微光，是被威胁到的表现。

白瞳的少年抬起了手，细长的手指上缠绕着透明晶莹的傀儡丝。

“钟寂这个蠢货身无长物，倒有一身傀儡术的好本事。”万度瞳自言自语地笑了起来，“此时此刻，他应当已经是沧雪神君的剑下亡魂了吧？”

“那这就是这世上最后的、最完美的傀儡丝了。”

他那双没有焦距的眼睛凝视着手指上的傀儡丝，略微拨动，驱使着丝线尽头的傀儡，意图在这场幻梦中切断沉眠之人的喉咙。

第二节 幻梦·结界破

苏若秋被江楼用一张厚实的羊毛毡裹了起来，放在火边。炭火烤得她的小脸微烫，江夫人嗔怪她任性淋雨，一面又盛了煨出乳白颜色的鲈鱼羹塞进她手里。

苏若秋有些微微的眩晕，一时间不知道自己在哪儿。

她后知后觉地想起来了，她是北方一座小城里流落街头的孤儿，有幸被游历四方的九嶷山掌门江楼捡了回来，从此有一片瓦遮雨。可是好像有哪里不对，她摸着自己光滑白皙的眉心，有种恍然若失的感觉。

“秋秋，你在想什么？”江楼担忧地看着她，摸着她的额头问，“怎么发那么长时间的呆，该不会淋了一会儿雨，把脑子给淋傻了吧？”

江夫人忍无可忍地拨开了他的手：“你别是被你师弟给传染了吧！”

江楼一点也不生气，笑呵呵地去握江夫人的手。

“倒是也得看一看，这么不机灵的样子，别是发热了。”江夫人也忧愁地看着苏若秋，伸手抚上她的额头。

“师尊，”苏若秋的喉咙莫名干涩，“我想看看小舟。”

“这是跟谁学的乱七八糟的规矩，”江楼一挑眉，“看自己妹妹还要和我请示吗？师尊准了。”

苏若秋裹着羊毛毡，笨拙地挪到摇篮边上，看着里头咬着手指乖乖睡着的小女孩。她看上去那么小、那么软，好像轻轻一碰就会把她碰坏。苏若秋的视线渐渐从小女孩身上落到了挂在摇篮边缘的长命锁上。

不知为何，看见长命锁的时候，她的心口一阵闷痛。

摇篮里的小孩忽然睁开了眼睛，苏若秋一阵紧张。可是小女孩没哭没闹，只是睁着一双又圆又亮的眼睛看着她。苏若秋在女孩清澈、发蓝的眼睛里，看见了自己诚惶诚恐的模样。她感受到手腕上一阵灼烧似的疼痛，可她看过去，手腕上什么都没有。

“师尊，你还记得你是在哪里捡到我的吗？”苏若秋的瞳子亮了起来，像是有火焰在燃烧，“我都快不记得了。”

苏若秋出生在一个常年被雪覆盖的小城，因为天气寒冷，所以当地人总是用辛香的香料炖肉。苏若秋刚刚生下来，她的母亲就因血崩去世了，父亲终日饮酒，最后跌死在满是冰碴子的沟渠里。收养她的老婆婆出门时踩到结冰的地面上，把自己摔得半身不遂，缠绵病榻多日后一命呜呼。

她好像生来就带着不祥，走过的地方都有灾厄如影随形。

小城四四方方，很快，街头巷尾都知道“青石巷的苏家小女儿是个灾星”。她无可辩驳，因为没有人愿意照顾她，她连说话都是一点点摸索的，咬字清晰都很困难，又怎么有能力反驳呢？

而且她的内心深处，也是认同这个“谣言”的。

她接过包子铺老板递来的热乎乎的肉包，隔天老板就摔断了腿；她喝过胭脂铺老板娘递来的清水，这可怜的女人不久便被找上门来的前夫打死。苏若秋又惊又惧，她对那些或忐忑不安或不信邪地向她伸出援手的人避之不及。

她想活着，又不知道要为了什么活着。或者说，她不明白这样活着和死了有什么分别。

她吃过树叶上的积雪，也和巷子里的乞儿从野狗嘴下抢过没什么肉的骨头。

有一日，她从树上掏雪时遇到了小城富商的母亲。那位和蔼慈祥的老奶奶呵斥了嚼她舌根的侍女，还递给她一块糕饼。苏若秋长年的经验教训让她下意识地远离这些怀着善意的人，她毫不犹豫地跑了。

可老奶奶还是出事了。

隔日清晨，侍女进她的卧房，发现她口眼涡斜、直挺挺地躺在床上。那位富商是个孝子，得知苏若秋这个扫把星曾和母亲有过一面之缘，大怒之下把她抓了回来。

苏若秋被关在笼子里，隔日就要被沉进水塘里。富商看着她安静的眼睛，也曾有过动容，可念及病床上的母亲，还是咬牙让人把她拎下去。

江楼就是这个时候来的。

他一贯不信邪，听了城里流传的“扫把星全传”，不仅出手掳走了苏若秋，还顺手点了那个水塘。苏若秋脱离险境，却不安分地在他手里挣扎起来。

“怎么了，小姑娘？”江楼把她放下来，抓着她的胳膊不让她跑。

“你离我太近了，”苏若秋磕磕绊绊地说，“会受伤。”

江楼怔了片刻：“他们都是骗你的，人往往把自己的不幸归咎于无力挣扎的弱者，这样就能缓解他们无能和痛苦的事实。”

苏若秋摇摇头：“不是这样的。”

“就是这样的。”江楼敲了一下她的额头，“你没有因自己的苦难心生怨怼，这很好，但也不必将旁人的艰难全数算到自己头上。”

苏若秋看傻子似的看着他，以前也不是没有过这样一厢情愿的人，最后还是都放弃了。她觉得眼前这个落拓潇洒的男子不会撑过十天。

江楼莫名从小女孩的眼睛里感受到了挑衅，然后把人带回了九嶷山。

她来到九嶷山的第一天，江夫人用了伪劣胭脂，脸上起了密密麻麻的疹子。

第二天，江楼在后山偷懒睡觉的时候被一坨鸟屎正中面门。

第三天，江楼在仙盟和萧暨撕破脸，修真界疯传“九嶷山要叛出仙盟、江楼恃才傲物”的言论。

第四天，江楼的师弟鹤风下山诛邪，不巧遇上了江楼的仇家，险些死在那个不要命的魔修手里。

江楼也意识到了这一连串糟心事里的不同寻常。苏若秋第十八次试图跑下山去过生死未卜的日子，被他拎小鸡崽似的拎了回来。

往常江楼念着她是个身世可怜的孩子，对她总是压着性子、轻声细语的。可这一回江楼不顾她的反抗，手背上被挠出了好几道痕迹，也还是一路将她拎到了静堂。

静堂里，被绷带裹得半身不遂的鹤风支棱在桌椅边，他新收的大弟子容许一勺一勺地往他嘴里喂药。江夫人倚着桌案，一边嗑瓜子一边看话本子。

三人看着这一大一小的架势，都有些犹疑。

“把祖师爷画像挂出来。”江楼冷硬地说。

江夫人小跑着去后面拿了祖师爷的画像，挂在大堂正中的地方。江楼松开苏若秋，一撩袍角在画像前坐了下来。四肢都碎过了一遍似的鹤风勉强地站了起来，容许艰难地让他撑着。

江夫人退了出去。

苏若秋隔着袅袅升起的细细烟雾和江楼对视。

“磕头。”江楼说。

苏若秋不为所动。

“掌门师兄这是要收你为徒，磕三个响头是拜师礼。”鹤风出言提醒道，“小姑娘，你还在犹豫什么？”

天下第一，傲视修真界的江楼掌门要收她为徒，她在犹豫什么呢？

江楼放缓了声音，说：“拜了师，你就是我九嶷山的弟子。从今往后，你的生死祸福和门派息息相关。若你作奸犯科，我派当清理门户，废你修为、取你性命；若你蒙受不白之冤，我派也定会倾尽全力，绝不让人碰你一根手指头。我派愿弟子求得大道，却不欲迫弟子争强好胜。”

苏若秋还是不动。

“修真者若得大道，步入天人境，则有逆改天命之能。”江楼的语气冷定，“自此之后，除了你，谁都没有资格写你的命。”

苏若秋身体一震，定定地看着他。

片刻之后，她伏地叩首三下。

拜师礼过后，江楼于她眉间落下了梅花痕。这绮丽的徽记并非什么美好的妆点，乃是禁锢她“气运”的牢笼。世人皆有气运，只是气运有盛衰，有好坏。江楼花费七天七夜，最后甚至招来了天劫，才将这梅花痕烙在她的额头，锁死了她的“厄运”。

七道天雷，几乎劈塌了半个九嶷山。

白得发紫的天雷坠落时，苏若秋觉得自己仿佛置身苍白的火海中。江楼把她按在自己的怀里，两个心跳声重合在苏若秋耳中，竟然盖过了天雷的嘶吼声。

“恭喜你，”江楼的声音嘶哑，他摸了摸苏若秋的头顶，手背上筋节毕露，却温暖有力，“你获得新生了。”

看着眼前温文儒雅的男子，苏若秋的眼神清明冷冽，她拍碎了桌上的茶盏，毫不犹豫地握着碎片捅进了“江楼”的胸口。她的手上都是血，有“江楼”的，也有她自己的，然而她没有放手，反而将碎片更往里送了一寸。

“你不是我师尊。”

一字一句，咬牙切齿。

大梦初醒，温暖的灯光散去，潮湿的雨声重新降临。

苏若秋毫不犹豫地拔剑，雾朱剑在空中划出一道写意的线条。剑锋在空中有片刻的迟滞，像是破开了什么，发出一道薄脆的“嘣”声。苏若秋冷汗直流，她隐隐约约地看见细微的光闪过。

她背后的藏书阁里，容许和上官策昏昏沉沉地睡着。

暗处的人似乎没想到她忽然就醒了，但也仅仅迟疑了一瞬，下一刻，铺天盖地的丝线卷了过来，仿佛无数从天而降的利刃！苏若秋的瞳孔中倒映着纵横交错的白线，仿佛要把她的眼球切碎。

她眼睛眨也不眨，推剑回鞘，沉沉地呼出一口气。在呼出这口气的同时，她的肌肉、血管和每一根经络都调整到了最适合出剑的状态。

她合上了眼睛，随着雾朱剑出鞘，飞鸟一般掠了出去。

无星无月的夜晚里，只有烛火震颤。

亮如泼雪的剑光势如破竹，把围上来的杀机撞了个支离破碎。猝然断开的丝线四下散去，把庭院里茂密的枝叶切成了一地碎渣，在墙壁上落下深深浅浅的划痕。

苏若秋踉踉跄跄地在雨水中跪下，靠雾朱剑支撑着身体才不至于瘫倒。她还是受伤了，被斩断的诡异丝线从她身旁掠过的时候，划过了她的肩头和膝盖。

她鲜血直流，但疼痛也让她清醒。

“容许、上官策，快醒醒。”苏若秋嘶哑着嗓子喊，“要死人了！”

一个声音从傀儡丝尽头传来，带着隐隐的赞赏和惋惜。

“不愧是镜心宿主。”

不愧是神帝选中的魂魄，以凡人之躯，竟然能这么快挣脱他的梦境。

苏若秋完全不知道这个装神弄鬼的人在说什么，但她知道今天这场梦境出自声音的主人之手，方才在梦境中回想起的往事让她浑身上下的反骨都竖了起来。

她不再是白雪覆盖的小城里那个唯唯诺诺的女孩，也不是流落街头与野狗争食的乞儿，更不是什么莫名其妙的宿主。

从今往后，没有人配写你的命。

言犹在耳，手腕上的伏羲钱似乎在发烫，仿佛男人引着她的手去握剑柄。

她握住了剑，就再也没有软弱的理由！

“什么镜心宿主，”苏若秋一抹唇边的血，恶狠狠地说，“我乃通明剑诀传人！”

院子里的槐花开了，容许浸在满院柔软的槐花香里，仰头凝视着驻足在墙头的日光。

长风游走在紫藤花悬挂的长廊下，拂动风铃“叮叮”地响。小侍女们打打闹闹地从廊下跑过，裙裾飞扬。背后推开的屋子里，男人正在提笔练字。

“阿许，”女人唤他，“在发呆吗？”

容许转过头来看着女人担忧的神情，竟有一种恍如隔世的感觉。

女人怀里抱着一个包袱，俯下身来让他看清里面白白嫩嫩的小团子：“看，是妹妹哦！阿许不是更喜欢妹妹吗，要不要抱一抱她？”

容许颤抖着伸出手，指腹细白柔软，没有少年人筋节毕露的力量感。

这是一双没有沾过血的，孩子的手。

“阿娘，妹妹叫什么名字？”容许伸出一根手指，让那个粉嫩嫩的小团子攥住，漫不经心地问。

笑盈盈的女人一愣。

容许宽宏大量地一笑。

“阿娘，我很想你们，也会永远想你们。”

容许话锋一转，踮着脚去拥抱女人，她的身上带着淡淡的香味，温暖柔软。女人下意识地回抱了他，仿佛他也是个小小的婴儿，需要被人细心地呵护。

容许直视前方明亮而模糊的光晕，拔下女人发上的玉簪，刺进了她的脖颈。

上官策盯着自己的手指在灯下投出的影子发呆，冷不防被旁边的人用竹鞭抽了一下。

他扭过头去，看见满墙高立的书架，和抖着山羊胡的老书生。他面前的桌案上堆满了书本和纸张，油灯并不十分明亮，连带着他的影子也模模糊糊。

老书生捋着胡子，双眼炯炯有神：“抄个书都不专心，你说说你以后能做成什么？还发呆，还不赶紧抄吗？你看看你写的那个字，歪七扭八的，我扔把米在地上，鸡爪子刨的都比你写的字规整！”

上官策怅然若失。

他抄完了十来页文章。老书生见他的字迹端正齐整了起来，又哼哼唧唧地责备他先前态度敷衍，分明能写好字，却故意偷懒。

上官策个子小小的，趴伏在桌案上，脑袋几乎要顶在纸上。

老书生又用竹鞭敲了敲他的头顶：“脑袋抬起来，想变成瞎子吗？”

窗外似有风声，像是野兽的低吼。

上官策放下手中的笔，凝视窗外深邃得像是再也不会亮起来的夜晚，轻声说：“爷爷，昨天我看见了一个市井故事。”

老书生瞪着他。

“有个给人抄书为生的书生，在桥洞底下捡到了一个男婴。书生年轻的时候家里也阔过，可惜他的父亲为求长生，被方士骗得倾家荡产，书生才落到这个地步。他养活自己都很费劲，却跟街坊领居说，自己已经老了，这副德行也不会有妻子儿女，正好养大这个孩子给他送终。”

上官策的声音轻而缓，像是害怕惊扰了什么。

他低垂着眼帘，自顾自地讲述着一个再俗气不过的故事，好似沉浸其中顾影自怜的戏子。

“那个孩子很聪明，也很傲气。他看不上书生只会教他抄书这一点微末的讨生活的本事，跑去书院的墙角听先生讲课，最后竟然也能写出一手好文章。孩子的才气被镇上一家富商看上了，招他去做自己公子的伴读。书生不同意，孩子却一心想要飞黄腾达做人上人，一意孤行。孰不知那家人另有所图。

“富商的儿子是个金玉其外、败絮其中的蠢货，只有一点可取，那就是仿人字迹。小公子仿了那小孩的字迹，伙同官员篡改了试卷上的名字。小孩疯了一样的要跟人讨回公道，小公子选上秀才、神童之名传遍乡里的那一天，他却因为闹事被关进了牢房。”

上官策看着老书生茫然的眼睛，凄楚一笑：“小孩子又累又渴，他以为自己就要死了。他只想喝一口水……然后他真的喝到了。书生当了家传的玉佩，拿银钱赎了他出来。书生以前也是个有头有脸的贵公子，他弯腰求人，自然有无数人要来踩他一脚。他从街头跪到街尾，才换来那孩子的一条活路。”

“别总是看那些乱七八糟的书，你……”

上官策强硬地截断了他的话音，接着往下说：“书生年纪大了，又是着急上火，又是被人羞辱，把那孩子救出来就一病不起，没几天人就死了。”

他没有说到最后，没有说后来那孩子在富商家办宴席的时候一把火点了他家的宅子；也没有说那孩子没能得手，在酿成大祸之前被一名修士拎回了山门；更没说那孩子后来日日夜夜都在悔恨，恨世道不公，悔自己争强好胜。

上官策只是说：“他自以为聪明，其实蠢得可怜。他看不清被利剑包裹的真心，也看不破裹着蜜糖的砒霜。他活该孑然一身，失去所有，连做梦乞求原谅的资格都没有。”

然后，他在老书生惊愕的目光中，抄起烛火掷向满墙的书，灯油泼洒出来，点燃了整个屋子。

白珏坐在台阶上，抱着一只缠了五色丝线和流苏的藤球。

带他的奶娘不知道跑哪里去了，哥哥被先生拎去读书，父亲跟商会的人在商讨新一年的生意。只剩他一个人无所事事地坐在宅子的后门，看湛蓝的天空中飞鸟掠过。

白珏恶狠狠地想，一定要让他们都找不到我，着急上火，看他们还敢不敢丢下我。

他稚嫩的胸腔里装了幼稚的恶意，只是没过多久就烟消云散了。因为他抱着那个藤球慢慢地睡着了，夕阳西下，没有人来找他。

他一觉睡到月上中天，远处终于有灯笼的影子和呼唤他的声音。

白珏一声不吭，直到那个素来从容优雅的少年狼狈地出现在他面前。少年满头大汗，还在询问他有没有受伤，甚至蹲下身来要背他回家。

白珏冷眼看着纡尊降贵的少年，叹了口气：“无论我在我哥眼皮子底下离家出走多少次，他总能在一炷香的时间里找到我，然后让我上祠堂里跪着去。我一度怀疑他是不是有第三只眼睛，专门盯着我。所以我后来上山被罚跪戒律堂那么熟练，有他一份功劳。”

他一把拧断了少年的脖子。

苏若秋的耳边都是雨声，还有丝线从地面上爬行过的嗞嗞声。

她伸手握住雾朱剑剑刃，在雪亮的剑锋上留下了自己的血。雾朱剑剑光濛濛，映着苏若秋苍白的面无表情的脸，有几分妖异。

如果上官策在此时睁开了眼睛，他轻易就能看出这是一门古老的邪术，剑主以血饲剑，唤醒剑上的杀机。

苏若秋感受到了四面八方涌来的邪气，只有在洛都刑场那一日，她才见过这样浓烈的邪气，仿佛能把人的心肺捏爆。

地面上游走的傀儡丝如蟒蛇般暴起，朝着正中间的人绞了上来，像是蜘蛛吐丝困住猎物。

苏若秋踏前一步，身后却有疾风撞了上来。一个影子从她身侧踏着雨点飞掠出去，旋身拔剑，剑上带着耀眼的火光。背后有人掷出了符箓，符箓黏在剑锋之上，火光便十倍百倍地扩大，劲风扫落叶般摧毁了即将成形的“茧”。

容许稳稳地落在她面前，横剑阻隔了推移过来的邪气，给苏若秋争取来了一丝喘息的空隙。上官策扶着藏书阁的门框，有些腿软，方才掷出符箓耗尽了他的力气，此刻不免跌坐在地。

空中有白色的光闪过，霜花与龙的纹路在黑夜中碎裂。

苏若秋浑身上下没有一处不在叫嚣着疼痛，可她竟然还有心思想，小舟出事了吗？

不待她多想，雨幕里燃起了盏盏幽蓝色的鬼火——随即她看清了，那不是鬼火，是眼睛。大大小小，形状各异的眼睛，或是风流妩媚，或是凶狠冷漠，无一例外的是它们飘浮在空中，齐刷刷地盯着院子里的人。

容许感觉胸腔里的火焰在燃烧，他咬紧了牙关，低声对苏若秋说：“后山有一条小路，带着阿策和白珏走。”

“走去哪里？”苏若秋和他背对而立，冷冷地振去剑上的水珠，手腕上的伏羲钱“叮叮当当”地响成一片，“天下偌大，可除了这里，没有我的容身之地。”

第三节 命运·魂散

苏若秋跟着江楼学剑的第一天，江楼就告诉她，通明剑诀共有九重境界。可惜苏若秋只来得及学会第一重，江楼就应天劫而去了。此后她在山下漂泊十余年，杂七杂八的剑术学了不少，只要能斩断敌手的脖子，她就来者不拒，却始终没能在通明剑诀上更进一步。

此时此刻，苏若秋对着血光朦胧的雾朱剑看见了自己的眼睛，她在心底轻声问，师尊，你仍然在看着我吗？我能斩出那一剑吗？

容许背对着她，不欲和她争执，只是闭眼深深地呼吸。

急急忙忙赶到的白珏被叶岚和松石拦住了，藏书阁前如死水般沉寂，一丝一毫的动静都会打破这个局面。

而破局之后，谁生谁死还未可知。

容许和苏若秋同时弹了出去，同一时刻，弥漫在九嶷山上的白雾转为黑色。

二人心中杀机顿起，这正是洛都刑场上杀死鹤风的魔修！

黑雾之中，无数厉鬼哀嚎，惨烈的尖叫声戳刺着每个人的耳膜。那些眼睛里迸出密密的血丝，令人见之不禁头晕目眩。风雨声中夹杂着哭号声，呼救声和怒骂声，梦境中爬出来的恶鬼纠缠不休，竭力撕扯着每个人的心脏。

容许没有睁开眼，行云流水地挥出一套剑法。

纵云剑在雨中拖曳出纯白的光芒，热油般泼洒在每一只试图抓住他的鬼手上，鬼手哀嚎着退散。他像是裹挟着利刃的风暴，所到之处必有黑色的血肉被抛洒而下。

但更多的鬼影扑了上去。

容许的身形被层层叠叠的鬼影罩住了，纵云剑上的光芒偶尔破出，又很快被吞没。他自始至终都不敢睁开眼，害怕看见梦境里，母亲脖颈中喷涌出的血。他的耳畔一时是母亲温柔的呼唤，一时是烈火燃烧中人们凄惨的叫声。

叶岚和松石也不再畏首畏尾，手腕一翻，仗剑杀了出去。

叶岚所修的朱雀门心法就是以辟邪之火为根本，她的剑锋上黏着生生不息的火焰，在雨水中烧出的火海将九嶷山照得明亮如白昼。数十道明亮的火光在雨幕中划过弧线，她的剑在燃烧中竟然呈现出一种透明的质感。

叶岚深深地喘息着，混乱的脑子里还有一丝清明挂念着师父。也许是魔修对修为低位的凡人没有兴趣，师父的卧房里竟然格外安静。

松石的伤还没好，可他仍旧拔剑，而且在不断地靠近快要被鬼影淹没的容许。他咬着牙，每一次挥剑都伴随着伤口的开裂，鲜血混着雨水滚过起伏的肌肉。他也是从梦境中挣扎出来的，为此，他刺穿了“师尊”的喉咙。

上官策被摸索过来的鬼手掐住了脖子，站在另一头的白珏如出鞘利刃般划过满院黑雾，雨时剑死死咬住了鬼手，剑锋一顿一挫，生生把它从上官策脖子上剜了出去。

白珏手腕酸麻，一手执剑，一手粗暴地把上官策提了起来。

“小瞎子，这是要命的时候，”白珏咽了口唾沫，把他抵在自己的后背和墙之间，“可别死了。”

上官策竟然有些恍神，不知道此刻究竟是现实还是噩梦。

苏若秋手里的雾朱剑在发烫，血光熊熊燃烧。她劈碎了逼近的鬼手，直视着不断飘浮旋转的眼睛，一手握剑，一手结印。她的心中空无一物，眼底却映着天地万象，像是映着初升旭日的海面。

通明剑诀第九式，破晓。

只存在于伏羲钱残影中的剑术再现于世间，苏若秋的身形快得肉眼无法捕捉，唯有她手中的剑焕发着澄净的光辉。她刺破了黑夜中的雨，像是一道白虹贯穿了无尽的夜，直抵黑雾的尽头！

苏若秋感受到自己的伤口在疯狂挣扎，可她无暇顾及。她看清了那张脸，属于少年人的清秀脸庞和一双白瞳。

她毫不犹豫地挥剑斩下！

奔腾的杀机、快要决堤而出的剑意在一瞬间凝滞，白瞳少年徒手接住了她的剑。苏若秋体内流转的气血被硬生生遏制，撞得她的血管和骨骼仿佛被碾碎了似的疼。

雾朱剑被那少年轻描淡写地捏碎了，苏若秋像是断了线的风筝一样摔了出去。

苏若秋在雨水里滚了几圈，趴在地上吐出一口血来。她觉得自己的五脏六腑都被颠倒过来了，浓郁的血气从胸口冲到了天灵盖。她甚至连一根手指头都动不了了。

容许往这边看了一眼，心中的野兽轰然撞塌了牢笼。他的眼瞳在一瞬间变得血红，心魔被释放出来的时候，束缚着他的枷锁也随之落下。

纵云剑上缠绕着淡红色的血气，把一只张牙舞爪的鬼影从嘴角处整个地劈裂了。

他和苏若秋之间只隔着十几步的距离，又好像隔着千山万水。

容许带着一身黑色的血肉冲向苏若秋，却被地面上窜出的鬼手抓住了手脚，他的手腕和脚腕立刻就见了血。

“别碰她！”容许跌倒在一地泥泞里。

“闹剧该结束了。”万度瞳知道这个结界被破开的时候，羽烛白一定会知道，他的时间很宝贵。他赤脚走近苏若秋，多年夙愿快要得偿，让他兴奋得战栗起来。

万度瞳凝视那双美丽的倔强的眼睛，忽然觉得把她的眼睛挖下来收藏也很不错。

我要死了吗？苏若秋的眼前是一片血色的模糊景象，她挣扎着用胳膊撑起了身体，仰头看着靠近的白瞳少年。她也说不清这样做有什么意义，可是天下第一的弟子，总不能像条狗一样被魔修踩在脚底下碾死吧？

莫名其妙的就有一口气撑起了她支离破碎的身体，她死死地盯着要取她性命的人，

突然，万度瞳对苏若秋伸出的手被斩断，血花怒放。

他惊慌失措地后退，下一瞬，从天而降的止霜剑斜斜刺入地面，剑上血红的穗子摇曳不休。从天幕上坠落的雨点凝滞了，成千上万枚冰晶悬挂在空中。

霜华降临。

羽烛白如白鸟般落地，蹁跹的白色裙摆上还带着新鲜的血迹。她拔出剑，冷冷地警告道：“别用你的脏手碰我师姐。”

她一出现，遍地的鬼影和鬼手都屁滚尿流地退散了。容许踉踉跄跄地扑过来，勉力抱起了苏若秋，在试探过她的鼻息后松了一口气。苏若秋的骨头和五脏六腑大抵是受了伤，可还算不上最糟糕。

“沧雪神君，来得真快啊！”万度瞳被斩断的手立刻再生了，他不痛不痒地对着羽烛白笑了一下，“高高在上的神明也在意蝼蚁的生死吗？”

“自诩不凡的魔种不也亲自动手取凡人性命吗？”羽烛白冷笑一声，“修为不怎么样，管得倒挺多。上一个对我说教的，坟头草已经能埋七个红叶山城了。”

她是用了缩地千里之术赶过来的，还跟墨寒川动了手。

江画舟的身体虚弱不堪，根本承受不住这样的法术。羽烛白能感受到这具躯壳在分崩离析的边缘，五脏六腑被无形的手搅弄成一团，每一根骨头都在硬撑。

她的神魄就要冲破这层桎梏了，也要就此脱离凡人之躯的保护了。可她没有犹豫，尽管不知道这群魔种费这么大劲针对一个凡人修真门派干什么。

多年前，她去晚了，所以墨寒川死过一次。

这一次，她不容许自己赶不上。

羽烛白咽下喉间翻涌的血气，止霜剑映出主人银色的眼瞳。她每一次挥剑就有寒气贴地滚过，雨线凝成的冰晶都是她指间的杀气，铺天盖地地对着万度瞳倾泻而下。

万度瞳费力地躲避着，忽然对着羽烛白露出一个诡秘的微笑。

羽烛白心头一紧，回头看了苏若秋一眼。

苏若秋被容许扶着，摇摇欲坠地站了起来。羽烛白挡在她身前的时候，她只是模模糊糊地嗅到了雪的气味，恍然间误以为自己回到了那个小城。直到羽烛白开口，苏若秋才后知后觉地想，是小舟回来了。

她还没看清楚面前的人，后背忽然一凉，下意识地把容许推了出去。

羽烛白只看了她一眼，瞳孔骤缩。

一道急速掠过的丝线划破了雨幕，男人的影子和叶岚擦肩而过，夺过了她手中的剑。没有人防备他，甚至没有人留意他，这个木讷沉默的男人像是叶岚的影子，从不会惹人多看他一眼。

羽烛白反手将止霜剑掷了出去，任凭身后的傀儡丝咬住她的肩头，她不假思索地转身扑向苏若秋。止霜剑砍下男人头颅的同时，傀儡丝也操纵着他完成了最后的动作。他一剑剖开了苏若秋的胸口，从血肉间掏出了那一团不断闪烁的光。

那是青铜镜心。

叶岚目眦欲裂："师父！"

"若秋！"

"师姐！"

尸体跪倒在地，从伤口里喷射出来的不是血，而是雪白的傀儡丝。傀儡丝和止霜的剑气相撞，剧烈地燃烧起来。

羽烛白接住了那个落叶般飘零的女孩，伤口里涌出的血太烫了，烫得她不住地颤抖着。

羽烛白想起了很多事，想起之前她跟白珏撒娇要吃麻辣兔头，隔天便有一大笼兔子被送到了院子里，阵势大得像是要把兔子给抄家；想起苏若秋总是一本正经地警告自己不要靠近她，然后又忍不住偷偷地关心自己；想起苏若秋一个人站得远远的，看她和几个师兄撒娇……

苏若秋从不靠近她，但也从未远离她。从江画舟出生到她一点点长大，苏若秋总是隔着一段距离默默地看她，像是江画舟的影子。

但现在，苏若秋是真的要走了。

羽烛白的脑子里乱糟糟的，像是有一万个声音在同时嘶吼。

"师姐，小舟回来了。你别睡，别闭眼睛。"羽烛白慌乱地捂住她的心口，眼泪打在苏若秋的脸上。灵力源源不断地灌注进苏若秋的身体，止得住血，却止不住灵魂的溃散。

"是小舟回来了啊。"苏若秋已经彻底看不见了，只能颤颤巍巍地伸手去摸羽烛白的脸，摸到一手湿润，不知道是雨还是眼泪。

神也会为了凡人流泪吗？

"小舟不哭，师姐没事……"

她沉默寡言惯了，竟然连句安慰人的话都说不出来，只能笨拙地安抚这个哭得像个孩子一样的神。她看不见羽烛白痛苦狰狞的神情，也看不见羽烛白满脸狼狈的眼泪。苏若秋觉得冷，这个怀抱虽然不温暖也不安稳，却让她觉得安心。

苏若秋习惯性地就要挣脱这个怀抱。她在这世上学会的第一个道理就是永远不要靠近她所珍惜的东西。尽管眉间的梅花痕尚在，但她还是把江楼夫妇的死、鹤风的死、江画舟的出走背在自己肩上，归咎于自己“不祥”的命格。

无数个夜深人静的夜晚，她都在想，为什么死的不是自己。

苏若秋是个不聪明的孩子，她用“远离”来保护自己最珍贵的宝贝。而她的一生里，第一次拥抱她最珍视的人，是在她即将死去的时候。

“小舟别怕，师姐会保护你的。我只是想睡一觉……”苏若秋的思绪已经混乱了，她以为自己还站在十六年前的摇篮前，小舟还是一个小女孩。她用自己的一生赌咒发誓，哪怕永远无法靠近这个孩子。

苏若秋合上了眼睛，梅花痕消失无踪。

魂魄已散，气运自然没有了，枷锁也理所应当地消失。

天地寂静。

苏若秋的手指跌落在雨里。

我又来晚了。羽烛白看着苏若秋低垂的睫毛，想。

为什么我总是来迟？

她头痛欲裂，眼睛里只剩下苏若秋和带血的止霜剑。

我要杀了他们。羽烛白的心里只有这一个声音。

万度瞳像狗一样地扑过去攥住了镜心。世人将万度瞳和青铜镜相提并论，但他知道，他的幻术和青铜镜比起来不值一提，镜心窥破一切心灵的能力更是他不具备的。青铜镜灵死了，但镜心还在，谁握住了镜心，谁就是镜宫的主人。

他将将把镜心握在手里，喉咙上忽然一凉。

羽烛白面无表情地振去剑上的血，推剑回鞘。万度瞳的身体在止霜剑回到鞘中的瞬间四分五裂，成块的骨头和肉砸在了雨水里，漫出墨水一般的血来。

羽烛白屈起五指，血肉崩裂之后暴露出的魔魂慌张地逃窜，被她轻而易举地握在了手里。她微微用力，掌心的神息剧烈燃烧起来，把那团魔魂烧成了飞灰。

她终于看到了那枚镜心，明白过来之前在洛都，那些魔种的目标就是苏若秋。可是她太自大了，盛怒之下没有去深究，以为九嶷山不过是被自己拖累了而已。

苏若秋就是镜心宿主，是那个命中注定的“不得好死”之人。

羽烛白的视线涩涩地转过四周，看见了呆呆地站在雨里的众人。

容许身上都是血，脸上的肌肉僵得扯不动。他走过来抱住苏若秋，费力地站起来，却在原地怔愣了很长一段时间，不知道能去哪里。他像是力竭的木偶，抱着怀里安静的女孩跪倒在地上。

容许一点点收紧了怀抱，像是这样她就能留下。

白珏和上官策都艰难地挪动着步伐走了过来，低头看着痛不欲生的容许和安详睡去的苏若秋。白珏指尖发颤，再也握不住雨时剑，连站也站不住了。他跪倒在容许身侧，伸出手想要碰一碰苏若秋的手，却好似被无形的敌人击倒了一般，痛苦地抽回手去。

上官策木然地攥住了苏若秋手腕上的伏羲钱，近乎癫狂地吼道：“江楼师伯不是在长命锁里留了一魂吗？也许伏羲钱里也有呢，也许这就能救小师姐呢？我去找，总会有办法的，藏书阁里一定有办法的。”

他一面自言自语，一面摔进了藏书阁，几乎是爬进去的。

羽烛白知道，一切只是徒劳。当魂魄消散于天地间，酆都生死簿上的名字被抹去，这个凡人就彻底“死去”了，不会再入轮回，不会再有下一次。她觉得自己的胸腔里装的大概是块木头，否则她为什么感觉不到疼呢？

她的心里一片荒芜，寸草不生。

羽烛白仰头看着紫色雷电汇聚的天空，一步步远离了众人。

她杀了叶岚的师父，虽然当时他已经被钟寂的傀儡丝控制了，但神明屠戮凡人是违背天道秩序的，所以天雷还是会如期而至。羽烛白已经懒得躲了，直挺挺地拎着止霜剑站在雨中，等着天雷落到她身上。

羽烛白思绪纷飞，她一会儿想，为什么没有早点看出来苏若秋是镜心宿主？一会儿想，苏若秋的手真凉啊，是死人的手才这么凉，还是说她素来这样？一会儿又想，连青铜镜灵都找不到镜心宿主的转世，万度瞳是怎么找到的？

一声石破天惊的巨响，羽烛白闭上了眼睛。

天雷没有砸到她身上，纠缠不休的雨点消失了，她被人抱在怀里。

羽烛白没有睁开眼睛，她闻到了淡淡的水沉香气味。她觉得很疲惫，这具躯壳的内脏在出血，骨骼也在缓慢地被折断。沧雪神君的剑法之暴戾，是凡人之躯无法承受的。她杀死万度瞳的时候，也杀死了江画舟。

“寒川。”

墨寒川的脊背一震，似乎是被天雷击中了。然而他没有流露出任何痛苦的神色，只是把怀里摇摇欲坠的女孩抱得更紧。

“我在。”

“我想回昆仑山了。”羽烛白把自己埋在他的胸口，带着泣音说，“我累了。”

酆都。

鬼王坐在忘川河边，听手下战战兢兢地汇报生死簿上那个看不清的名字消失了，没什么兴趣地摆了摆手示意他下去。

他看着河面上光秃秃的红莲梗，水底下有点点幽光浮上来，像是萤火虫。

“果然，连沧雪神君亲自出手也不行吗？”

即便是最强的神，也不能抵抗已经写好的命运吗？

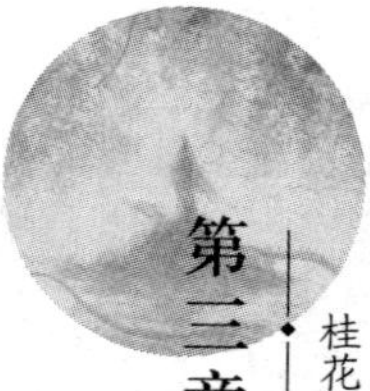

第三章 桂花酒

第一节 神魄归·菩提印

他们终究还是没有回昆仑山，以墨寒川如今的身份，堂而皇之地走进昆仑山无疑是在抽天道的脸。

墨寒川把她带回了红叶山城那座安静的宫殿，江画舟的身体不可逆转地衰竭下去，越发单薄苍白。她爱坐在宫殿后那棵红色的树下，仰头望着晚霞般的树荫，往往是看着看着就昏昏沉沉地睡过去。

“为什么，是枫叶呢？”

墨寒川从身后搂着羽烛白细瘦的身体，忽然听见怀里的人不清不楚地问。他没有回答，他一贯认为苦难是不必与任何人分享的，有些东西说出口会变成自己的委屈，别人的愧疚。

“我听说，血莲花池池底有一株苍白的树，命定的大修罗王会在那里出生。但是每一任大修罗王都会把上一任的尸体扔进去，天长日久，那棵树就被浸成了红色。”羽烛白自顾自地说着，“你也见过那棵树吗？”

墨寒川和她从小一起长大，他们之间不用说话，一个眼神就能明白对方的意图。这句话分明是在问："你也吃过那些苦吗？"

"也就那样吧，血莲花池的魔种也就一般般。"墨寒川用下巴轻轻地蹭着她的发旋，"还没有我们沧雪神君的小手指能打，我收拾他们一点都不费劲。"

羽烛白轻轻地笑了一声，并没有相信。

她的呼吸平稳匀净下来，墨寒川知道她又昏睡过去了。她的骨骼和五脏六腑在腐烂，只能用睡眠来缓解痛苦。

这些日子里发生了很多事。

叶岚和松石自九嶷山不告而别；容许把自己锁在寒潭十日未出，再现身时却是白发如霜；白珏收好了雾朱剑的碎片，下山游历；上官策在藏书阁扎了根，每日一占。

然而羽烛白什么都不知道，墨寒川也没有告诉她。他们蜷缩在这与世隔绝、暗无天日的宫殿里，像是在风暴降临前夕相依偎的两只雏鸟。

羽烛白单薄的身体忽然轻微地抽搐起来，呕出一口又一口的污血。墨寒川手脚僵硬地为她擦去头上的汗，却无力阻止即将到来的结局。羽烛白没有醒过来，这具肉体在她的昏迷中崩溃了，冷汗浸湿了里衣。

墨寒川感受着怀里的人呼吸渐渐微弱，直至彻底消失。黑鸟和白狐蹲在檐下，远远地看着那两人。

小狐狸从栏杆上蹦了下来，拖着尾巴往外走。

"你去哪儿？"食铁鸟的声音很难听，像是生锈的金属互相摩擦。

"沧雪神君要归位了，"小狐狸说，"我当然是要回昆仑山。"

"尊上没有说你可以走。"汀罗警告道。

"你最好现在不要去打扰你家尊上，"小狐狸不搭理他，"他这个人看上去人模人样的，实际上比谁都疯。沧雪神君归位，必然和整个神界为敌，你家尊上的心情一定很不好。"

汀罗没接茬。

墨寒川仰面看着如火的树叶，神情纯然得像个孩子。

昆仑山山顶有一个湖泊，湖泊周围是一片低矮的碑林。山墟君只是草率地提过，那个湖泊叫“天池”，其余的一概不提，也不许墨寒川上去。

墨寒川远远地看过一眼，只觉得那个被冰封的天池像是一面嵌在雪顶上的镜子。

自从山墟君险些发疯把自己埋了，墨寒川看他的眼神忍不住多了一些担忧。山墟君毫无察觉，他对别人的情绪一向不在乎，哪怕他已经收了墨寒川做弟子。

有一次，山墟君没留下只言片语，消失了三天三夜。墨寒川一忍再忍，只能上天池，看看能不能在池边刨出来一个师尊。然而山顶空无一人，只有细雪盘旋着飘落。而天池的冰面下传来了一些动静，墨寒川大惊失色，心道山墟君该不会把自己冻在里面了吧？

他急急忙忙地跑上冰面，冰面澄澈透明，像是世上最干净的琉璃。

他的脚下有个巨大的影子靠近，墨寒川定睛一看，一条白色的龙在冰面下游弋，鳞甲宛然。

墨寒川知道山墟君乃白龙血裔，只是这条龙比起山墟君的年纪来说，实在是小了点儿。而且山墟君不是最后的白龙血裔吗？昆仑山上怎么还会有第二条白龙，还这么小？墨寒川忍不住跪在冰面上，凑近了仔细地探究。

墨寒川的手按在冰面上，那条白龙也缓缓地靠近了他。

随着一人一龙之间的距离不断拉近，白龙的鳞片、爪牙逐渐剥落，暴露出女孩白皙柔软的皮肤来。墨寒川瞪大了眼睛，那女孩有着和山墟君如出一辙的银瞳和白发，在深蓝色的湖水中越发显得耀眼。她头上还有未褪去的龙角，下半身是龙尾的形状，小小的脸颊两侧被细小的白色鳞片包裹着，指间甚至带着透明的蹼。

女孩神情懵懂，隔着冰面与墨寒川掌心相贴。

墨寒川的心脏剧烈地一颤，仿佛隔着冰层感受到了女孩滚烫的体温。

女孩不能理解他的神情，歪头吐出一串细密的水泡。

一片阴影笼罩了墨寒川，他惊讶地抬头，看见撑伞站在他身边的山墟君。

水下的女孩被山墟君身上的杀气所惊动，龙尾一摆，把自己藏进了天池深处。山墟君面无表情，一手执伞一手握剑，吸饱了血的衣衫在滴血。

“师尊，我是因为……”

“回去。”山墟君打断了他。

墨寒川看着山墟君冷漠的眼睛，恐惧顺着脊梁骨爬了上来：“师尊，我可以认错也可以解释，我找不到你，以为你在山顶才上来的。如果我做错了，我现在就可以下去领罚。”

山墟君不置可否，拎起他的领子，把他扔到了岸边。墨寒川堪堪站稳，在飞扬的雪尘中看见山墟君凌空拔剑，剑锋上带着令人战栗的光辉，他劈碎了天池上的冰。山墟君对着碎冰漂浮的水面伸出手，指尖虚虚一握，细瘦伶仃的白色影子破水而出，轻易地被他攥住了咽喉。

那个白发银瞳的女孩在山墟君手上挣扎着，窒息的痛苦让她忍不住去抓山墟君的手。她一歪头，露出尖尖的牙，却犹豫了很久也没有咬在山墟君手上。

墨寒川看不下去了，赤手空拳地冲了出去。

山墟君周遭都是凛冽的杀气，墨寒川莽撞地冲进来只会伤了他自己，山墟君便不自觉地收敛了气息，连带着手上一松。

墨寒川接住那个小小的影子，两人一起滚到了天池边的地面上。女孩剧烈地喘息着，隐隐地带着泣音。

“师尊，为什么？”墨寒川摔断了自己的胳膊，却还是把小女孩护在他怀里，艰难地说，“她很可能是你的族人啊！”

“理论上来说，她应该算是我的女儿。”山墟君平静无波地更正了他的说法。

“你要杀了她？”墨寒川不可置信地问。

山墟君似乎是头疼，又像是纠结。墨规去世后，他日夜难眠，渐渐有了头疼的毛病，哪怕泡在他最喜欢的热水里，也只是能合眼。他按着太阳穴，脑子里像是有一万个小人在鼓噪，吵得天翻地覆。

“你在山上太寂寞了，留着她也行，但是她和你一样不能出昆仑山。”山墟君拂袖而去，随手决定了女孩的命运，“你也不用觉得你真的救了她，说不定哪一天，我还是会杀了她。”

墨寒川当真把那女孩领回了昆仑山的朱楼里，她的眼神警惕又明亮，像是小兽。墨寒川牵着她的手，感受到她冰凉的皮肤，不觉瑟缩，却被她握得更紧。他安置好了女孩，又私底下查阅有关白龙的古籍。

白龙一族血脉凋敝，留下的只言片语中并没有“同类相杀”这一条。

墨寒川摸不透山墟君的心思，女孩却愈加依赖起他来。她很聪明，说话写字修炼都学得很快。因为山墟君总是叫墨寒川的名字，她会说的第一句话便是“寒川”。山墟君看她好像看空气，但这已经是最好的情况。

“寒川是你。”女孩自信满满地说完，凑上去蹭了一下他的脸颊，“学会了。”

她化形化得不完整，有时候还会露出一些白龙的特征来，比如颊侧的细小鳞片或者头上的龙角。她还保留着小动物的一些习惯，比如睡觉缩成一团或者用亲密的靠近来表示讨好。

墨寒川被她微凉的鳞片蹭得脸颊发烫，思忖着该教一教她男女有别。

“寒川，是我的名字。”墨寒川纠正她，“我叫墨寒川。”

“名字是什么？”女孩吐字已经很流利，顺势问。

“就是代表我的一样东西。”墨寒川含糊地解释。

“那我的名字是什么？”女孩期待地看着他。

墨寒川失语，山墟君连多看女孩一眼都欠奉，更遑论给她取名。而这个女孩将来很可能是昆仑山的主人，甚至和山墟君一样受九天十地景仰供奉，他没有资格为她取名。

“也许有一天，师尊会亲自为你取名。”墨寒川摸了摸她的头发。

女孩失望地低下头去，趴在他的膝盖上：“他不喜欢我。”

墨寒川不知如何作答，只好说：“会有别人喜欢你的。”

女孩又雀跃起来，用力点头：“嗯！寒川就喜欢我。”

墨寒川哑然失笑：“嗯。”

羽烛白做了一个很长的梦。

寂静的深夜里，她从自己的房间摸到了墨寒川的床上，钻进了他的被子里。墨寒川被她冰凉的体温惊醒，却下意识地隔着被子抱住了她，按住她乱拱的脑袋。羽烛白在他的怀里安心下来，终于不再瑟瑟发抖。

“怎么了？”墨寒川迷迷糊糊地问。

“山墟君喝酒了，”羽烛白不住地发颤，“他好像很生气。我害怕。”

墨寒川的瞌睡醒了一半，收紧了手臂，轻轻地拍着她的后背：“别怕，我在。”

她在墨寒川的怀里不甚安稳地入睡，半夜又昏昏沉沉地醒了过来。她感受到墨寒川僵硬的身体，和床边投来的晦暗不明的视线。她连眼睫毛都不敢动，在墨寒川的怀里装睡。

“她一直这样吗？害怕了就来找你。”羽烛白听见山墟君问。

“也不总是……”墨寒川估摸不准山墟君在想什么，担心山墟君嫌弃她孩子气的一面，吞吞吐吐地想替她开脱。

“挺好的。”山墟君揭穿了他拙劣的谎言，“会害怕的人能活得长一些。”

墨寒川松了一口气：“我以为师尊很不喜欢她。”

“这两者之间没有关系。”山墟君淡淡地说。

墨寒川没再说话。

山墟君伸手摸了一下羽烛白的脸，像是在触碰一件易碎的瓷器。羽烛白的睫毛几不可察地颤动了一下，山墟君和墨寒川同时沉默了。

良久，山墟君意味不明地笑了一声，转身离去。

“好了，师尊走了。”墨寒川拍拍怀里的人，“别装睡了。”

羽烛白睁开眼睛，懊恼地把自己埋进了被子里。

昆仑山的天亮得很慢，墨寒川早起去做功课的时候，羽烛白将将从床上爬起来。她环顾四周，确定山墟君没在房间周围，才赤脚跑了出去。

她只穿着一件单薄的袍子，却不觉得冷，白龙偏低的体温和冰冷的血都是为了适应昆仑山的严寒而生，只有墨寒川会操心，一定要她穿鞋。

羽烛白跑出了房间，隔着木板听见了水声。她才犹豫了片刻，就被里面的人叫住了。

“想进来就进来。”

羽烛白嘀咕着问："我不想进来，可以吗？"

"可以。"山墟君回答得很轻松。

羽烛白还是乖乖推门进去了，她听墨寒川说，大人物都有些口不对心的臭毛病。

木板后是在地面上挖出的水池，热腾腾的水汽扑了她一脸。羽烛白一眼就看见了盘踞在水底的龙尾，顺着往上，才看见拢着衣襟的山墟君。

山墟君懒懒地半睁着眼睛看她："龙角露出来了。"

羽烛白化形还不是很利索，在情绪波动大的时候龙角和鳞片会忍不住冒出来，不像山墟君，只会露出颜色渐深的银瞳。羽烛白被他点破，又羞又恼地捂住了龙角往后退，不防一脚踩滑，整个摔进了池子里。

山墟君没有半点要拉她的意思，他只是借着龙尾的力靠近，上上下下打量了羽烛白一番，不咸不淡地评价道："看来也没有那么聪明。"

羽烛白生气了，鼓着腮帮子瞪他。

"看我干什么？"山墟君不觉得自己说的话有什么问题，奇怪地觑她一眼，"还不起来，等我抱你吗？果然是被寒川惯坏了。"

山墟君骂到了墨寒川头上，羽烛白顿时怒从心头起、恶向胆边生，胆大包天地讥讽回去："你才是被寒川惯坏了，一身自视甚高的臭毛病。"

山墟君没有发怒，云淡风轻地说："嗯，看来书还是读得不错的。"

羽烛白一拳打在了棉花上，无处着力，只好继续凶狠地瞪着他，全然忘了昨晚被吓得跑到墨寒川身边去的是谁。

"真笨。"山墟君抱怨了一句，用尾巴拨动她的身体，把她推到了岸边。

两人之间鲜有这样宁静的时刻，平日里不是一个气势汹汹地提着剑，就是一个满山乱窜生怕被逮住。山墟君有一搭没一搭地用尾巴拍着水面，等着这小崽子自己滚蛋。却不料羽烛白没眼色至此，一动不动地坐在池子边。

"为什么是热水？"羽烛白忽然问，"我泡在热水里会很疼。"

高温会让白龙冰冷的肌肤感到疼痛。羽烛白一直觉得山墟君有毛病，原因之一是这人居然要在热水里才能得到片刻安睡。

她本来没指望山墟君会回答，只要他不吭声，羽烛白就可以顺理成章地跑了。

出乎意料地，山墟君说话了。

“我一直希望我的血是热的。这样我姐姐死的时候，我抱着她，她就不会觉得冷。”

隔着濛濛水雾，羽烛白看不清他的神色，却听出了这话里的孤寂。

血脉中根深蒂固的信任和依赖让羽烛白有些动容，只是她还没来得及从中咂摸出一点怜惜来，就被这冷血的“父亲”呵斥道：“问完了吗？问完了就滚。”

羽烛白怒气冲冲地“滚”了。

隔着氤氲的水雾、漫长的时光和生死，羽烛白仿佛看见了山墟君对她的背影投下的目光。平静淡然，没有爱也没有杀意，仿佛只是在再寻常不过的下午，不喜欢吵闹的山墟君在看一个孩子。

无法挣脱的沉眠中，羽烛白剧烈地挣扎起来。

雪山、水汽和男人的影子一一凋零。

她奔跑在绵延不断的山脊上，雪和风从她的脸上剐过去。她跌跌撞撞地追着那个从不回头的背影。真是奇怪啊，她分明应该怕这个人，该恨这个人，可她就是恨不起来。每一次山墟君拔剑指着羽烛白，羽烛白害怕之余，还困惑他的眼神何以悲哀至此。

他看羽烛白，就好像在看一个注定无法更改的悲剧。

飘雪盘旋不去的昆仑山顶，忽然出现了一线清明。

风雪骤停，凛冽的剑气横亘千里。冰封的广袤湖泊在瞬间破碎，矫健的白色巨龙从湖底冲出，鳞羽如霜。湖水被带得泼洒出来，洗净了湖边低矮的碑林。

白龙在昆仑山山顶的天空飞旋两周，发出一声清啸。

昆仑山千里之内的生灵伏地叩首，恭迎他们的神君归来。

离曜从菩提树下醒来，睁开眼睛看着身侧震颤不止的长枪。

他拎着枪起身，拖曳着一袭白袍慢悠悠地走进了兵荒马乱的无量天。文神武神都慌里慌张地四处奔走，随便一脚踩进去，不是踩到卷轴就是踩到谁的武器。

离曜用脚尖拨开地上的杂物，他走过的地方，都有神明自觉地给他让路。他一路畅行无阻地走进了神殿。

神殿里格外清净，只有一个焦头烂额的羲和。

“兄长，”离曜说，“沧雪回来了。”

“我知道。”羲和苦笑一声，“白龙归来，昆仑山上一声龙吟，万物无不宾服。现在九天十地都知道她回来了。”

“何以慌乱至此？”离曜不解地问，“她已经受过一次天谴，就算她还想杀第二次神帝，无量天也没有同等高贵的头颅给她摘了。”

羲和摇摇头，把一张卷轴扔过去：“比那还糟。”

离曜接住了那张泛着白光的卷轴，看见上头的菩提印时，心头一震——这是天道亲自颁下的命令。

“天道对沧雪神君下了诛杀令。”羲和缓缓地说，“从这道命令降下开始，她就不再是我们的‘沧雪神君’了。她现在已经彻底成为天道的叛逆、神界的敌人了。离曜，你要杀了她，只有你能杀了她。”

第二节 无量天·命格变

羽烛白潦草地披着一件白袍，赤脚踩过坚硬的冰雪，在天池边上的碑林里转了一圈。她对这里委实不熟，好半天才找到那块属于山墟君的石碑。

石碑上刻着“明恪”二字，在羽烛白的记忆里，没有人这样叫过山墟君。想来是因为他脾气臭，偏偏身份尊贵，才让人不得不尊称他的尊号。

羽烛白长叹一口气，在那块石碑面前坐下。

“我承认了，你说得没错。”羽烛白托着腮帮子，“我确实没那么聪明。我好像总是做错事，总是‘来不及’。但是你那么聪明绝顶的一个人，能不能告诉我，现在我要怎么办？”

羽烛白的一生中，这样的无能为力的时刻是很罕见的。

第一次，她和墨寒川分隔万年。

第二次，她没能救苏若秋，也再也救不了苏若秋。

羽烛白以额头抵着冷硬的石碑，慢慢地捋顺思路。先是墨寒川被人所救，堕魔成为了大修罗王。墨寒川又从天谴下捞回了她的神魄，投入江画舟的身体。

与此同时还有一拨人，他们致力于让自己回到神界，为此不惜先后几次逼羽烛白出手。幕后黑手能挑拨青铜镜灵明鉴，能诱惑万度瞳和钟寂，一定是位高权重之人。

可能是魔种，也可能是神。

明鉴在死前说，这一切不幸的背后掩埋着同一个真相。

羽烛白想，要从神帝开始查，他为什么要吃饱了撑的没事干把镜心藏在一个凡人的魂魄里？

无量天一天之内人仰马翻了两次。

第一次是沧雪神君宣告她的回归，第二次是这个被天道下了诛杀令的叛逆，居然自己送上门来了！但谁也不敢说这是自投罗网、瓮中捉鳖……谁是那个鳖还不好说！

神界如今的话事人羲和保持了沉默，替代羽烛白成为了葬骨川守界人的离曜也没有出手。

羽烛白堂而皇之地走进无量天时，还和离曜打了招呼。

离曜的面色有些奇怪，肢体僵硬地回了她。

羽烛白没把离曜的异状放在心上，在她眼里，这只小凤凰一直都不太聪明，简单来说就是脑子不知道有什么问题，总归是不好使。

她一路走到神帝从前所用的神殿中，还路过了未熄灭的天谴雷火。

羽烛白震惊了：“你们好歹是活了十几万年的神，不至于这么没见识吧？连天谴的遗迹都要供起来，该不会还要收钱观看吧？”

“这还不是托你的福？”离曜一路尾随她，以防她又折腾出什么幺蛾子来，闻言冷笑一声，“这玩意儿就没人能熄灭，你倒是重获新生，从前那副残骸还在里面烧着呢！”

“你要是恋旧，捡出来拿去梧桐荫供着，每天上三炷香，我也没意见。”羽烛白反唇相讥，也不管离曜被她怼得脸红脖子粗，抬手降下三千霜雪，硬生生地把那张狂的雷火压下去了。

她说完这句话，丢下离曜就往里走。

神帝是个附庸风雅的神，神殿里也装潢得素净文雅。

在无量天，时间仿佛是静止的，流云会变幻但不会离去，林海永不褪色，鲜花也从不凋零。所以经年过去，神殿还是停留在羽烛白将神帝一剑贯心的那天。

乌檀木的桌案被五马分尸，插着山茶花的白瓷花瓶也粉身碎骨。那朵摔得花瓣残缺的山茶花，色泽甚至还能算得上鲜艳，像是今早刚摘的一样。羽烛白踩过地面上散落的棋子，一步步走进神殿深处。

她神色如常，不见悲痛也不见愧疚，冷静得不像个重回现场的凶手。

“羽烛白。”离曜忽然叫住了她。

“说。”羽烛白翻着书架上的记录，头也不抬地说。

“我一直不能理解，神帝陛下究竟哪里对不起你，你竟然恨他至此。”离曜死死地盯着她的背影，“你上了无量天之后，陛下对你千依百顺。难道就因为他杀了区区一个魔种，你就可以抛却一切恩情吗？”

羽烛白单手按在架子上，深吸了一口气，简直要被这只小凤凰气得笑出来。

也就是托大师兄的福，她现在脾气好了些。要换作从前，她就让这凤凰哭着回梧桐荫再养一万年的羽毛，好好地让他见识见识什么叫“不会说话就闭嘴”。

“区区一个魔种？”羽烛白重复了一遍他的措辞，舔着唇笑了起来，是怒极的表现，“你是不是忘了当年为什么被我扒了一身的羽毛？”

离曜脸色一变。

当年羽烛白初上无量天，处处被神帝娇惯着，离曜很是看不惯——看不惯的原因有山墟君的一份功劳在里面。这前前后后的白龙血裔，一个目中无人，一个随心所欲，简直是神界之毒瘤。

偏偏他还不能拿羽烛白怎么样。

他尤其看昆仑君不顺眼，总觉得羽烛白这个“师尊”成日里以兜帽遮脸，鬼鬼祟祟的，看着就不像什么正经人。

离曜诚实地吐露了心声，这话传到羽烛白耳朵里，她当即奓毛，抄着止霜剑就去踹了梧桐荫的大门。二人大打出手，离曜含恨落败，羽烛白犹不解恨，心狠手辣地扒了他的羽毛。

飞禽尤为爱惜羽翼，凤凰也不外如是。离曜气得大哭，又不好意思说这是打架打输了的代价。羽烛白也莫名地没有把两人打架的起因说出去，平白挨了神帝一顿数落。

“原来如此。”离曜思及往事，心里越发地不屑起来，“看来你当时心里确实有鬼，所以那么要强的性子却忍气吞声，死也不肯说为什么和我打架。神帝还说你是被那魔种蒙骗了，现在想来，你和那魔种分明是一丘之貉！”

羽烛白觉得这小凤凰太过聒噪刺耳，很想拎着他的脖子把他扔出去。离曜见她一言不发，愈加恼怒：“你和山墟君一样黑白不分，这就是你们白龙的传统吗？”

羽烛白盯着他，眼神冷厉：“你再说一遍。”

“我说，你和山墟君一样为魔种外貌所惑，黑白不分。”离曜已经做好了和她动手的准备，抬手亮出长枪。

“这和山墟君有什么关系，”羽烛白看都没看他手里的武器，追问道，“那个迷惑了山墟君的魔种是谁？”

“你不知道？”离曜只觉得羽烛白装模作样，“那个魔种受了山墟君的血，成了个不神不魔的东西，后来还妄想逆改天命，修成龙骨、由魔成神。神帝抽了他的龙骨，以正天道，山墟君竟然就此和神界决裂。”

羽烛白的脑海里回想起一个名字——墨规。

在山墟君要杀她的时候，墨寒川声嘶力竭地吼道：“难道你也觉得她生下来就该死吗？你现在的所作所为和天道对墨规做的事，又有什么不同？”

她清楚地记得墨寒川说出这句话以后，山墟君虚弱的模样，像是被人抽走了脊梁。

“他叫什么名字？”羽烛白想要最后确认一次。

“我怎么知道？”离曜奇怪地看她一眼，似乎是觉得这个问题太过无理取闹。

凤凰手下伏诛的妖邪数以万计，如果不是山墟君，那个渺小的魔种连被他记住的资格都没有。

“你这个蠢货，你还能知道什么？”羽烛白咒骂了一声，抓着手边沉重的书架掷了出去。

离曜挥枪劈碎了架子，在漫天飞舞的木头碎屑里，看见银光一闪。他深知止霜剑的神威，横枪在胸前作为抵挡，却被一股巨力狠狠地推了出去。

他的身躯撞碎了紧闭的神殿大门，“砰”的一声落在外头的地面上，砸出一个巨大的坑。

闻讯赶来的神祇们都震惊了，这是何等相似的场景？

羽烛白拎着未出鞘的止霜剑缓缓行至大殿门口，神色晦暗不明。

“我今天不想见血。”羽烛白冷冷地扫视众人，说，“滚开。”

羲和排众而出，扶起了狼狈的弟弟，不卑不亢地直面羽烛白道：“沧雪神君，你可知天道对你下了诛杀令？”

羽烛白闻言，调转目光，看了一眼远处的无一台。

她轻蔑道：“找不到理由对我降下天谴才会下诛杀令。有本事你们就来，我看看谁不怕死。我挨得过一次天谴不死就挨得过第二次，但你们能不能在我手底下撑过一回，就看你们的命有多长。”

何等狂悖之言，众神却敢怒不敢言。

“不敢就让路。”

离曜被她当胸一剑拍碎了肋骨，饶是气血翻涌，也只能看着她走远。

“天道对沧雪神君下了诛杀令。”汀罗把自己捏成一只乌鸦大小，收了翅膀踩在架子上，低眉顺眼地说。

桌前的人没戴面具，悬腕提笔，在宣纸上勾勾画画。大修罗王这身衣冠禽兽的毛病很对魔种的口味，尽管披着张绝色人皮，也盖不住底下腐烂的血腥味。

沧雪神君肉身消散那日，大修罗王亲自出手料理了十余位修罗王。原先以为他手腕疲软的魔种们都老实了，没再敢兴风作浪。

“还有呢？”墨寒川专注地画着，头也不抬地问。

“沧雪神君上了无量天，没多久又出来了。”汀罗补上一句，“看上去毫发无损。”

“天道黔驴技穷了，只要她不杀人不弑神，就拿她没办法，只好下诛杀令。”墨寒川洗净了手，终于看了汀罗一眼，“至于神界，还没谁能拿她怎么样。你被哪个神祇抓住了？”

汀罗缩了缩脖子，想把自己秃了的脑袋埋进翅膀里。

他羞愤地说道：“属下被沧雪神君抓住了。她说要么尊上亲自前去找她，要么让我滚。”

“真是她能干出来的事。”墨寒川失笑，伸手摸摸汀罗的脑袋，细密的黑色绒毛重新覆盖了他的脑袋。

“不为难你了，我自己去找她。”墨寒川说，“看好我的画，墨水还没干。”

墨寒川果然离去，汀罗歪着脑袋，也没看出来这张画有半点美感。

画上赫然是四个圆滚滚的雪人，两大两小，憨态可掬。

画师多画梅兰竹菊、山水鱼虾等风雅之物，以彰显自己的才情和技艺。虽然也能从这张画里看出些许画师的精巧技法，却始终有限。

汀罗看不明白，只好感叹大修罗王自有深意。

羽烛白刚出无量天，打发走了食铁鸟，就被一只毛茸茸的狐狸赖上了。

“松开你的爪子，”羽烛白拎着狐狸的后脖子，想把他扔出去，却被两只爪子死死地扒着脖子，“你的毛掉我衣服里了！”

“你怎么不等我？我一觉睡醒，你人又不见了！”小狐狸委屈地哭号起来。

“你没断奶吗？没断奶我去给你找一只刚下崽的母狐狸。”羽烛白费力地把他薅下来拎在手里，没好气地说，“我等你干什么，你有什么用？你就会吃和睡，还掉毛！”

小狐狸无言以对。

说是这么说，羽烛白还是没把他扔回昆仑山。

“我们去找寒川吗？”小狐狸问。

“去找鬼王。”

酆都不见天日，唯一的光亮来源是忘川河底漂浮上来的，萤火虫般的阴灵。刚刚踏进酆都，小狐狸被阴风一扫，吓得脊背上的毛都竖起来了。羽烛白安抚着这只没出息的狐狸，轻飘飘地跃过了忘川河。

将将把木筏靠岸的小鬼吃惊地看着她，下巴都快掉到胸口了。

“这次赶时间。”羽烛白摆摆手，解释道。

鬼王的得力手下判官早早等在忘川河边，对着她恭谨一拜：“鬼王在大殿恭候已久。”

羽烛白一愣：“他知道我要来？”

判官不答，只是请她进去。

大殿里更为幽深寂静，几盏幽蓝色的鬼火飘浮在空中。小狐狸害怕地搂紧了羽烛白的脖子，他没来过酆都，总觉得这里跟话本子上说的一样，随时会滚出来一颗龇牙咧嘴的头颅，或者掉下来一截带血的舌头什么的。

鬼王坐在大殿里唯一的桌案后，阴森森的鬼火衬得他面色青白，像是刚从棺材里爬出来似的。他用指节一下一下地叩着桌面，百无聊赖的模样，见羽烛白走进来，才懒洋洋地一抬眼皮，示意她过来坐。

羽烛白不讲究地薅过一张蒲团，坐在了鬼王对面：“你在等我？”

“从生死簿上那个名字消失，我就一直在等你。可算来了。”鬼王打了个呵欠。

羽烛白额角青筋暴跳：“你知道她是镜心宿主，为什么不告诉我？”

鬼王一点也不怕她发起怒来一剑劈了自己，把手掌伸到羽烛白面前。

羽烛白把他苍白的手拍了回去：“说话！”

“神帝和我订了血契，这血契可比昆仑君跟我订的狠多了。哪怕神帝魂消身殒，血契也依然有效，我不能对任何人透露关于镜心宿主的只言片语，尤其是宿主转世的身份。”鬼王耸耸肩，“总而言之，我要是告诉你，我就会和生死簿一起被‘销毁’。现在宿主没了，血契也消失了，我才能坐在这里和你说话。”

事情越来越扑朔迷离。神帝这个缺德的血契在防止任何人找到宿主的下落，究竟是怕人改写宿主的命运，还是在保护宿主不被人间以外的力量所害？他到底是想镜心宿主生，还是想宿主死？

“他有没有和你说过，为什么要干这种事？”羽烛白想起苏若秋，只觉得心口一阵阵地发疼，艰难地问。

“没有，他没有做出任何解释。”鬼王摇头。

“那是很久之前的事了，比昆仑君身殒还有久。那天神帝突然出现在酆都，翻阅生死簿，从里面选出了宿主的灵魂。他筛选的标准是最坚韧最纯净的魂魄，本来这样的魂魄，命格一定是很好的，却被他改成了‘不得好死’。后来青铜镜灵得知了这件事，闹出许多事端来，神帝又回来和我订下了血契。”

如果最纯净的魂魄是为了保护镜心不被污染，那么最坚韧的魂魄是要保证镜心可以一直在人间轮回吗？神帝如此行径，是为了让明鉴和镜心剥离。如果明鉴是一面完整的青铜镜，会发生什么？

“问了我那么多，该换我问一句了吧？”鬼王话锋一转，“宿主死了，那镜心呢？”

羽烛白凉飕飕地扫了他一眼：“你该不会也想要吧？”

“我要这东西干什么？”鬼王摊开手，“我没什么想要的，就想安安稳稳地守着我的生死簿，没事喝点茶赏点花，偏偏又闹出这些乱七八糟的事来。宿主因镜心而死，神帝受镜心所困，若它还在你手上，你还是当心为妙。我说，好歹我们有这些年的交情，你不必对我如此提防吧？”

羽烛白沉默片刻，说：“我有一种感觉。从我离开昆仑山开始，我就已经走进了幕后之人的局中。”

鬼王散漫的神色慢慢地变了："你离开昆仑山，是第一次天裂之战的时候吧？"

得多么神通广大的人，才能用神魔大战来诱她入局？

羽烛白不欲作答，笑了笑问："你这里有酒吗？"

墨寒川赶来的时候，看见的是忘川河上的两只酒鬼。

两个人喝得东倒西歪，眼看着就要掉进水里，边上的鬼差却战战兢兢地不敢上前去扶。小狐狸生无可恋，现出庞大的原身，把这两人从水边抵了回来。

"认识你跟昆仑君真是我倒了血霉！"鬼王四仰八叉地躺在地上，一伸手指，险些捅进狐狸的鼻孔里，"我的红莲都谢了！一朵没剩！你们就不能等天谴的余威散干净了再来吗，赶着投胎吗？你们也投不了胎啊！"

小狐狸不忍直视，默默地撇过头去。

羽烛白吐得七荤八素的，什么都听不清。墨寒川施了个法术，把她身上的污秽清洗干净，脱下外袍把她抱了起来。

"这是喝了多少？"墨寒川左看右看，地上拢共也就一个酒坛子。

"据说是鬼王珍藏的佳酿，"狐狸面无表情地抖了抖身上的毛，深觉晦气，"不知道埋了多少年。"

墨寒川很是无奈，怀里的人抓着他胸口的衣服，忽然哭出了声。小狐狸吓得噤若寒蝉，大气都不敢喘了。

"对不起。"羽烛白呜咽着说，"师姐，对不起……是我来晚了。"

离开九嶷山后，羽烛白没有提过苏若秋一个字，只是偶尔摸着光华流转的镜心发呆。愧疚和悔恨其实早已决堤，她在无声之中被溺毙。

墨寒川沉默半晌，在她的额头落下一个柔软的吻："不是你的错。"

为什么总要把别人的命背负在自己身上呢？你是神，可你不是无所不能。你曾经也只是个会害怕会撒娇的孩子，其实不必对自己如此苛刻。

墨寒川抱紧了她，有些失神地想，山墟君的愿望还是没能实现。

第三节 昔少年·唯一

九嶷山上的梨花开了。

上官策敲门来告知容许这件事的时候，他正在擦纵云剑。

神界的时间流动与人间不同，这已经是苏若秋离世的第一个年头。容许怔怔地抬头望去，窗外梨花盛放如雪，沉甸甸地压在枝头。

“掌门师兄，”上官策看着他，难过地说，“出门走走吧。”

厨房已经落灰许久，江画舟不在，那些滋味寡淡的炖汤再也没有出头之日，连带着烟火气也消散了。山上处处宁静，偶尔有风穿行而过，推着长廊上的引魂铃“叮叮当当”地响。

白珏从前总是抱怨山上太闹腾，一点没有话本子上仙门的气派，全然忘了他和江画舟是最闹腾的人。

现在山上静了下来，白珏却已经下山了。

容许站在廊下，看着随风摇曳的引魂铃。

魂兮归来。

可是离开他们的人，连魂魄都没剩下，徒留引魂铃浅唱不休。

上官策不知道，容许已经解开了束缚心火的枷锁。枷锁让他得以安稳度日，却也限制了他的修为。这一年多以来，他总是想，如果当时他再快一点，哪怕再快一点，那只手就不会剖开苏若秋的胸口。

他在心里反复演练那一剑，次日醒来，已是霜雪白头。

“师尊，若秋……”容许伸手接住飘落的花瓣，喃喃道，“今年的春日有些晚。”

藏书阁顶上隔出了一个小阁楼，对着狭窄的窗口望出去，可以看见雪海般的梨花林，只是更多时候看见的是苍翠的树林。窗边放着一张小桌子，桌案边的书卷堆积如山，分门别类地摞着。

上官策坐在窗边，远远地望着廊下发呆的容许。

自从苏若秋死后，容许“老好人”的画皮再也挂不住了似的。他一日比一日阴郁、沉默寡言，不是把自己关起来修炼，就是提着剑下山和那些前来寻仇的魔修打架。

在一次时间很长的闭关后，容许的头发全变白了。

上官策没有问，也不敢问。

白珏也在苏若秋下葬后不久离山，他仍然保留着九嶷山弟子的头衔。

夜深人静的时候，上官策也忍不住绝望。

浩如烟海的典籍中，关于重聚魂魄的禁术不少，但都没有用。他不知道自己这样寻找下去有没有意义，世上也许并没有这样的禁术，所谓“破镜重圆”，只是命运对凡人不自量力的妄想发出的嘲笑。

可是不找，他又能做什么呢?

白珏已经两天没喝水了，喉咙里干涩得像是吞了一把沙子。

那只恶鬼被缠了符箓的绳索捆得死死的，身上都被符箓勒出好几道焦黑的痕迹来了，还露出一口獠牙想咬人。白珏一脚踩在恶鬼脑袋上，那股恶臭气息才消散了一些。他满身都是汗和血，比恶鬼还像从乱葬岗里爬出来的。

“道长，这是水……”面若桃花的姑娘鼓起勇气递来水壶，白珏匆忙道谢，仰头闷了半壶。

他虽然形容狼狈，却还能看出少年人清朗的风姿，兼之刚刚收拾了恶鬼，更为他添了一抹年少有为的光辉。

“没事了，这恶鬼已经抓住了，待我将他度化，你们就平安了。”他一点也没搭理姑娘“怦怦”乱跳的少女芳心，把水壶往人怀里一塞，掏出符箓来贴了恶鬼一身。

恶鬼尖叫着化成了飞灰，叫声之凄厉，硬是把姑娘的脸给叫白了。

白珏面不改色，跟村民拜别之后，径直寻了一处溪水，仔仔细细地将带血的雨时剑擦干净了。他从清澈的溪水里看见了自己的倒影，胡子拉碴的，也亏那姑娘能看得上。

白珏自嘲地笑笑，潦草地洗干净了身上的血，背着剑又上路了。

“道长，道长！”方才递水的姑娘追了上来，气喘吁吁道，“你的东西落下了！”

白珏摸了摸空空如也的腰间，脸色剧变。姑娘见他神色不好看，小心翼翼地递上了那个锦囊。

“多谢姑娘，这东西对我很重要。来日姑娘若是赏光，去了江南，白某必定扫榻以待。”白珏彬彬有礼地说着，手上却猴急地打开了锦囊，查看里面的东西是否完好。

“我没有打开过，只觉得有点沉。”姑娘道，“道长，里面是很重要的法宝吗？”

“是我师姐的剑。”白珏淡淡地说。

一时间，他不再是风餐露宿的寒酸修士，而是白家矜贵骄傲的小少爷，九嶷山潇洒自在的三弟子。姑娘被他突然转变的气质惊了一下，但很快，白珏就头也不回地走了。

在容许消沉、上官策疯魔的时候，白珏出奇冷静地一片片捡回了雾朱剑的碎片，装在锦囊里，带下了山。

他四处游历，一面铲除妖邪，一面打听有没有寻回魂魄的方法。期间没少接到家里的信，大哥很担心他，想让他回家。白珏依言回去探望了他们，之后照旧上路。

最不像苏若秋的白珏，活得最像苏若秋。

他只是不能接受，怎么突然之间，酒鬼掌门就没了，小师姐也没了。他忽地意识到，没有用的人，最终会失去一切。如果他是天下第一，如果他是江楼掌门，一切便不会是这样的结局。

夕阳西下时，白珏走进了一座略微热闹的城镇。有歌女倚着窗户梳理鬓发，幽幽地唱歌。他的影子被拉得很长很长，看着有一点孤单，却也只有一点。整个镇子被笼罩在温暖的余晖中，那歌声缈缈，像是从记忆深处传来的。

“欲买桂花同载酒，终不似，少年游。”

羽烛白醒来的时候，是在红叶山城。

她转着眼珠子反应了一下自己身处何地，猛地掀开被子蹦了下来。

窗户上蹲着的狐狸和鸟被吓了一跳，齐刷刷地看着她。羽烛白赶紧低头看了一下身上有没有多出来一只手什么的，否则他们怎么会用这种眼神看自己？

“看来是醒了。”白冉从可爱的小狐狸变成了雌雄莫辩的男子，跳下窗台拍着羽烛白的肩膀痛心疾首地说，“你知道你今天都干了什么吗？沧雪神君的威名毁于一旦了！”

“我现在是天道叛逆，还有什么威名，都是罪名。”羽烛白一挑眉峰，“我干什么了？”

“你抱着昆仑君一边哭一边喊师姐，鼻涕眼泪蹭了他一身。”白冉语重心长地说，“昆仑君抱你回来的路上，你露出了尾巴和龙角，在他怀里挣扎来挣扎去，就是嫌他热不让抱，硬生生被他摁住了。现在整个魔界都知道大修罗王把沧雪神君拿下了，红叶山城里已经有魔种在自发准备办庆典了！”

“那不挺好的，省得天道成天琢磨要怎么弄死我。”羽烛白一点都不在意丢脸，余光扫到汀罗，随口问了一句，“头发长回来了？”

汀罗后怕地缩了缩脖子。

“躲什么，我们白龙不吃魔种。墨寒川人呢？”羽烛白问，“我有话要问他。”

“大修罗王在血莲花池上。”汀罗毕恭毕敬地回答，他算是看出来了，墨寒川是可以无条件对羽烛白妥协的，这位才是个不能得罪的祖宗。

血莲花池，羽烛白很熟悉这个地方，各种意义上的。

相传，血莲花池乃魔界之眼，是一切邪气和血气的来源，滋养万魔。血莲花池是一座埋于地下的高塔，下有九十九层。九为数之极，为了打压魔种气焰，神界称血莲花池深八千丈，无论魔种如何猖獗，始终要被神界压一头。

沧雪神君曾在血莲花池上斩首上任大修罗王，战绩彪炳。以血莲花池对魔界的重要性而言，她相当于把大修罗王压在家门口给砍了，狠狠给了魔种一个大嘴巴子。天裂之战后，她也曾数次下血莲花池肃清魔种。

羽烛白一走出宫殿，就察觉到了红叶山城街头巷尾躁动的气息。魔种们纷纷用发红的眼睛打量着她，又在触碰到她的白发银瞳后赶紧开溜。

她一路到了血莲花池，边上却没有人。

羽烛白心生不安，血莲花池上血水翻涌，似是沸腾。

她毫不犹豫地劈开那层薄纸似的结界，翻身跃了下去。

曲折幽暗的阶梯上都是尸体，浓猩的血从墙角喷溅到顶上，随便一脚踩下去，不是踩到眼珠子就是踩到胳膊。尸体的形状也很怪异，要么三只眼要么两颗头，青面獠牙都是委婉含蓄的描述，长相自由奔放得不忍直视。

羽烛白“墨寒川不在就一定是出事了”的旧病又犯了，她自己都没有意识到，神息毫无节制地外泄。

路上，她一丝声音都没听见，想来是墨寒川下手太狠，这些魔种都死绝了。越靠近血莲花池池底，血腥味越浓重，魔种尸体数量越少且巨大。

“砰”的一声巨响砸上了羽烛白的耳膜。

她被自己的臆想刺激得浑身上下的鳞片都竖起来了，腕间悬着的红线突然显现，死死地绞合，像是要切开她的皮肉筋骨。羽烛白抄着止霜剑就劈碎脚下的石梯坠了下去。

暴雨般的碎石倾泻而下，羽烛白在乌烟瘴气的烟尘中落地，入眼便是一棵白色的巨树，枝繁叶茂。树下积了不浅的血，整个血莲花池底层都是血水。她一脚踩在血水里，背后腥臭的风即刻将她没顶。

羽烛白反手握剑，锋利的冰刃在空中划出一道弧线，斜斜地从蛟的下颌线切进去，剖开了它的整个脑袋。一场淋漓的血雨泼洒下来，她这才有闲暇看清盘踞在树下、泡在血里的蛟尾。

严格来说，那已经不能被称为一条完整的蛟尾了。自尾端开始，蛟尾的鳞片、血肉被毫不留情地剖开了，暴露出森森白骨。十二支羽箭透过它的身体，羽箭刺入的鳞片被灼烧至融化。

羽烛白在染血的白色大树后看见了墨寒川。

这是她第二次看见这么狼狈的墨寒川，第一次是他被神帝抽出龙骨的时候。

墨寒川背靠着大树，半个身子都泡在肮脏的血里。他的鎏银面具碎了，眉梢有一道浅浅的伤口，像是被崩裂飞射的鳞片划的。但羽烛白知道他很吃力，长弓的弦在绷断边缘，他的箭也用完了。

她看着墨寒川，墨寒川也看着她。

羽烛白舔了舔干裂的嘴唇，试图平息胸口的怒意："这是新诞生大修罗王？"

"嗯。"墨寒川揉了揉太阳穴，他满手的血，这个动作反倒把自己的鬓角也蹭脏了，"你不来我也没事，就算它吞了我，我也有把握剖开它的肚子出来。你不觉得它和我很像吗？"

羽烛白听着他前言不搭后语的话，越发怒火中烧，绷着脸回了他一声"嗯"。

"我跟它是一个窝里的蛋，换而言之，算是我的弟弟。但是魔种之间没有血亲可言，在母体里就要互相争夺养分。有时候母体撑不到胎儿出生，就被胎儿剥削致死了。我运气好，被山墟君养大了。否则今日你我相见，躺在那里的就是我。命运真是奇妙，你说对不对？"

他很清楚自己在羽烛白心里是个什么模样，且不留余力地保护着她心里的那个泡影。

如今将事实血淋淋地摊开在她面前，墨寒川有种自虐般的快感。他骨子里就流着魔种残忍、嗜杀、贪婪的血，不过是通过墨规沾染了神性，又被山墟君养大，才能把君子端方的画皮画得圆满。

墨寒川不想自己带血的样子被羽烛白看见，如果羽烛白喜欢那个不染尘埃的昆仑君，他甚至可以装一辈子。

事已至此，墨寒川觉得自己可以接受羽烛白的任何反应，包括厌弃。羽烛白如果不再眷恋他，也许他走向那个结局时可以轻松一些。

他等着羽烛白的审判。

羽烛白却给了他一耳光。

墨寒川被打蒙了。

"第二次了，墨寒川。"羽烛白咬牙切齿地说，"你一个人来这种鬼地方逞什么能。我是不是说过遇到危险时要叫我的名字？你就是个榆木疙瘩做的棒槌，又自负又独断专行。还敢顾左右而言他扯些不相干的事，是不是真的要我把你锁起来你才能老实？”

墨寒川释然地笑了起来。

他豁然开朗，原来羽烛白不是喜欢干干净净的少年，也不是喜欢光风霁月的昆仑君，更不是喜欢心狠手辣的大修罗王。

她不喜欢任何一个被他的谎言包裹起来的虚幻美景，她仅仅是执着地拉着他的手而已。

无论他有没有白龙的血，无论他是谁，以何种面目示人。

羽烛白瞪着他：“你还有脸笑？”

“我的伤口有点疼，一路杀下来真的很累。”墨寒川撒娇似的对她张开了双臂，“能给我抱一下吗？”

他在询问，可他知道羽烛白不会拒绝。

羽烛白扫视他全身上下，目之所及的伤口只有眉梢那道划伤。但她骂骂咧咧地抱住了墨寒川，一边骂一边默默心疼。她自我反省道，莫非自己从前太过不靠谱，才会让寒川一次次撇开她独自犯险？

羽烛白埋首在充斥着水沉香气息的怀抱里，回忆了一下从前的自己。

好像是挺不靠谱的。

“别害怕，我不会死的。”墨寒川困倦地闭上了眼睛，纤长浓密的睫毛划过她脆弱的脖颈，“不论前路是怎样的颠沛流离，我都会陪你走到终点。”

因为我舍不得让你孤身一人。

羽烛白从这句话里听出了隐隐的悲怆，心头一紧。可她不敢问，她知道只要自己问出口，墨寒川总有许许多多的谎言来搪塞她。她只能搂住墨寒川，用力得像是要把他整个抱碎了，揣在兜里，带他去天涯海角，远离一切波云诡谲。

染血的白色巨树下，白色的神女和黑色的魔王相拥，荒谬程度可以在神魔两界流传百万年。

可他们抱得那样紧，仿佛天地辽阔，他们的立身之地只有对方的怀抱。

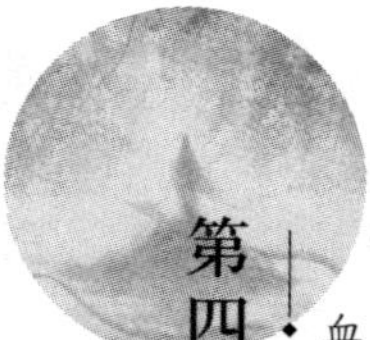

第四章 · 血莲

第一节 修罗路·沧雪生

他在一片血色中醒来，隐隐约约地听见有人说：“我就帮你到这里，有没有本事爬出去，就看你的造化了。”

那个声音顿了一下，接着道：“她还在等你，你可千万别死在这里了。”

他睁开眼睛，看着自己透明的身体，后知后觉地反应过来，自己是个魂魄。周围仿佛有无数双眼睛看着他，他忍不住把自己藏进了身后的墙里，窥伺着身边的一切。

他的脚下，一只魔种正在享受自己的战利品。

他生在这里，本该和这些魔种是一样的，他却没来由地觉得恶心。

魔种吃干净就拖着肚皮垂到地上的身体走了。

他不敢出来，今日的魔种是吃血食的，后日的魔种若是吃魂魄的，他可就完了。

他默默地藏匿在墙壁里，慢慢地明白了自己为何能苟活至今。因为他藏身的地方，是血莲花池池底，魔界之眼。他在底层游荡来，游荡去，却始终无法冲破桎梏。他只能绕着下面那株白色的树打转。

终于他第一天见到的那只魔种死了，破碎的肢体顺着台阶滚了下来。

他犹豫着，吃掉了上面残留的魂魄。

在很长一段时间里，他克制住了自己嗜血的本能，没有把自己弄得脏兮兮的。虽然他也想不起来为什么要这么做。

但他知道，有人在等他。

他一面厌恶，一面靠着吃魔种的魂魄和血肉修炼出了形体。他想离开这里，去找一个已经忘记的人。他总是反复地做同一个梦，梦里那个霜雪般的女孩抱着他，浑身是血，哭得他的心都要碎了。而他连伸手摸摸她的头都做不到，只能徒劳地看着她的眼神一点点变得绝望。

血莲花池里很脏。

只要恶意和邪念不断滋生，血莲花池里的魔种就不会死绝。而他要离开这不见天日之地唯一的方法，就是把自己和他们弄得一样脏。他杀一个魔种，就能登上一级台阶，所以他杀空了血莲花池。

当他从血莲花池走出来时，恭迎大修罗王诞生的众魔种都错愕了。

青年的肌肤素白，神情淡然出尘，像是壁画上俯视众生的神祇，叫人觉得多看他一眼都是亵渎。他赤裸着双脚踩在满地的血水里，冷淡地擦去了颊边因为进食而沾上的血，充满了骄矜和优雅。

仅凭一眼，众魔臣服。

他入主血莲花池边上的万魔之都，却没有立刻更改魔都的名字，也没有修理上门挑衅的魔种。他抓着魔将的领子，从魔种的眼睛里看见了自己略显急躁的模样，甚至有些狰狞。

他思考片刻，又放下了对方，纡尊降贵地捋平了对方的领子。

魔将更加惊恐了，大修罗王吃掉部下不是什么稀奇事，可没听过哪个大灰狼开饭前还给食物整理衣冠的。

他堪称彬彬有礼地问："你有没有见过一个白色的女孩子？"

魔将震惊了，没想到大修罗王的爱好如此别致。

大修罗王喜爱白色的传闻风行魔界，一时间，街头巷尾的魔姬都把自己的头发变成了白色。她们穿着仙气飘飘的白色衣衫，扭着袅娜的腰肢，拙劣地模仿人间话本子里那些清冷绝尘的仙子。但很快她们就放弃了，因为大修罗王自己也穿白色，那种傲然冰雪的风姿足以令任何模仿者羞愧而死。

与此同时，大修罗王下令魔都更名为“红叶山城”，漫山遍野都种上了红色的婆娑花。

当属下试探着问他，这个名字有什么典故时，他却说不上来。

记忆里，有个活泼如小黄鹂的声音说：“以后我们就找一个温暖的地方住，这里太冷啦！到处都是雪和白色，一点都不好看。”

他竭力想看清那个人的脸，却始终冲不破那层浓郁的雾。

他开始寻访被雪覆盖的名山大川，第一个造访的就是昆仑山。昆仑山的主人是葬骨川守界人沧雪神君，据说是个喜怒无常的人。他不想和人起争端，于是决定只要远远地看上一眼就好。

可是没等他靠近，魔界就传来了凤凰前来挑衅的消息，他不得不赶了回去。

他本来也没把希望寄托在昆仑山上，血莲花池里的魔种能和雪山上的神女有什么关系呢？

羽烛白从宿醉中醒来，无措地四下扫视，惊动了旁边小憩的狐狸。

小狐狸一蹦三尺高，忙不迭地扑上去安抚她。昆仑君死后，羽烛白一天比一天暴戾，也一日比一日难眠，像个敏感脆弱的孩子。

“怎么了怎么了，又做噩梦了？”小狐狸见她呆呆的，着急地说，“你现在在昆仑山，没有你的允许，谁都进不来。”

“我好像梦见他回来了。”羽烛白怔怔地说。

“是……梦吗？”

这样的梦她不止做了一次，然而每次她赤脚飞奔出去，却不见那个皱眉呵斥她穿鞋的人，只见茫茫风雪在空旷的天地间回荡。而她更多的还是梦到神帝抽出墨寒川的龙骨，梦到他满脸的血和隐忍的低吼。

其实她并没有看见那一幕，她赶到的时候，整条龙骨都抽出来了。墨寒川浑身是血地趴在玉白的地砖上，好像碰一下就会碎掉。

那不过是她自我折磨的臆想。

羽烛白披了外衣，顶着呼啸的风雪上了山顶。她穿过碑林，踏上冰封的天池，缓慢地靠近了天池中央。

透过坚硬透明的冰层，她可以看见那个躺在里面的人。他衣衫整齐，连头发都一丝不乱，睫毛垂下，双手交握放在胸前，安详得像是睡着了一样。

羽烛白躺在冰面上，摸索着将自己的手掌摊开，隔着冰层覆盖在他的手上。

一如许多年前，他们隔着冰面五指相抵，感受彼此的体温。

“再等等我好不好？我一定能找到办法的。”

墨寒川开始一点点学习魔界的事，也逐渐了解神界的事物。

魔种们的口中念叨得最多的一个神祇是“沧雪神君”，在当时，这是魔种们不能避开的名号。魔种们憎恨她的狠厉，又惧怕她的强大，不惜用最龌龊最下流的词句形容她。

而常常与沧雪神君一并提起的另一个名号是“昆仑君”，她的师尊。

魔种们用幸灾乐祸的口吻说，沧雪神君爱慕昆仑君而不得，昆仑君被神帝抽筋散魂之后，她就疯了。他们讽刺沧雪神君的虚伪，看着道貌岸然、人模狗样的，居然也干悖逆人伦、色令智昏的事。

依魔种们的想法，大修罗王应该乘虚而入，杀上昆仑山，用沧雪神君的血洗干净魔界万年来的耻辱。

但他毫无兴趣，他只是在一群魔将们争执的时候去看窗外的枫树。

那是一个魔种从人间找来讨好他的。魔界的气候非常恶劣，以枫树的娇贵，多半是养不活的。他做了一个精巧的法阵，才得以让枫树正常地生发落叶。

因为嫌魔将太吵，他索性遣散了所有魔将，于是宫殿里只剩下他一个人。他有时候会出去找雪山，找记忆里那个影子，有时候只是坐在树下发呆，仰望如火的枫叶。

他的记忆正在慢慢地复苏，每当他陷入睡眠，他就会看见那个小小的白色影子。

有时那影子离他很近，靠在他的肩膀上看书，细细软软的发丝从他的耳畔划过，嘴里哼着一支歌。有时那个影子又离他很远，她踮起脚尖踩在赤色的屋脊上，张开双臂，长发和裙摆迎风扬起，像是就要随风而去。

又是一年过去，他修理了一个杀进红叶山城的修罗王。

他无心政务，也对神界不感兴趣，魔种们对他的不满不是一天两天的事了。所以造反在他的意料之内，被背叛他也无所谓，大修罗王的位置他也很愿意让出来。

只可惜，他们连听他说话的耐心都没有。

所以他们都死了。

那一日，红叶山城的每一寸土都被血浸透了。遍地都是尸体，从尸体里长出的青翠枝丫、红色枫叶开遍了红叶山城的大街小巷，像是一场错时的秋季。

他踩着潮湿如春雨的血，拖曳着浸饱了血的白衣，一步步踏上台阶走回了宫殿。

晚间，有魔将诚惶诚恐地进来跪拜，请求他的饶恕。

他困倦地吩咐他们把红叶山城打扫干净，他不喜欢血。

“对不起，我又把你的衣服弄脏了。”女孩委屈地说，话音里有点撒娇的意味。

他猛地睁开眼睛，大殿里空无一人。

当上大修罗王的第一千年，他抓住了一只偷吃枫树果子的食铁鸟。食铁鸟多为健壮庞大的体格，一嘴吞掉一个成年男人不成问题。但这一只却长得很小，瘦骨嶙峋的，被他一握就要死了的样子。

小食铁鸟害怕得瑟瑟发抖，一边抖一边把嘴里叼着的果实咽了下去。

“很饿吗？”他顿了顿，抬手从树上薅下来一把果实放到小食铁鸟嘴边，“吃吧。”

小食铁鸟瞅瞅果实，又瞅瞅大修罗王，生怕这是个表里不一的禽兽。但饥饿战胜了恐惧，便试探着吃了一颗，见大修罗王没反应，才松了一口气，吃了个饱。

他摸了摸鸟稀疏的羽毛，有些失神地想，狐狸吃鸟吗？

他梦见女孩捡了一只杂毛狐狸，狐狸又笨又丑，胆子还小。但是女孩很喜欢，用斗篷把小狐狸里三层外三层地裹着抱回来捧到他面前献宝，眼睛亮闪闪的。小狐狸很娇气，非常不好养活，冻得生了病，女孩便抱着它坐在火炉边给它喂药。

自己则坐在女孩身后给她梳头发，发丝纤长。

这些年他过得很太平，神界因为沧雪神君乱成一团，也腾不出手来讨伐新的大修罗王。

但还是有这样那样的传闻飘到他的耳朵里，沧雪神君闯了某某上古秘境，生死未卜；沧雪神君在葬骨川和凤凰大打出手，葬骨川塌了半边；沧雪神君在四处寻找重聚魂魄之法，不惜跪在经楼外一千年……

沧雪神君是个执着的疯子。

而他漠不关心，他的记忆复苏得越来越多，也越来越慢。

他想起冰封的湖面和湖面下清澈的眼睛。更多的时候，她在哭，在喊一个名字。

他听不清她在喊什么。可听着那哭声，他只觉得心被一只冰冷的手攥住了，血管里流淌着冰川下的水。可是每一个梦境里，他都动不了。他像是戏剧之外的人，无力阻止也无力更改任何情节，只能旁观着他最爱的木偶在幕后的傀儡师手下支离破碎。

别哭了，你很难过吗？怎样你才能不难过？

你到底在哪里啊，我不在的日子里，你吃了很多苦吗，为什么哭得这么伤心？

别哭了，别哭了……我的心有点疼。

他养的食铁鸟慢慢长大，取名为“汀罗”。在魔界，“汀罗”是山巅之雪的意思。汀罗和其他魔种一样怕他，并不如他记忆里的小狐狸黏人。他也不介意，他总觉得自己离真相越来越近。

他照料枫树愈加用心，希望他把自己的女孩找回来的时候，她会喜欢这棵树。但他又无端地担忧起来，女孩是在雪山上长大的，像是纯白无瑕的精灵，她会喜欢这处处血腥、白骨遍地的魔界吗？

他觉得头疼，好像有哪里不对。

他是魔种，女孩不应该也是魔种吗？

一定有什么地方弄错了。他的脑子里有一个声音在喊，声嘶力竭。他头痛欲裂，失手打碎了桌上的茶盏。

“那就姓‘羽’好了。”那人目光淡然，浅浅地看着离他不远的女孩。

“愿你此身轻如鸿羽，不必一肩担天道大义，一肩负苍生祸福。愿你能自由地行走在这山海之间，永不被束缚，也不被伤害。”

羽、羽、羽……羽！

像是有一根针在扎着他的脑子。

“羽……烛白。”他按着自己的头，头上有一根血管在疯狂地跳，像是随时会炸开。

他嘶哑着声音自言自语道：“羽烛白，我要找的人叫羽烛白。我叫墨寒川，羽烛白……她还在等我！”

沧雪神君，羽烛白。

记忆如海潮般涌来的同时，撕心裂肺的痛苦也一并反扑。

昆仑山的风雪、龙骨被剥离的疼痛和羽烛白支离破碎的哭声一一清晰起来，每一段记忆的碎片都像是锋利的刀片，一遍遍地将他凌迟。

不是大修罗王，是昆仑君，是墨寒川。

被茶盏碎裂动静惊动的汀罗冲进来，看见狼狈地抱头痛哭的大修罗王。

“尊上，好时机！沧雪神君上无量天刺杀神帝，众神正在设法令她伏诛，我们魔界卷土重来之日……”

墨寒川冲了出去。

只是，他晚到了一步。

忍无可忍的天道降下天谴，灼烧魂魄的雷火甚至波及了血莲花池。

没有人留意他，毕竟每个神祇都穿着千篇一律的白衣，而他又对无量天如此地熟悉。逃离天谴的神祇如此之多，而他逆着人流，冲进了空无一人的雷火中心。

止霜剑插进地里半尺，撑着主人不至于倒下。她素白的身体上都是血，像是一件被朱砂染红的白瓷。羽烛白合着双眼，一只手死死攥着止霜剑，倔强地不肯瘫倒。她的另一只手垂在地上，手腕上系着一根红绳。

那是她和墨寒川偷溜去人间的时候买的，人间习俗是用红绳保佑孩子平安，不受邪祟侵扰。

墨寒川带不走她，于是抽走了她的神魄。

他在雷火中多待一瞬，就要多受一分天谴的鞭挞。他的魔魂摇摇欲坠，耳边不知是雷火的怒吼，还是天道的咆哮。墨寒川俯下身来，在她的唇上落下一个轻轻的吻，而后挑衅地看向天上垂首的天道。

墨寒川是仓皇逃回魔界的，他只是稍作休整，确认自己死不了，就赶去了酆都。

鬼王是个冷心冷肺的黑麒麟，最爱附庸风雅，因为羽烛白摔过他一套茶具而心生怨怼，又因为墨寒川赔了他一套更好的瓷器而和两人交好。他答应为墨寒川寻一个“本不存在”之人作为羽烛白的躯壳，但生死簿不容篡改，此举必会招来天劫。

“不是什么稀奇的事，神帝动了生死簿也要挨天劫。”鬼王摩挲着茶杯的边缘，意味不明地问，“但是你身上还有天谴留的伤，你确定要这么做吗？”

墨寒川沉默半晌，忽然说：“我小时候在昆仑山长大，山墟君和我说，我只要修炼出龙骨，就可以走出昆仑山。但是我不知道为什么一定要修炼出龙骨，为什么一定要出去。山墟君透过我在看另一个人，他想用我弥补他们的遗憾。”

“后来烛白出生，她依赖我、信任我。你养过小动物吗？小动物会把你看作它在这世上的唯一，我于烛白而言便是这样的。虽然后来她有了很多际遇，可是在她心里我是不一样的。她看着我的时候，我才知道我是谁。”

墨寒川笃定地说：“我不能失去她，无论我将为此付出怎样的代价。”

第二节 安神药·葬骨川

羽烛白出去一趟，领回来一个弱不禁风的大修罗王，汀罗的脑筋九转十八弯，离谱地联想到是羽烛白动的手，当场奓了毛。

白冉对羽烛白一贯没有原则，不甘示弱地跟汀罗扭打起来，一狐一鸟闹得鸡飞狗跳。

始作俑者那边却是浪静风恬，羽烛白正在认真研究怎么处理墨寒川身上的伤。

羽烛白被容许精心地照料过，但照料弱不禁风的小师妹和照料魔种应该不是同一个章程。她一拳捶在掌心，想当然道，魔种的身体更强健，用药应该更猛，普通的药对这样的身体和伤势是没用的。

于是，她端到墨寒川床前的是一碗黑得看不见碗底的药汁，黏稠得能拉丝。

汀罗惊得羽毛都竖起来了，被白冉捂着鸟嘴拽了下去。

“沧雪神君这是要谋害我家尊上吗？”汀罗眼珠子都要瞪出来了。

“一个愿打一个愿挨的事，你多什么嘴？”白冉不耐烦道。

屋子里的羽烛白挠了挠额角：“这药好像有问题，还是倒了吧。”

墨寒川端过碗来，面不改色地喝干净了：“没问题。”

白冉低声感叹道：“还好这种苦只用昆仑君一个人受，不然他这不是助纣为虐吗？真是为祸人间。”

汀罗凉凉道：“你家神君真不是个省油的灯。”

白冉反击：“不都是你家尊上惯的吗？”

这边岁月静好，神界却已经翻了天。

离曜自从被羽烛白当众扔出神殿后，在外仍然摆着他“守界人”的架子，回到梧桐荫就把自己变成小凤凰，杵在树上，留给仙侍一个被尾羽盖住的屁股。

新来的仙侍不知道他这是在干吗，忧心忡忡，担心他把自己气掉毛。资历老些的仙侍却是司空见惯，让她该干吗干吗去。

“每次在沧雪神君那里受气了就会这样，”老仙侍眨了眨眼睛，低声说，“面壁思过呢！下次打不过就接着思，跟个小孩似的。”

“思过几次？”年轻仙侍好奇地问。

老仙侍有些为难：“还是问我哪次没思吧？”

年轻仙侍乖乖改口：“哪次没有面壁思过？”

“一次都没有。”老仙侍摆摆手，“殿下和沧雪神君动手动嘴从来没赢过，每次都输得很惨。面壁思过是不会有结果的，最后还得大殿下去哄。”

年轻仙侍都不知道是要同情大殿下还是同情离曜了。

说话间，羲和走了进来。

这对兄弟长得不是很像。羲和生了一副慈悲的面相，唇角和眉眼都很柔和，说不说话都带着三分笑意。离曜却俊朗得让人生不起亲近的心思，带着少年人的桀骜和锋利。在神界，羲和的风评也很好，对离曜颇有微词的人都会看在羲和的面子上，对他退让三分。

两个仙侍行礼之后退了下去。

“兄长。”离曜闷闷地喊。

“不说看着我，至少也不要用屁股对着我吧？”羲和笑着说，“还没消气？”

“我没有赌气。”离曜转了过来，幽怨地说，“我是在面壁思过，反思我的破绽，下一次见到沧雪，我一定可以赢她。”

“你的机会已经来了。”羲和神色肃然，“天道有令，从沧雪神君手中夺回青铜镜心。你即刻点人前往红叶山城。”

“红，红叶山城？”离曜有些磕巴地问，“她在红叶山城，不在昆仑山？”

羲和露出一种难以启齿的微妙表情：“是，她在红叶山城。有人看见大修罗王抱着她回去的。”

离曜直眉楞眼地反问：“她那么不可一世，居然栽在大修罗王手里了？那我要是把她从大修罗王手里救回来，再好言相劝，让她把青铜镜心交出来，天道是不是可以放过她？”

羲和被他问得愣了一下，离曜已经落地化为人形，又是骄傲的少年模样了——何止骄傲，简直恨不得抖一抖他身上最华丽的羽毛，耀武扬威地踏着步子晃到羽烛白面前！

羲和拍了拍弟弟的肩膀，语重心长地说：“你是不是傻了？大修罗王是抱她回去的，不是绑她回去的。如此禁忌、风月的一件事，你是怎么理解为成王败寇的？也是一种本事了。”

离曜第一次听说羽烛白，是在妖王欣喜若狂的话语中。

因为魔界内部资源匮乏，魔种之间多以相互吞食来增进自己的修为，所以后来他们将目标对准妖族，实属意料之内。

妖族没有领土，多活跃在人间，也有部分游离在魔界的边远地带。他们小心谨慎地活着，不碰天道的逆鳞，也不拔魔界的胡须，但恶意还是吞噬了这个渺小的族群。

妖王是个头脑清醒的妖，他以妖族从未向人间实施暴行为理由皈依天道，借此求取神界的帮助。

而当时的情况，神界不管已经不行了。

那是自开天辟地以来最黑暗的时代，大战持续了两万年，战线一步步向神界推移。神帝无法离开无量天，他必须镇守天道，纵然他将法印赐予出征的神将，也无法挽回战争的颓势。

妖王绝望地向昆仑山祈祷。

白龙最后的血裔山墟君早已销声匿迹，神帝亲自宣告了他的死亡，却没有说明死因。

白龙是神界最高贵神秘的血脉，是天道最铁血的捍卫者。而昆仑山是白龙一族的居所，据说每一个白龙血裔死后，若侥幸有魂魄残留，就会循着血脉的指引回到昆仑山的风雪中。

妖王本来是不抱希望的，但他已经走投无路，只能期盼白龙游荡在世间的残魂能对妖族投下目光。

昆仑山外有大禁，他无法进入雪山。为表虔诚，妖王从有白雪覆盖的地方，三拜九叩，一路跪到了雪山下。漫长的脚印贯穿了雪原，又很快被风雪所掩盖。

当他抵达昆仑山下的时候，眼角飘过了一片绣着银灰色鸢尾花的衣裙。

妖王一愣，目光随着衣裙往上抬去，看见了一张冰雪般的脸。

后来，他一遍遍地向人描述少女照亮他额头的容光，极尽所有溢美之词。其实狂喜和震撼之下，他的头脑早就不清醒了，而听的人也明白那个人的容貌并不重要，重要的是象征白龙血脉的发色和瞳色。

白发银瞳的少女站在风雪中，困惑地看着这个满头满脸鲜血，却欣喜若狂、痛哭流涕的妖。

“天道有难，请白龙之主出山！”妖王颤抖着喊出了这句重复千万次的话。

这是最广为流传的“沧雪神君下昆仑”版本。

事后离曜问起，羽烛白只是吊儿郎当地说：“我就是吃撑了下山散个步，莫名其妙受了他的叩拜。因已经种下，我若是不履行这个‘果’，是要遭天谴的。”

她说这话时，脸上还带着一串红豆似的血点子，霜白的睫毛被葬骨川赤色的烟云染上了一层绯色光晕。

羽烛白不甚在意地用手背蹭了一下脸上干涸的血，没有蹭掉，索性就着手里的烈酒擦拭。她的肌肤白得近乎透明，让人想起对着阳光端详的玉石。

离曜回忆至此，远处一颗银色的流星掠至眼前。

羽烛白那碗药灌下去，墨寒川忽然“咚”的一声，一头栽倒在床上。门外的汀罗和白冉听见这动静，都是不约而同地往屋子里冲。

“你是不是给我家尊上下毒了？”

“你终于色令智昏，要霸王硬上弓了？”

一个焦急，一个兴奋。

羽烛白转过来冷冷地看着这两个丢人现眼的活宝，汀罗迫于她的威严，忍住了没有上去摸墨寒川的呼吸。墨寒川倒在柔软的床被里，呼吸悠长匀净，长长的睫毛耷下来，看着无害又纯洁。

相比起来，羽烛白就像兔子窝边上的饿狼。

“定八荒在哪儿？”羽烛白直截了当地问。

“什么？”汀罗愣住了，白冉却是一哆嗦。

“这只蠢狐狸从无量天偷出来的那把神剑，和‘镇山海’齐名的‘定八荒’在哪里？”她一字一句，掷地有声。

羽烛白不相信墨寒川会做没有意义的事，但她也知道墨寒川什么都不会说。

如果说把白冉送到人间是顺水推舟，那么盗走定八荒一定不是随意为之。

这把摆设似的神器，墨寒川拿着它除了招惹神界视线没有任何用处——除非定八荒上有她不知道的秘密。想到这里，她开始后悔当年在昆仑山的时候没有多看两本书。

“我不知道。”汀罗迟钝又茫然地说，“这狐狸还有这种本事？”

白冉没心思和汀罗互相辱骂，他紧张地看着羽烛白：“怎么了吗？”

他一直以为羽烛白没把这件事放在心上，毕竟大修罗王不是什么居心叵测的人，而是墨寒川。虽然当初白冉盗出定八荒的时候还不知道这件事就是了。

羽烛白没说话。

她之前推断，定八荒这样的神剑不可能随手被扔在魔界哪个犄角旮旯里，毕竟再怎么是个摆设，它也是曾经供奉在无量天的东西，若是被别有用心之人得到，后果不堪设想。而墨寒川也没有流露出要跟天道把新仇旧恨算个明白的样子，显然并不想把这天下闹得天翻地覆。

定八荒一定在一个墨寒川认为最安全的地方，这个“安全”可能有些苛刻，毕竟对他而言，乌烟瘴气的魔界不比虎视眈眈的神界省心。

说来荒唐，以他的武力，大可自由地行走在这世上的绝大多数地方，却少有能容忍他安定下来的居所。

不！羽烛白瞳孔一缩。

她霍然起身，白冉以为自己要挨她一巴掌，却没敢躲，怯怯地看着她。

“做那个鹌鹑样子干什么？”羽烛白在白冉的头顶上掴了一巴掌，“越来越不聪明了。我要回昆仑山，你是留在这里还是跟我走？”

“跟你走。”这对白冉来说是不需要思考的问题。

就在羽烛白前脚迈出宫殿大门的时候，一个魔种连滚带爬地冲了进来，掀起的气流甚至刮动了白冉的尾巴。他吓得够呛，像是一口气接不上来，马上就能趴在地上直接入土，把羽烛白都忽略了。

“禀报尊上，神界的凤凰离曜已经率军跨过葬骨川了！”

汀罗脸色苍白地转头看了一眼睡倒在床上不省人事的墨寒川。

“我给他下了一点安神的药，他太累了，需要休息。”羽烛白单手拎着报信的魔种，不顾对方挣扎把他拖了出去，“瞧你那没见过世面的样子，有什么好嚷嚷的。不就是离曜吗？大惊小怪什么。你家尊上睡醒的时候离曜已经哭着回无量天跟他哥告状了。”

魔种猝然看见羽烛白，肝胆欲裂，只觉得魔界今天就要重回不见天日的日子，白眼一翻昏死过去，连她说了什么都无暇顾及。

羽烛白“啧”了一声，把回到房间里的汀罗喊住了：“站住，今天谁都不许叫他，直到我找回定八荒。”

“你没有权利这样做，”汀罗硬邦邦地说，“这里是魔界。”

“只要我想，我就有。”羽烛白眯起眼睛，流露出危险的气息，“不信你就试试。”

二人僵持之间，白冉生怕墨寒川一觉睡醒，养了这些年的食铁鸟就变成了白骨，赶紧插进来打圆场。

“快走吧，不然凤凰直接冲进红叶山城了，昆仑君不醒也得醒。”白冉直戳痛点，“毕竟刀剑无眼，你管得住自己，还管得住别人吗？”

羽烛白被这句话说动了，一把薅住白冉的后脖颈，把他推了回去：“你在这里守着他，我去一趟葬骨川。”

葬骨川是一条赤色的峡谷，寸草不生，处处是干裂的红色泥土。

羽烛白施施然地站在那里，和这样的荒芜并不兼容。离曜扪心自问，羽烛白在他见过的白龙里不算最讨厌的，相比起乖张的山墟君，她更适合站在无量天的圣光里。

但此时此刻，离曜从地面上站起，伸展左臂将手中的长枪缓缓点地，是一个预备进攻的架势，充满了威胁感。

“这次你也是吃撑了，跑到红叶山城来散步吗？”

离曜观察着她脸上每一丝表情的波动，只要羽烛白辩驳一句，他立刻就可以回无量天向天道求情。毕竟她和昆仑君的事只是捕风捉影的揣测，天道的诛杀令也没有真正地伤到她，但她要是和大修罗王混在一起，性质就不一样了。

只要时机成熟，天道就可以降下第二次天谴。

羽烛白根本没听出他的言外之意，理所当然地以为离曜在骂她，不客气地反击了回去：“你怎么这么幼稚，是来找大修罗王的还是来找我的？”

离曜咬牙切齿：“你到底分不分得清黑白？”

“你是沧雪神君，你到底知不知道你在做什么？”神帝为她种下清心咒时恨铁不成钢的怒吼又炸了起来，羽烛白被激得起了一身鸡皮疙瘩，简直想一巴掌抽在离曜那张不谙世事的脸上。

“黑白，什么是黑白？”羽烛白抬手召出止霜剑，长剑出鞘，清雪般的剑光洒进她的眼睛，“天道自己都未必分得清黑白，它连恶人不得好死、好人平安一生都做不到，还敢来跟我说教！”

离曜身后的神祇大呼不好，还没来得及抓住离曜的胳膊，他已经冲了出去。

肃杀的白色和炽烈的金色交织成一片，遍地是兽牙般交错的冰凌和纵横的火焰。

羽烛白和离曜的身影淹没在一片缭乱的光影里，旁人稍一靠近就会被迎面而来的锋利气流割伤。外围尚且如此，很难想象身处其中的人遭遇的是怎样令人窒息的压迫。

两人辗转腾挪之间，坚硬的地面寸寸开裂，仿佛被巨兽蹂躏过一般。

有人忍不住高声提醒：“离曜，最重要的是镜心！沧雪神君，只要你将青铜镜心交还，我们绝不为难！”

离曜根本没想过天道是真的想要青铜镜心，他也认识明鉴，在他的印象里，明鉴是个沉默又内敛的镜灵罢了。青铜镜心也不过天道用来敲打羽烛白的借口。

“青铜镜心？”羽烛白的耳朵捕捉到了这句话，止霜剑格住长枪，剑锋贴着枪杆斜斜划向离曜面门，撕扯出令人牙酸的声音。

离曜仰头避过，羽烛白抬腿扫在他的腰侧，把他踹了出去。

离曜在空中翻滚了几圈，狼狈地砸在山壁上，破碎的岩石填满了半个山谷。

羽烛白单手举起那枚泛着柔光的青铜镜碎片，冷冷地俯视他们：“是这个吗？”

青铜镜心到底是什么东西？魔种想要，天道也想要，而神帝却偏偏把青铜镜心塞进了一个凡人的魂魄里。

“沧雪神君，把镜心交给我们，天道或许还能……”

“还能怎么样，宽恕我？”羽烛白打断了他，“我如果乞求天道的宽恕，早就粉身碎骨、不得好死了。我做错了什么，需要天道的宽恕？要说我唯一有可能做错的，就是当年离开昆仑山！”

她满心满腹的愤怒和委屈，不明白自己何以就陷入了这样众叛亲离的境地。

寒川不该死，鹤风不该死，苏若秋不该死，可他们都死了。寒川尚有继续的机会，可后两者已是覆水难收。她当初何其笃信天道公正，天道又是怎么回应她的？

“执迷不悟！”

离曜怒吼一声，身后张开巨大的金色羽翼，每一根翎羽上都有赤金色的火焰流淌。

他额心的金色羽毛印记仿佛在燃烧，双瞳明亮如炼钢的炉水。随着他声震山野，庞大的金色影子缓缓在虚空中站立起来，少年身披甲胄、手持长枪，有威严庄重之相。

“是神魄法相……快走，这已经不是我们能应付的场面了！”

“不，这是个好机会，结阵！”

羽烛白俯瞰葬骨川里拉开阵势的神祇们，眼中空无一物。

从高空中看下去，葬骨川像是一道血红的伤口，横亘在两界之间，而身处其间的神明渺小如蝼蚁。羽烛白忽然有一种很奇怪的感觉，对天道来说，凡人重要吗，神明又重要吗？

然而这念头转瞬即逝，下一刻，白光交织的天罗地网对着她当头压下！

羽烛白一手抓住头顶倾覆而下的网，掌心立刻蔓延开灼烧的痛感。离曜的枪尖毫不犹豫地扫到她的心窝，被她用肩膀硬生生扛下来了。凤凰真火从伤口处蹿进她的身体，在一息之间游走至四肢百骸。白龙天生的低温体质让她难以忍受这样的折磨，她紧咬的牙关间渗出血丝。

海潮般的剑气汹涌着反扑，她推开了离曜和那张网。离曜将将向后退了一步，身后的影子怒喝一声，裹挟着涅槃之火的长枪对着羽烛白的头扫了出去！

羽烛白后撤一步，单手在胸前结印，瞳中似有莲花绽放。

银色的光辉涤荡开来，虚空中莲海无边。幽蓝色的光影舒展开，是束发持剑的少女。她身侧有游龙环绕，赤脚踏在莲花之上，垂眸悲悯众生。

蓝色的剑和红色的枪狠狠撞在了一起，产生的巨大冲击力轰塌了整条山谷。

山谷中的神祇们慌忙撤退，却不可避免地被赤色的灰尘碎石所淹没。从远处看去，葬骨川像是被红色的烟云吞没，连其中的两个庞大影子都被遮蔽了。

羽烛白收剑袖手，垂眼之间，她的侧脸和光影中的少女重合起来，是如出一辙的凛然不可侵犯。

“还打吗？”

离曜身后的神魄法相已经散去，他从坍塌的山石上勉力站起，恶狠狠地抹去了唇边的血，满脸英勇就义：“你很得意吧？来啊，杀了我！”

羽烛白用看白痴的眼神扫了他一眼：“怎么这么大了，还用这种拙劣的激将法？我前脚杀了你，后脚天谴就打下来了。天道真是大手笔，为将我除之而后快，不惜把你的命搭进来。”

“你少胡说了！”离曜被她气得脖子上的青筋都暴起来了，“你杀了神帝，还差一个我吗？”

羽烛白就坡下驴，随口道：“对对对，下次再来杀你。”

离曜怒火攻心，吐出来一口血。

“没出息。”羽烛白扔下这句话，头也不回地往昆仑山去。

沧雪神君拎着一口气，回到四下无人的昆仑山才呕出一口污血，把自己呕得七荤八素、手脚酸软，差点爬不起来。胸口里憋着的污血吐出来，羽烛白头晕眼花地在地上挺尸了好半天，眼前才渐渐恢复正常。

死脑筋的小凤凰，羽烛白在心里咒骂，每次都往死里打。

神魄法相是伤敌一千自损八百的杀招，看着威风凛凛，对自身的反噬是很难想象的。不是每个有神魄的神都能把自己的神魄拎出来遛一遛，所以能现出法相的神祇在神界屈指可数。神魄法相的强大程度又仅次于露出真身来跟人肉搏，是那帮吃饱了撑的没事干的武神衡量力量的重要标准。

羽烛白咒完小凤凰掉毛掉牙齿，才从地上翻身起来，在昆仑山上搜罗起定八荒。

首先排除的是天池，天池非白龙不能左右，墨寒川就是有翻天的本事也动不了天池一滴水。其次是朱楼，白冉成天在朱楼里上蹿下跳，说不准哪天就被他翻出来了。

最后剩下两个地方，碑林和雪地。

羽烛白在自家祖坟和广袤的雪地里，毫不犹豫地选了前者，掉头就抄着止霜剑上山顶。

第三节 定八荒·目的

羽烛白第一个下手的就是山墟君的碑。

她毫无心理负担，毕竟石碑下是空荡荡一捧土，什么也没有。就算有，以山墟君宠辱不惊或者说是要死不活的德性，也不会在乎。哪怕他本人的魂魄就站在旁边，看见羽烛白用止霜剑去撬石碑下的冻土，把他的尸身拖出来曝尸三日，也不会抬一下眉毛。

挪开那块石碑，羽烛白居然真的从土里刨出来一个剑匣。她不禁在心里感叹，寒川真是学坏了，居然会干这种缺德的事！

然而，她真的找到了定八荒，却还是想不明白墨寒川这一顿折腾是为什么。

她盘腿坐在雪地里，随手把止霜插在雪和泥土里，脏着一双手打开了剑匣。匣子里是一把古朴得有些老旧的剑，没有话本子写的那种寒光乍现、光彩熠熠，说是刚刚从棺材里刨出来的也不是不行。

羽烛白有些疑心这到底是不是定八荒了。

她也远远见过这把剑被供奉在神殿正中央的样子，只是彼时有天光从打开的屋顶倾泻下来，罩着薄如蝉翼的琉璃壳子。羽烛白当时又困又烦，满心盼着神帝唠叨完就能回昆仑山蒙头睡觉，一个正眼也没给它。

这把灰扑扑的剑被羽烛白摆弄来摆弄去半天，也没看出个门道来。

“嗯，不错，这就是定八荒。”

突然出现的声音吓得羽烛白手一松，定八荒狼狈地滚进了土里。她僵硬地转过头去，看见一个在飘摇风雪中不断闪烁的光影。光影中的人低着头，撑着伞，眉目如画，眼角眉梢却没有一丝温度，像是生来就没长“笑”这根神经。

山墟君。

“我不是残魂，毕竟事已至此，我应该已经魂消身殒，什么都不剩了。”山墟君说，“这是我在定八荒中留下的一段映像，所以你不要提问，我无法回答。唤醒这个映像的钥匙是青铜镜心，那么想必镜心已经回归天道了。”

这个“你”是谁？羽烛白瞪大了眼睛，直直地看着这段虚影，麻木地想，谁是你选中的人？

“该从哪里说起呢？”山墟君按揉着太阳穴，有些苦恼道，“就从天地初开说起吧，可能会有些长。不过事已至此，时间是最不重要的东西了。”

山墟君一撩衣袍坐了下来，俨然是一副促膝长谈的模样。羽烛白认命地坐下，知道他的话必然是不会少了。

他沉默良久，才酝酿好了这个开头。

开天辟地以后，方有万物化生。纤弱坚韧者为人，山野精魅者为妖，嗜血好杀者为魔，至于神，不过是运气好了一些，受清气洗涤血脉，而有无垢之身。

起初，人妖魔神共居一处，妖魔勾结戕害凡人，视之如猪狗，流血漂橹数万年。后来始有天道，将人、魔、神分隔开来，越界者必遭天谴，才安分太平了很长一段时间。

羽烛白在心里反驳道，不对。

从天裂之战开始，就有魔种开始越过葬骨川和荒城，流窜于神界和人间了。如果事实如此，那么就是说，天裂之战以后，天道已经衰弱至此，连制裁越界的魔种都做不到了吗？

山墟君留下的影像自然不可能回答她。那个缥缈的影子接着说了下去。

“世人皆传定八荒为开天辟地之神器，所以供奉在无量天当个摆设。其实不然，天道投掷镇山海于魔界，镇压魔界邪眼向外涌出怨气。镇山海是‘锁’，定八荒是‘钥匙’。”山墟君淡淡地说，“纵然血莲花池翻腾不休，只要定八荒不碎，镇山海就不会亡，能一直钳制天地之怨气。”

墨寒川把定八荒藏在昆仑山，是怕神界有人打开镇山海？羽烛白思绪飞转，他早就知道定八荒是什么，并且怀疑神界有内鬼，他怎么知道的，又知道多少？

“最后，就是天道。”山墟君伸出手，想要接住一片雪花，飘雪却穿透他的手掌落入泥土，“你见过忘川河上的红莲吗？”

羽烛白明知这是一段映像，却还是下意识地点头。

“血莲花池上漂浮着红莲，酆都忘川河上也有红莲，无量天上的莲海是白色。”山墟君娓娓道来，“你能猜得出来吧？酆都和魔界是天地的‘阴’，人间和神界是天地的‘阳’。阴阳制衡、因果轮回、善恶有报，这一套规则就是‘天道’。

“当阴阳失序、因果相悖、善恶混乱，就是天道崩塌之时。”

这句轻飘飘的话砸在羽烛白的耳膜上，振聋发聩。

“若你要力挽狂澜，只能以一己之力倒转阴阳、修补因果、肃正善恶。其难度，等同于凡人以血肉之躯逆转奔腾之洪流，实属天方夜谭。”山墟君露出一个嘲讽的笑容，刻薄地说，“你做不到的，帝淮。”

帝淮，是神帝的名字。

羽烛白震惊之余，也难以置信山墟君的孩子气。

他自认为这段映像重见天日时，已是天道崩塌、四海倾颓，神帝想必是焦头烂额，可他还要留这么一段洋洋洒洒却没什么用的映像来给神帝添堵！这好比山羊胡的道长给年轻人一个妙计锦囊，嘱咐他遇难时再打开。年轻人千恩万谢地滚蛋了，下山遇到拦路土匪要谋财害命，他打开锦囊，里头只有一张纸条，上书大字：傻眼了吧，活该！

山墟君唯一没有料到的，神帝没能活着看到这段映像。

“我没有留下血脉，这一次，不会有白龙来救你们了。”山墟君冷冷地说完，话音随着影子一起消散在了风雪中。

羽烛白百味杂陈。山墟君单方面抹杀了她的存在，是想她和墨寒川安安稳稳地活到天下大乱的那一日吗？她是白龙又怎么样，神帝尚且不能做那个逆流之人，在山墟君眼里一无是处的她，又何德何能，可以担起这样的重担？

“都是白费功夫。”羽烛白长叹一声，“还没等神帝看到你这段长篇大论的废话，我已经在昆仑山外鬼混一遭回来了，还混得声名狼藉，人人喊打。你倒是留下点解决的办法给我啊，把血莲花池连根拔起能逆转阴阳吗？”

无人应答。

羽烛白揉了揉冻僵的脸，起身走了。

无量天的武神铩羽而归，离曜挨了一顿狠揍，回到梧桐荫连爬都爬不起来了。

羲和闻讯赶来，看着他一口一口地吐血，知道是伤到了内脏，心疼得直皱眉。离曜是他一手带大的，打小就被捧着，没怎么吃过苦，却回回在羽烛白手里栽跟头。

“不就是取个镜心，她下这么重的手？”羲和很吃惊，“这是把神魄法相都拉出来了吧！”

边上轻伤的武神抱怨道：“殿下上去就跟沧雪神君动起手了，一个字都没提镜心。不是我说，离曜殿下还是要以大局为重，何必争强好胜？”

离曜咬牙忍着身上造反的疼痛，一言不发，吭都没吭一声，颊边的肌肉硬得像是石头。羲和凝视他半晌，知道弟弟脑子里都在想些什么，重重地叹了口气，示意同行的武神出去。

屋子里只剩下兄弟两人，羲和在离曜的身体里灌注进一缕灵力，为他梳理紊乱的气机。

“镜心一定要拿回来，我会亲自去。”羲和按住了挣扎着要起来的弟弟，沉声说，“你好好在梧桐荫待着。”

“兄长，我和你一起去。”离曜挣裂了自己的伤口，把自己疼得倒了回去，他满身冷汗，脸色苍白，“羽烛白不会乖乖把镜心给你的。不为别的，只要能和天道对着干，她就一定会拧到底。你会受伤的！”

“你不用管，”羲和不容拒绝地说，“好好养你的伤。”

在羽烛白的记忆里，羲和像是离曜的影子。

两人总是一起出现，但却没有人会注意他，每个人都不由自主地把视线投在叽叽喳喳的离曜身上。凤凰本性明锐飞扬，羲和却是个柔和得没有一丝锋芒的人。甚至于在羽烛白扒了离曜的羽毛后，他还能对羽烛白好言相劝。

所以在神帝死后，羲和成为神界话事人，她还是很意外的。更令她意外的是，她自认和哪个凤凰都没有交情，以她的臭名昭著，羲和居然还敢到昆仑山下求见。

羽烛白思忖半晌，还是把他放上来了。

“没茶，没水。”羽烛白对着桌案对面的蒲团一抬下巴，“随便坐，有话就说。”

“那我就长话短说了，希望神君能归还青铜镜心。”

“说完了？”羽烛白捻着桌上积了一层的雪粒子，粲然一笑，“我拒绝。明鉴已经死了，青铜镜心就是无主之物，什么叫‘还’？还给谁？镜心流落人间这许多年，拖累了多少命，你们一概不管，现在上嘴唇一碰下嘴唇，说拿走就拿走？我怎么知道你们怀着什么见不得人的心思。”

少女笑容灿烂，话语却薄凉。

“殿下知道青铜镜是什么吗？”羲和不惊不怒，平静地问。

“有所耳闻，是天道的眼睛。”羽烛白漫不经心地说，“天道瞎了也不是一天两天，你该不会要说，将镜心送回无量天，天道就能睁开眼睛、重新主持公道吧？”

羲和被她一通抢白，有些哑然，无奈地笑笑说：“那你想怎么样呢？天道对青铜镜心势在必得，你留着，除了给自己找麻烦，什么用都没有。”

“你可以走了。”羽烛白面无表情地摆手，“我跟你没什么好说的。镜心我不会交给任何人，有本事你们就自己来拿。”

“沧雪，‘天道的眼睛’，这不是一个比喻。”羲和正色道，“我不知道镜心为什么会流落到人间，也不知道为什么会出现在你的手上，但是你必须把镜心给我。你应该也有所察觉，天道近来有异动，如果镜心再不归位……”

羽烛白直接站起来，下了逐客令。

山墟君留下的映像中有很多奇怪的地方，比如他认为镜心回到无量天与定八荒相接触时，应该已经是“天道崩塌”的危局。镜心回到无量天，未必如羲和所说是一件好事，那么神帝费尽心思将镜心送入轮回也就说得通了。

墨寒川是被手腕上收紧的红绳勒醒的。

他从黑甜的梦境里挣扎着醒过来，脑子混乱得像是被犁过了一遍的田地。他隐隐约约觉得有什么不对劲，却说不上来。墨寒川的视线一一从诚惶诚恐的白冉、面色难看的汀罗脸上扫过，却不见羽烛白的踪影。

他低头看了一眼绞得死紧的红绳，问汀罗：“她人呢？”

白冉抢先回答，婉约道：“找凤凰打架去了，不是什么大事。”

汀罗不顾白冉疯狂给他使的眼色，一五一十地把羽烛白供了出来：“沧雪神君要找定八荒，就把您药倒了。还没来得及在红叶山城里翻找，凤凰离曜率军抵达葬骨川，她就去营地了。根据最新传来的消息，双方祭出了神魄法相，葬骨川差不多被夷为平地了。”

墨寒川揉了揉眉心，咬牙切齿地说：“这个任性妄为的小崽子！”

汀罗深表赞同，对白冉狠狠跺了一下他的脚面视而不见。羽烛白还威胁他，他没添油加醋地一股脑告诉墨寒川，已经是难得的高风亮节了。

墨寒川被她的行为气得脑仁疼，脑子里的迷糊当场倒了个干净，起身就去了昆仑山。

羽烛白刚刚送走羲和，墨寒川后脚就来了。

她被离曜的真火烧伤了经脉，羲和一靠近她，她体内的真火余烬就开始躁动不安，她便干脆把自己泡在了天池里。

天池上还漂着碎冰，羽烛白上半身趴在岸上，下半身化为龙尾浸在水里。

墨寒川到的时候，看到的就是这么一幅场景。

少女白色的头发垂到岸边的雪上，几乎分不清边界。长发掩映着她纤细的肩背，随着她低头，婉约的脖颈线条没入发间。她趴在岸边，堆了一串的小雪人排排坐。

她察觉动静，抬头望来，墨寒川看见了她颊边细小的一串白色鳞片。

羽烛白半点没有少女出浴被撞破的羞涩窘迫，反而跟个登徒子似的笑了起来，拍拍水面对墨寒川说：“要下来一起泡吗？”

墨寒川捡起岸边的长衫扔到她身上，拽着她的胳膊一把将她从水里提了出来。

他隔着薄薄的一件长衫，能感受到羽烛白莹润柔软的肌肤，带着微微的凉意。墨寒川憋着一股说不清道不明的邪火，抱着她返回朱楼，把她扔到了自己的床上。

墨寒川的房间一直有人打扫，之前是羽烛白，后来是白冉。房间里还是从前的陈设，白瓷花瓶、桌案上的字帖和笛子、书架上用琉璃罩子装起来的小雪人。轻纱的帐子上挂着几个八角铃铛，是两人在凡间集市上买的。熟悉的一切让墨寒川有种错觉，仿佛他和羽烛白还是当年雪山上相依偎的两个孩子，一切都还没变。

“给我下药？”墨寒川逼近羽烛白，把她困在自己的臂膀和床榻之间，“知道我为什么下血莲花池吗？”

羽烛白惊觉自己可以听见他胸腔里疯狂的心跳声，她的龙尾脱离水就变回了双腿，长手长脚被他困住，有些舒展不开肢体，她忍不住推了他一下：“因为新的大修罗王诞生了。”

“这意味着血莲花池的浪潮来了，万魔躁动。”墨寒川的手指摩挲着她的下巴，一点点游移到她的唇角，“魔种骨子里的嗜杀、贪婪、色欲会攀升至顶点，每次我都要前去镇压，把那些痛苦转嫁到我身上来，以换取魔界的宁静。”

羽烛白见他的动作越来越不对劲，蹭着柔软的被子往后退：“寒川你怎么了……”

她下意识地想咬他，却硬生生地克制住了，墨寒川的瞳色深得不正常，手指也很烫。

“和凤凰打架了，伤到哪里了？”墨寒川顾左右而言他，呼吸急促。

“哪里都没伤到。”羽烛白面不改色地撒谎，“你的手别乱摸。”

“我想亲你。”墨寒川深吸一口气，放开了气喘吁吁的羽烛白，低头没完没了地亲着她的唇角。他并不深入，却也不肯浅尝辄止。

墨寒川的衣服被她扯得凌乱，松松垮垮的领子掉下来，露出他大片的肩背。

红色的莲纹隐隐发光，以不可思议的速度从他的肩胛骨蔓延到脖颈、胸口和锁骨。

羽烛白瞪大了眼睛，却被墨寒川拧着下巴转回去。他的呼吸灼热，烫着羽烛白耳后、颈侧细薄的皮肤。

“专心一点。”墨寒川哑着声音说。

“那是什么？”羽烛白抓着他的衣服问。

“血莲花池的烙印，没什么稀奇的，大修罗王都有。”墨寒川用力闭了闭眼睛，把眼前缭乱的画面压下去。他紧紧地抱着羽烛白倒在床上，却只是把她往自己怀里按了按，下巴搁在她的头顶。

“我有点累，陪我睡一会儿。别乱动。”墨寒川低声说。

羽烛白玩着他衣服上的穗子，突然问：“寒川，墨规是谁？”

墨寒川没有回答，呼吸匀净悠长。

羽烛白转而去触摸他锁骨上的莲纹，心中生出一种惊悸来。认出墨寒川身份的时候、看见魔种在墨寒川脚下跪伏的时候、血莲花池池底他一身血抱住她的时候，羽烛白都没觉得墨寒川变了。直到她看见这个莲纹，才明白墨寒川已经不完全是以前的墨寒川了。

那些刀剑、阴谋，在他身上留下了不可磨灭的伤痕。

我们都不是以前的小孩子了。羽烛白闭上了眼睛。

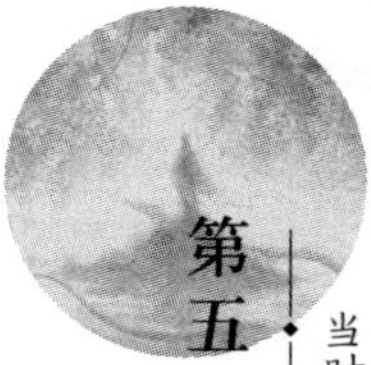

第五章 当时月

第一节 告别·如羽

山墟君说：“一个人的伤口是组成他的一部分。”

说这句话的时候，羽烛白因为功课做得不好被他抽了手心。

羽烛白即便是挨打也要把脊背挺得笔直，她越来越不怕山墟君，隐隐显出白龙祖传的死犟来。山墟君也不手软，抽得羽烛白手臂直发颤。直到山墟君扔下竹鞭走了，墨寒川才心疼地把她抱起来。

“疼吗？”墨寒川又急又气，却掰不开她的手，“你快松手让我看看！”

“不疼。”羽烛白攥紧拳头藏在身后，眼睫有些颤抖，“我要去做功课了。”

她撞开墨寒川，小跑进朱楼顶上的小阁楼里，关上了门。门一合上，她就泪眼汪汪地摊开了血刺呼啦的手掌。她即便是哭也不肯让眼泪掉下来，咬着嘴唇去翻柜子里的清水，把血水洗干净了用白色布条包住。

外头墨寒川拍着门喊她，她也装没听见。

羽烛白攥着掌心里渗出血色的布条，一边揉发酸的眼睛一边翻着书页："天地初开，鸿蒙伊始……"

隔着一层门板，墨寒川无奈地听着里面传来带泣音的读书声。他把额头抵在门上，有些无奈羽烛白这种倔强的"我没事我很好"的表现方式。他思考了半天，开口道："我带你下山去玩好不好？今天太阳很好。师尊说了你可以不用背了。"

羽烛白不为所动地继续背。

"我刚刚下去，看见山下的雪荆棘开花了。"墨寒川用诱哄小动物的语气说，"真的不去吗？"

门"呼啦"一下被人从里面拉开了，羽烛白的眼睫毛湿漉漉地拧成一绺一绺的，看着特别可怜可爱。她空有神血，却没有神格，哭起来会流透明的眼泪。

羽烛白板着脸，缓慢又迟疑地点了一下头。墨寒川知道她在犯别扭，摸摸她的头，牵着她的手往外走。

"你别老是摸我的头，"羽烛白小声抱怨道，"书上说这样会长不高。"

"为什么想长高？"墨寒川随口问，"最近修炼也努力了很多，是怕师尊责骂吗？"

"昨天我问他我什么时候能出去，"羽烛白低头看着自己一点一点往前蹭的脚尖，"他说等我能打过他的时候就可以出去了。"

墨寒川愣了一下，张着嘴半天不知道说什么，直到冷风灌进去，他咳嗽了几声，才小心地问她："为什么想出去，你不喜欢昆仑山吗？"

羽烛白踢了一脚雪堆，闷闷地说："是他不喜欢我。"

这个"他"不知道指的是山墟君还是昆仑山。墨寒川无言以对，只好把她没受伤的那只手握紧了一些。明晃晃的日头照的漫山遍野的白雪都在发亮，两个小小的影子互相挽着从雪地里慢慢地蹭下来。

所谓"雪荆棘"并不是花，而是一丛一丛的荆棘条。雪荆棘的种子是白色的，一颗颗饱满圆润地铺陈在茎叶上，乍一看很像花。它开在昆仑山山脚，大禁的边缘。墨寒川把那丛雪荆棘割了一把下来，小心地剔掉了刺，塞到羽烛白怀里。

“香吗？”墨寒川问。

羽烛白点头，心里想的却是，没有你香。

墨寒川用一捧雪荆棘把她哄好了，她转头就忘了山墟君呵斥自己“娇气任性”的事，开开心心地让墨寒川背着她回去。墨寒川深一脚浅一脚地踩在雪地里，羽烛白抱着雪荆棘嘀嘀咕咕地和他说了一会儿话，睡着了。

她环绕着墨寒川脖颈的手滑落了下来，他看见了她掌心里染血的布条。

羽烛白是个没心没肺的主，委屈来得快去得也快，在墨寒川背上睡得安稳，还流了一摊口水。墨寒川刚跨进朱楼，就和山墟君打了个照面。

山墟君把两人打量了一遍，权当打招呼，又一言不发地走了。

这人全然忘了昨日随口批评羽烛白的事，那几句话只有小姑娘一个人听进去了。

墨寒川把羽烛白安置着睡下，掩上门，转身又对上了山墟君一张大脸。

“师尊，”墨寒川被他吓得冷汗都出来了，“您有话可以直说。”

“我刚刚才想起来的。”山墟君对着他一招手，“你过来，我有话和你说。”

山墟君领着他进了朱楼里常年落锁的一间屋子。昆仑山的白天灿烂而短暂，此刻已是暮色四合，山墟君手里的灯是唯一的光亮来源。墨寒川跟在他身后，乍一进入这间屋子，便感觉一股凉气顺着脚底蹿上了天灵盖。

屋子里密密麻麻的都是架子，摆满了各式各样的武器。神界的武器和凡铁不同，每个武器里都有一个“灵”，“灵”的能耐高低是随着主人的本事水涨船高的。而这些武器死气沉沉的，俨然是主人身殒，“灵”溃散的死物。

墨寒川行走其间，只觉得比走在天池边上的碑林里还要阴森——这仿佛是另一座坟冢。

山墟君带着他走到了最里面，墙壁上挂着一幅潦草的“神像”，画的是一条麟羽皆白的龙。画师不知是敷衍了事还是真的学艺不精，那神像画得毫无神性，活像是路边摊上摆的蹩脚门神。

山墟君煞有介事地在画像前上了三炷香，整理衣冠拜了一拜，头也不回地吩咐墨寒川：“坐。”

墨寒川四下扫视，也没找到能坐的地方，干脆盘腿在地上坐下了。

山墟君有模有样地拜完神像，从神像底下的神龛里取出了两个沉重的匣子。

他在墨寒川面前坐下，打开了第一个匣子。

里头是一把长弓，刻着十二天干地支，弓弦隐隐沁出微光来。长弓底下压着十二支羽箭，箭镞上是乌沉沉的色泽，符文繁复。

“此弓箭名为‘朔风’，弓弦是深海巨鲸的筋鞣制而成的，勾弦即可得箭。弓算不得什么稀罕物件，难得的是箭。”山墟君道，“你碰一下试试。”

墨寒川依言去触碰羽箭，手指将将摸到箭镞，就被无形的利齿狠狠咬了一口，鲜血直流。血液在箭镞上一闪而灭，只留下形状不规则的烙印。

墨寒川抽回手，抬头看着山墟君，等他解释。

“后山有一棵龙血木，枯死了很多年了。”山墟君拂袖合上了匣子，轻描淡写地说，“留着也没用，我索性劈了给你做箭矢。这箭认主，有且只有十二支，不到紧急情况不要浪费，在我之后，世上无人可以仿制。”

墨寒川的眼皮莫名一跳。

无量天的幼年神祇们都有在传经堂受神帝传道解惑的殊荣，然而神帝本人对这件事却是很头疼。羲和走进神殿，映入眼帘的便是满脸沧桑的神帝，和他桌案上的一沓纸张。

“这是怎么了？”羲和问。

“昨日给学生们布下的作业，谈论心魔。”神帝揉了一把僵硬的脸，拎起那沓纸张掸了掸，“你要不要看看你弟弟的答卷？”

“看来答得很不理想。”羲和笑着抽出了写有“离曜”二字的答卷，逐字逐句地念诵，“何为心魔？乃不自量力之人之妄念。生出心魔该当如何？若他人生出心魔，当斩草除根；若自我生出心魔，当自裁谢罪。”

羲和失笑。

“你还有心思笑呢？离曜天资卓越，可想法过于偏激。须知这世上没有非黑即白的事，他这样早晚吃大亏。”神帝按着太阳穴，舒了一口气接着说，“若是这答卷让山墟看见了，明日传经堂少不得要鸡飞狗跳。山墟那个开了光的嘴，也是叫人没办法。”

羲和收敛了几分笑，问：“山墟君的事，究竟要怎么解决？”

神帝摊开双手：“没法解决。若说诛杀，谁能杀得了他？天道未降下天谴，那也就是说他罪不至此。就这么着吧，还能为了一个魔种开白龙之主的罪吗？未免本末倒置。”

“既然如此，那我就不瞎操心了。”羲和收起那张答卷，拱手道，“我回去和离曜好好说说这张答卷。”

神帝挥手示意他自便。

梧桐荫是无量天东边的一处遮天蔽日的梧桐林，林子里独独辟出来一间院子，幽深寂静。羲和回到梧桐荫，却没找到离曜半个影子，索性泡了一壶茶等他回来。将近日暮时分，一个上蹿下跳的影子才风风火火地卷进了梧桐林。

离曜冲到羲和眼前，抓起茶壶就往嘴里灌，咕噜噜地祸害了大半壶好茶。

“还好这茶已经凉了，否则你现在就是满嘴血泡。”羲和给他擦了擦脑门上的汗，“又去哪里野了？”

“练枪法。”离曜意简言赅道。

他年纪小，心气却高，容不得自己有半步落后于人。无论画符、枪法还是修为，离曜都要事事争先，刻苦勤勉。

神帝在传经堂授课时，他要坐在第一排，把脊背挺得笔直，一挺就是两个时辰，跟个石像似的一动不动。哪怕是走在大路上，离曜也要把下巴抬高，目光往上挪三寸。

“哦。”羲和应完他，却不知道该怎么处理怀里那烫手山芋般的答卷，斟酌着开口道，“昨日陛下可是让你们以心魔为题作答？”

离曜点头道：“我是第一个交卷的！”

羲和偏头看了他半晌，无声无息地捏碎了怀里那张卷子，把自己方才答应神帝的话忘到了后脚跟，露出一个圆融温和的笑，说：“好。”

风云流转，八千里山河之外的昆仑山，墨寒川和山墟君沉默以对。

这对师徒之间的氛围不是一般的奇怪，既不剑拔弩张，也不温馨融洽。他们对坐的时候，更像不熟悉的陌生人。

山墟君没理会墨寒川微妙的神情，把另一个匣子也推给了他。

“这里面的剑名为‘止霜’，给羽烛白的。”他说得潦草，连句多余的嘱咐都没有，越发显得冷淡。

“师尊，出什么事了吗？”墨寒川捧着两个匣子，问。

山墟君没遮没掩，直白地说：“我要死了。”

墨寒川的心脏猝然被攥紧了，山墟君看上去不像是有不治之症，也没有伤。说句狂悖的，无量天他都能横着走，谁能杀他？

可墨寒川知道他不是在开玩笑，山墟君就没长“幽默风趣”那根弦，连个笑脸都欠奉。

“我走之后，你们不要离开昆仑山。我知道羽烛白一直想出去，但你们现在这点浅得勉强能装一个杯底的修为，在外面还不够虎狼塞牙缝的。等她有一日修为与我平起平坐了，昆仑山的大禁自然会落进她手中。”山墟君的话音一顿，直直地看着墨寒川的眼睛，“但是你不能。寒川，你这一辈子都不要离开昆仑山。”

“修成龙骨……也不行吗？”墨寒川在震惊和不甘中问。

“你不能以此身行走在天地间，无论你是否修成龙骨。”山墟君摇摇头，“你和墨规这样的存在对于天道来说是一种悖逆，就算你们没有做错事，天道无法直接降下天谴或天劫，神界也有无数鹰犬可以取你的性命。”

“至于羽烛白，她在你面前还是很乖的，如果可以，她也最好不要下山。”山墟君垂下眼皮，语气沉甸甸的，压在墨寒川的心肺上，几乎叫他喘不上气来。

“不出昆仑，不入因果。就算你们有通天的修为，也难在天道洪流般的意志下保全自身。惹不起，还躲不起吗？”山墟君话里有话，一句比一句难琢磨。墨寒川一手黏腻的热汗，脑子里让师尊囫囵塞了一堆含混不清的谜语似的后事，连从哪句开始问都扯不明白了。

半晌，墨寒川刨干净了自己糨糊似的脑子，问出了第一个问题："烛白是白龙血裔，我不能出去，她又是为什么不能？天道难道还会对自己的神祇下刀吗？"

山墟君的喉咙里闷出了一声笑，和愉悦无关，是纯粹的嘲讽。

“天道？什么是天道，天地不仁以万物为刍狗，你启蒙的时候就学过了。神也好魔也罢，都是天道棋盘上的小玩意儿罢了，有什么不能舍弃的。你知道我为什么一开始就不想羽烛白活下来吗？”

墨寒川怔怔地看着那对银色的眼睛。

“既然早晚要死在天道手里，那不如死在我手上。”

墨寒川后背的冷汗“唰”的一下就流下来了。

什么叫“早晚要死在天道手里”？酆都有生死簿可录凡人生离死别，善恶功过，以决定这人是飞黄腾达还是不得好死。可浩渺天地间，难道有一支笔早早地就写好了所有人的命运，还流氓地不算个人得失吗？

“逗你玩的，”山墟君拍了拍他的肩膀，“我不会再杀她了。”

“师尊，这不好笑。”墨寒川吐出一口气。

“以后昆仑山就剩你们两个人了。”山墟君站起来，掸掸自己衣袍上的褶皱，“她那么怕我，总归会开心一些了。说起来，她可真是个没本事的孩子，我都要杀她了，她居然还对我抱有期待。”

可能是因为她咂摸过味来了吧？墨寒川腹诽，有移山填海之能的山墟君要是真想杀谁，哪里是自己能拦得住的。

“不必告诉她我死了。”山墟君举重若轻，很有点置生死于度外的洒脱，“反正她应该也习惯了我的不告而别。她太爱哭了……哄起来麻烦。”

说得像是你哄过一样。墨寒川无语。

鞋履摩擦地板的细微声音传了进来，墨寒川和山墟君同时抬头，穿过林立的架子一眼望见了门边的小女孩。羽烛白从门缝里怯怯地看着他们，眼睛里蓄满了泪水。她赤脚踩在地上，显然是刚刚醒，找不到墨寒川才一路摸过来的。

不知道她是从什么时候开始听的，两人望过来的时候，羽烛白忍不住后退了一步。

山墟君走到她面前，低头看着这个和自己血脉相连的孩子。

羽烛白眼睫一眨，眼泪就掉下来了。

“真是爱哭……”山墟君替她擦掉了眼泪，心想，这样软弱的孩子，应该不是天道所满意的“守界人”吧？说不定是一件好事。

毕竟勇敢的人往往活不长。

“为什么会死？”羽烛白哽咽着问。

“人会死，妖会死，魔种也会死，那神为什么不能死？”山墟君糊弄她。

羽烛白不住地摇着头：“不对，不是这样的。你在说谎……”

“最后一个问题，你还有最后一次机会。”山墟君的指尖碰到了她莹白细润的脸颊，原来小孩子是这样的，奶呼呼的，又软又乖，碰一下就要哭。

他忽然有些想抱她，但此时此刻的温情除了让她更难过，没有什么意义，于是他忍住了。

“为什么，我叫羽烛白？”她的眼睛湿漉漉的，像是受伤的小兽。

山墟君忽然笑了起来，这一笑犹如云开雨霁，那些阴郁、冷漠和残忍的面具都如同烟云般散去了。

“愿你此身轻如鸿羽，不必一肩担天道大义，一肩负苍生祸福。愿你能自由地行走在这山海之间，永不被束缚，也不被伤害。”

这句话说完，山墟君与她擦肩而过，独自踏入了月光与白雪交织的夜晚。他的脊背笔直，如同从前每一次离去那样，像是赴一场故人的邀约。他没有回头，也没有停留，好似听不见身后女孩的脚步声，不知道她跌倒在雪地里。

羽烛白被墨寒川抱了起来。墨寒川按住了挣扎的她，一下一下地抚摸着她颤抖的身体，要她冷静下来。

羽烛白泪流满面，她知道山墟君不会再回来了。

这是她最后一次流眼泪。

第二节 天裂之战·战场

山墟君死了。

没人知道他是怎么死的，只是忽然有一日，神帝走进梧桐荫，用谈论家常便饭的语气告知了羲和这件事。羲和愣得洒了半桌子茶水，随后冷静下来，问神帝要不要发讣告告知四海。

“发讣告，写什么呢？”神帝转着没有茶水的杯盏，愣神半晌，摇摇头道，“你来处理吧，我需要一些时间。”

“山墟君很久以前就没了血亲，也没有后代。”羲和拧着眉，“白龙一脉，这是断绝了？”

“嗯。”神帝应声完，转头去看梧桐林中摇曳的树影。

白龙明恪，号山墟，斩妖邪无数，清血莲花池有功。羽化于血莲花池，尽神血之责。

后一句纯是胡编乱造。至于“斩妖邪无数”，众神对他从无量天劫走那半神半魔的怪物一事心知肚明，跟妖邪同流合污还差不多；“清血莲花池有功”吗？据说那怪物就是他从血莲花池带回来的，此事也有待商榷。

通篇下来，竟只有“白龙明恪，号山墟”七字是清清白白，无从质疑的。

山墟君离世后的第四万年，天裂之战爆发。

昆仑山外，血流成河。

羽烛白和墨寒川过着岁月静好的日子，直到妖王三拜九叩至昆仑山脚下，额头的血溅上她雪白的裙角。

羽烛白是个目中无人的混账，自然也没把山墟君那句吓唬小孩似的“不出昆仑，不入因果”放在心上。但她也没让妖王进来，一是因为她还算听墨寒川的话，二是因为妖王那副涕泗横流的尊容实在是伤眼。

纵然她不肯出山，白龙血脉尚存于世的消息还是很快流传出去，给战场上的神祇鼓舞了一番士气。

翌日，神帝亲至昆仑山下，邀羽烛白去看一看这人间。

羽烛白没搭理他，她对昆仑山以外的人和物都充满了警惕。但她已经不是那个昆仑山大禁能锁得住的小姑娘了，她带着止霜剑，孤身去了人间。

她的第一站是荒城，人间与魔界的缝隙。

据典籍所载，荒城应当是一处森严的堡垒，是隔断阴阳强有力的刀刃。

可是羽烛白看见的是火，滔天的烈焰里弥漫着人的惨叫声。奇形怪状的魔种围绕着篝火，就着人类修士痛不欲生的惨叫起舞。

火堆旁躺着少女的尸体，羽烛白从天空俯视，在她灰蒙蒙的眼瞳中看见了自己的模样。

止霜从天而降，一条直线轻描淡写地把一只魔种从正中间剖开。

魔种们扭曲的笑声被掐灭在喉咙里，他们的眼中，那个笑得最欢的同伴忽然就不动了。而后，只见几线白色的光闪过，他们甚至没来得及感受到疼痛，身体就随着魂魄而四分五裂。

羽烛白拧转手腕，止霜上沁出一层霜雪，吸净了血腥后又褪去，她才推剑回鞘。

众人被她惊呆了，连喊都忘了喊。

羽烛白挥手砍断了他们身上的绳索，也不知道该说什么。她在墨寒川身上练出来一身插科打诨、撒娇装傻的本领，在这里显然不适用。修士们获得自由，不敢相信似的呆立半晌，才有人慢慢地去扑灭火堆，把里头同门的残骸拖出来。

其中，有一个修士走到那死不瞑目的少女身边，合上了她的眼睛。

“多谢姑娘。”那修士的眼珠子不甚灵活似的，转了半天才捕捉到羽烛白的身影。

“她是你什么人？”羽烛白见他神色悲怆，忍不住问。

“她是我妹妹。”修士沙哑着嗓子答，“我们兄妹因为有一点慧根，被仙门选中去修炼，以为能在乱世中有些自保的能力，却还是……”

羽烛白略一低头：“节哀。”

“生死乃常事，何况是如今呢？”修士苦笑着说，“可怜她没能得一个痛快的死法，是被这群魔物活活折磨痛死的。”

“如今，人间处处都是这样吗？”

修士轻轻点了点头：“多谢姑娘大恩，江某来日必定结草衔环以报姑娘大恩。”

羽烛白去了人间，却没有看见人。

她看见满街的游魂或被魔种吞食，或被鬼修捉去炼化，鬼魂彻夜哀嚎……更多的，是落在魔种手里生不如死的凡人、修士。

凡人太脆弱，在魔种手里活不过一炷香，所以他们更喜欢玩弄修士。魔种很享受修士在他们手中奋力挣扎，以为能挣出一线生机，最后希望熄灭的模样。

羽烛白杀了很多魔种，被救下的人伏地膜拜她，她却没有任何感觉。

她麻木地想，这和书上说的不一样。

书上说，人间四季分明，春日里，乡野间会用泥牛做供品举办庆典，带着傩戏面具的人载歌载舞，祈求一年风调雨顺；夏季到来，城里的贵人会换上薄如蝉翼的衣衫，凭栏赏荷；秋日，红枫漫山遍野，朱砂似的色泽一直浸润到天际线；冬日，白雪簌簌而下，孩童咬着冰糖裹的山楂从大街小巷里跑过。

可是，她只看见了血和死亡，看见无数双闭不上的死灰色眼睛。

神女亲临世间，悲悯众生。

她的神魄法相始成，执剑斩邪祟，垂眸悯苍生，莲海渡苦难。

羽烛白回到昆仑山，坚定地和墨寒川说：“我要下山。”

墨寒川手里的棋子一下跌落到棋盘上，他抬起头来，定定地看着她。羽烛白已经不是他一手就能拎起来的小女孩，墨寒川也不再是温润得没有棱角的少年模样。他的皮囊在岁月的磋磨中生出锋利来，越发让人不敢直视他的容光。

“你不是已经下过了吗？”墨寒川强作镇定地拾回棋子。

羽烛白却不肯下这个台阶，她直白地说：“我要去解决这场战争。”

墨寒川终于不再躲避她的目光，他从那双澄净的眼睛里看见了自己的模样，冷漠得像个雪雕。他有一万个理由和一万种手段阻拦她，只要他坚定地说不可以，羽烛白此刻的决心就会溃不成军。

可他张不开这个口。

他不想自己在羽烛白心里是一个冷血的人。

他捧在手心里长大的女孩有神界最尊贵的血脉，合该受四海八荒膜拜，而不是和他一起在这孤寂的岁月里沉默至死。

“你可以下山，”墨寒川垂下鸦羽似的眼睫，遮住了眼中的情绪，一粒一粒地把棋子捡回盒子里，“但我永远不会离开这里。”

那副棋子是羽烛白磨的。她不知道是吃饱了撑的没事干还是怎么样，在后山山壁上敲了两块颜色不同的岩石下来，磨出了这么一副棋子。

棋子被她打磨得圆润，握在墨寒川骨节分明的手里很是赏心悦目。为了不浪费她这顿折腾，墨寒川被迫学了下棋，每日自己和自己对弈。

“我很快就回来。”羽烛白没大没小地攥住了他的手，“等一切平静了，我们就去人间玩。”

“都是要为苍生而战的人了，还总惦记着玩。”墨寒川慢吞吞地说，“什么时候走？”

“马上，我已经给无量天传信了。”羽烛白握着墨寒川的手指，在心里给自己壮了半天的胆，也没敢对那淡色的唇角做点什么，最后别别扭扭地抱住他，小猫似的在他怀里蹭了一下，“在家里等我回来，我不会解除大禁，谁都进不来。但是你出门的话要小心。”

“我不会下山的。”墨寒川在她的头发丝里掺了一线感应符，揉了揉她的发顶，“别撒娇了，快起来，我给你收拾东西。”

后来，羽烛白回想起墨寒川送她离山，他说是送，其实根本没离开朱楼前那棵枯死的梅树。他站在积雪的树下，撑伞遮住了纷飞的雪片，却让人疑心他要被这铺天盖地的风雪淹没。

墨寒川始终站在那里，目送她离开，仿佛一尊石像。

她一次都没有回头。

一次都没有。

这是她一生中最后悔的事之一。

战场前沿，离曜把长枪从魔种的肋骨间抽出来，那具尸体立刻被赤金色的火焰吞没，化为一捧飞灰。他抬眼扫视四下寂静的海岸，魔种侵袭的第一波浪潮已经过去，海浪翻涌着一层黏腻的血。

离曜把长枪挥舞成圆，振去枪上的血，转头看着不远处的兄长。

羲和席地而坐，膝上横着一张七弦古琴，神色疲惫却仍对着弟弟露出一个温和的笑。

这是天裂之战后，神界为数不多的胜利之一。若能保持这样的势头，不日便可将魔种推回葬骨川的另一侧。

离曜刚刚要对兄长招手，示意自己很好，便见羲和脸色骤变。

离曜感受到了脚下狂乱的魔种气息，然而已经来不及了。他下意识地回头，一张布满利齿的血盆大口对着他冲了过来，腥臭的气息滚滚而来。所有人都来不及反应，这魔鲸之巨大速度之快，出乎了他们所有人的预料。

离曜周身燃烧起透明稀薄的火焰，誓要让这魔种不能痛快地把自己吃下去。

千钧一发之际，雪亮的剑光扫作弧面，把乱石般的利齿、肥厚的舌头和深红色的咽喉一线斩开，霜花转瞬即逝。

血雨铺天盖地地打下来，淋了离曜一身。魔鲸的残躯重重地砸落在海面上，掀起一阵巨浪。他不由自主地后退，血液还在为空气中残留的寒气所战栗，却见一个霜白的影子落在了他身前。

少女白衣白发，纯白得近乎透明，在月下仿佛随时会随着月光飘去的精灵。

“竟然是无尽渊里的魔鲸，大修罗王还真是肯下血本。”少女扣着剑镡，嘀咕了一句。

她如入无人之境，理所当然地忽视了身边的所有人。

“你是妖王说的那个白龙？”离曜皱眉看着她，这少女怎么看都和山墟君不像，只是那副不可一世的模样倒是一脉相承的惹人讨厌。

少女这才掀起眼皮扫了他一眼，摆摆手说：“羽烛白。不用谢，也不用以身相许。”

离曜哽住了。

羽烛白没领会到他的气结，她的注意力都放在那头魔鲸身上。

山墟君为墨寒川制的朔风箭，弓便是由深海魔鲸的筋鞣制的。跟血莲花池里的魔物一样，所处之地越恶劣、越偏远的魔种越危险。深海魔鲸在无尽渊魔鲸面前还不够一碟子菜。

她这时才意识到这场战争的严重性。

不过羽烛白向来心大得可以装一整支船队，很快又开始琢磨把魔鲸的骨头抽出来磨制成箭的事情。

海水尽头响起了沉重的号角声，离曜出声提醒道：“第二波来了，你退后一点。”

海岸上的神祇严阵以待，羽烛白却踏前一步，踩上了波涛汹涌的海面。海水凝结成冰，其下张牙舞爪的魔种被无形的冰冷巨手摁下了头颅，锋利坚硬的冰锥把大大小小的魔兽串成了一溜。

空中飞卷的浪花停滞，至纯至厉的剑气一字排开，列于羽烛白身侧。

羽烛白拈起一张符箓，宁静的海面上有无数个交织在一起的金属碰撞声——是剑在鞘中蠢蠢欲动，急于饮血的声音。

她双瞳灿烂如银，朗声道：“别退了，一定要让这些魔种打到无量天的家门口吗？”

山峦般的冰层骤然开裂，冰封的海水尽头传来野兽低沉的嘶吼声。

众神身后传来一线清冽的羽声。羲和拨动琴弦，仿佛应和着海潮尽头呜咽的笛声。

羽烛白看见了兽潮。

一线黑色的烟云从雪色的天际线下漫过来，头角狰狞的魔兽赤红着眼睛将战线推了过来。月光被赤色的羽翼遮住了，枭鸟刺耳的叫声刺破云霄，天地之间弥漫着腥臭腐烂的气息。

“真是炼狱啊……”羽烛白轻声说。

她手中的符篆化作冰蓝色的灰烬，片片凋零。随着符篆消失，细碎素白的雪花纷至沓来，魔兽们的动作似有片刻的滞缓——像是被冻住了，又像是恐惧。

“还不上吗？这是模仿山墟君剑气的赝品，等它们反应过来，可就没有机会了。”

这是羽烛白自己做出来玩的小玩意儿，她在人间行走的时候，从魔种口中领略过他们对山墟君刻在骨子里的畏惧。

离曜周生腾起一层透明、流动闪烁的壳子，眉心的翎羽印记仿佛要燃烧起来。

他舒展手臂拉开长枪，带动身边的空气一阵扭曲，厉声道：“杀。”

离曜如离弦利箭般冲了出去，地面上留下两个漆黑的脚印，他从羽烛白身侧擦过时，羽烛白只觉得一阵炽烈的风扫了过去。

离曜落入漆黑的兽群中，将长枪抡出一个完美的圆，随之挥舞出去的还有铁水般的火焰。被火焰黏住的魔兽立刻被咬穿了皮肉，一直透出底下雪白的骨头来。

神祇们在兽潮中奋战，一位沉默不语的神女吟唱起来，冰面上涌起了风，狂风卷着离曜枪上的火席卷出去。

哀嚎遍野。

离曜像是一根钉子，狠狠地扎在了冰面上。

然而，魔兽们没有停止进攻，空中的魔兽展开骨翼，疯狂地撞击着笼罩着岸上的结界。

这不对劲，求生是生物的本能，而这些魔兽像是被血食引诱得失了智。

羽烛白的耳朵捕捉到了风中幽微的笛声。

羲和手下铮铮的琴声不停，他的琴声每掠出去一道，他的脸色就苍白一分，好似他挥舞出去的是他的血气。

“那位……羽姑娘，”羲和的手已经有些不稳了，可他的声音仍然坚定，“兽潮受一位修罗王驱使，他就藏匿在兽群之后，以傀儡丝和笛声操纵魔兽。他不死，兽群就不会停下来。接下来冲到我们面前的就不是魔兽了，会是被炼化的凡人傀儡和妖族。”

羽烛白理解了他的意思。

此时此刻，离曜在重重叠叠的兽影中发出一声足以震慑九霄的长鸣。凤凰携着流火的羽翼张开，冲上云霄，照得半个天空明亮如白昼。

他在空中盘旋、冲击，翼梢所过之处，魔兽的骨翼被烧得漆黑，落叶般坠落下去。

“快！”羲和大喝一声。

羽烛白的身影在漫天坠落的金色火雨中化作了一道直线，如利刃般劈开了整个冰面，直抵兽潮后的那个影子。她来得太快，快到羲和的话音都还悬在半空中，止霜剑还未出鞘。

那是个雌雄莫辨的魔种，倒不是说他的容貌有多阴柔姣好，而是因为那张脸上涂红抹绿的，根本看不出原来的面貌。

这副尊容不像个阴森嗜血的修罗王，倒像是乡野里唱戏驱鬼跳大神的。

魔种放大的瞳孔里映出羽烛白快到模糊的一剑。

止霜砍在魔兽坚硬的鳞甲上，只有一瞬的停滞，便如热刀割蜡般流畅地刺穿了它。在那致命的一剑落下的刹那，魔种翻身跃了下去，把身下俯首的魔兽拱手送给了羽烛白试剑。

血泼了羽烛白一头一脸，她抬手抹去黏在睫毛上的血，神色冷淡。

魔种抛却了手上装饰用的笛子，指尖缠着密密麻麻的透明丝线。他蹲伏在地，长得有些拖沓的袍子浸在血里也不在意。

“好漂亮的小姑娘，”魔种一歪头，笑了起来，“回去给我做人偶好不好？”

羽烛白想到了另一件事，她在人间的时候见过无数被炮制成劣质人偶的小女孩。

那些女孩本该如三月枝头的桃花那样鲜活地绽放，却被魔种封存在透明棺椁的黏腻液体中，像是那些被树脂包裹，成千上万年后变成了琥珀的小虫子。

“人间那些人偶，是你的部属干的？”羽烛白挥剑，血水在地上溅出一个圆弧。

“拙劣的模仿者罢了。”魔种笑得露出一口森森白牙，衬着他那张花红柳绿的脸，更显得诡异狰狞，“你会比她们都好看，你的美丽会永远封存下去。”

“什么恶心的东西，也敢来我面前叫嚣。”羽烛白眼神冷冽，止霜剑光如暴风骤雨般扑了出去。

魔种被那密不透风的剑光逼得喘不上气，硬扛了几道后，肩背上血肉模糊，差点把他整个劈成两半。他指尖的傀儡丝略微拨动，随手扯了一个替死鬼扔到羽烛白剑下。

羽烛白下意识地收剑，才没把那毛茸茸的小东西斩碎。然而只要一个空隙就够了，魔种连滚带爬地没入了兽群中，对着她抛了个媚眼。

“小美人，再会了。吾名钟寂，好好记住了。”

兽潮消减下去，离曜支撑不住，一身流光溢彩的羽翼褪去，从天上摔了下来。羲和早有准备，反应极快地接住了他。

众人都松了一口气，只有羽烛白拎着那个毛色不纯的毛球，皱起了眉。

毛球战战兢兢地探出一只眼睛来看她。

第三节 蛇窟·昆仑君

羽烛白下山的第一天就给墨寒川寄了信，信纸被折成纸鹤飞回昆仑山。

她从出生起就很少离开墨寒川左右，初学这个法术不甚熟练，话又碎得恐怖，纸鹤费力地扇了两下翅膀却仍驼不动她一箩筐的废话，索性在她满怀希冀的目光中自暴自弃地摔了下来。

羲和对带孩子很有经验，天真坦荡的羽烛白明显比别扭骄矜的离曜好对付，顺毛摸就行了。

“要不分几次寄好了。话说回来，昆仑山上还有别人吗，也是白龙血裔？”

羽烛白含混地应了一声，埋头折纸鹤去了。

羲和也没多问。

墨寒川在烛火边煮茶，手边放了一摞字帖。

羽烛白写字极丑，被山墟君勒令练了很久才勉强有个模样。她练得不情愿，字帖也就随手扔，桌子底下、床被上、窗外，最离谱的是梅树下的雪堆里都能掏出来几张。

墨寒川把那些惨遭蹂躏的字帖一张张捋平褶皱，铺平整压在匣子里，按时间顺序一一排列好。

山上呼吸单调的风都比他有意思。

他眼界低垂，盯着煮沸的茶水，有些疲惫。

窗户上传来密集的“咚咚”声，像是鸟类坚硬的喙在敲击木头。墨寒川愣了愣，昆仑山除了他和羽烛白，再没有第二个会喘气的。昆仑山大禁又是个桀骜的，主人不点头，神帝的信使也只能在门口等着。

他打开了窗户，一堆小影子被风推搡着糊了他一脸。墨寒川眼疾手快地拍灭了烛火，免得那些小东西被火苗燎了。清透的月光从窗外流淌进来，照亮了桌上雪堆似的垒在一块的纸鹤。

墨寒川随手拆开一只纸鹤，女孩活泼泼的声音响了起来。

“寒川，我到了最前沿的战场。这里是一片无名海域，跟书上说的很不一样，没有海鸥，也没有在沙子里下蛋的小海龟。也许是因为有魔种在吧，等把魔种赶回葬骨川另一侧以后，我们可以来看海。”

真是什么时候都忘不了玩啊。墨寒川的唇边露出浅淡的笑意。

“这里有一对兄弟，好像是凤凰。那个哥哥对弟弟真好，他弟弟晕过去，他急得不行。要是我也有兄弟姐妹就好了……不过寒川对我也很好！”

墨寒川心想，我们跟他们不一样。不过山墟君对女孩似乎要宽容一些，如果羽烛白有个哥哥，想必他长大的过程会更加艰难。

“我杀了一头魔鲸，有半个小山那么大。我想把它的骨头抽出来给你做箭。不过你会不会觉得不干净啊，神木做的箭和魔兽骨做的箭一样吗？”

“这里安静下来以后有海潮声，很好听。凤凰的哥哥给了我一个甜点心，凤凰哥哥是好人！

“我好想你啊，你一个人在山上会不会害怕？如果你晚上一个人睡觉害怕的话就大声喊我的名字。”

寂静得只有风声的屋子一下子被女孩絮絮叨叨的话塞满了，好像这个人就在这里，被罚了就踩着步子在墙角走来走去，开心了就扑上来搂着他的脖子撒娇，困了就趴在他的膝盖上睡觉。

墨寒川觉得自己的胸腔被什么温热的东西塞满了。

羽烛白拨弄着趴在自己膝盖上的毛球，或许是神祇的气息太密集，小家伙被吓得不敢探头，连呼吸都是小心翼翼的。羽烛白也不急，五指拢着它的身体，拨动着它转了一个圈。

几番下来，毛球被她折腾得晕头转向，抱住四肢把自己团成一坨的力气也没了。

“原来是只狐狸。”羽烛白拎着毛球的后颈皮，把它提了起来。

毛球无精打采地耷拉着四只爪子，毛茸茸的耳朵一抖一抖的。它的眼角细细长长，眼珠子却很黑，不显得聪明，反倒可爱得有些笨拙。他也不是纯白的九尾狐，毛色乱七八糟的，尾巴还不知道被谁啃了一角。

“长得真丑。”羽烛白撇撇嘴，嫌弃道。

小狐狸好像听懂了，眼角也塌了下来。

“应该是妖族被魔种抓走的幼崽。”羲和从她手里接过小狐狸，端详片刻说，“嫌麻烦的话交还给妖王处理就好，这些日子有很多这样的幼崽，一家子被魔种一窝端掉，大的杀掉，小的被带走唤出杀性，或者干脆吃掉。”

“杀性？”羽烛白左看右看，只觉得这不讨喜的小狐狸脸上就写了一个“憨”字，点点头肯定道，“那这一定是他们的肉菜了。”

羲和哭笑不得：“我还以为你不忍杀它，所以失手放走修罗王，是心存慈悲。怎么看起来不太在意它的样子？”

“我救了它不代表我要养它啊，它看起来就，”羽烛白伸出一根指头上上下下地扫了小狐狸一遍，一言难尽道，“不好养。我没养过这种看上去就很脆弱的小东西，万一养死了怎么办，那不是白救它了吗？”

她心说，要不是墨寒川，我连我自己都不一定养得活。

“愚蠢的慈悲。”边上悠悠转醒的离曜哼了一声，“为了一只杂毛狐狸放走了修罗王，你知道这会害死多少像这只狐狸一样的妖族幼崽吗？”

“那我已经失手了，”羽烛白呛声道，“你要是气不过，上来砍我一刀？”

“不知悔改！”离曜瞪着她。

“你以为你在教训谁啊？”羽烛白也不耐烦了，“将来的事我管不着，但我要是把这只狐狸连着那个魔种一起劈了，我就能问心无愧吗？动摇的不是你的道心，你倒是站着说话不腰疼。你替这只话都不会说的小狐狸同意它可以为此牺牲了？天真。”

羽烛白扔下这句话，连羲和给她甜点心的情分也忘了，拎着小狐狸转身就走。

这番争吵为她和离曜几万年以来的龃龉开了个头，此后的神界一旦有哪个神把羽烛白和离曜相提并论，就要惨遭两人轮番挤对。

离曜认为白龙都是一路货色，恃才傲物、目中无人。羽烛白则觉得离曜就是个被哥哥宠得脑子不好使的傻子，应该被扔下界见识一下世事险恶。

有了羽烛白的助推，天裂之战的局势迅速扭转。

她连斩十七位修罗王，战线一度越过葬骨川，被推到了血莲花池旁的万魔之都。

蛇窟之中，羽烛白和离曜后背相贴。

若非情急，两人都不愿意靠近对方三尺以内。此时，他们周遭是密密麻麻的在岩壁上挖出来的洞穴，有大有小，像是一万只黑洞洞的眼睛看着他们。头顶遥远的洞口有干枯的藤蔓垂下，像是盘踞的蛇。

“这是什么鬼地方？”羽烛白感受着鞋底下的黏液，一阵恶心。

“应该是蛇女的老巢，她最喜欢搞这些东西。”离曜的后背都是冷汗，他和羽烛白坠入这里的时候就感受到身上的灵力消失了。

“灵力是怎么回事？”羽烛白握紧了止霜，凝视着离她最近的那个洞穴里探出来的碧绿双眼。

“也许是某种阵法。”离曜说，“凤凰火是破魔之火，我的血应该能……”

“算了吧，你回去之后你哥不得心疼死。”羽烛白打断了他，在止霜雪亮的剑身上看见了自己的眼睛，冷静得叫人胆寒，“给他省点心吧。”

其实她内心觉得这是个馊主意，低阶魔种也许会惧怕神血，就像幽魂害怕符水，但对于高阶魔种来说，神血就好像对着黄鼠狼喊“你来吃我啊来吃我啊”的肉鸡。但离曜的神色如此勇毅，她也就留了点口德。

她没说的是，这些蛇不是魔种，只是普通的蛇而已。

“你别……”

羽烛白踩着离曜的话音踏步上前，那条虎视眈眈的蟒蛇也弹了出来，水桶般的腰身卷向羽烛白。蟒蛇没有那么多的毒素，它们都是绞碎猎物的骨头再把猎物吞进去。止霜失去了灵力，却仍非凡铁，落在蟒蛇铁甲般的鳞片上，一刻停顿都没有，笔直地劈了下去。

离曜挥枪打碎摆过来的蛇头，羽烛白顺势沿着脊椎整个剖开了蛇身，彻底废了这头凶兽。

她被震得手腕发麻，却生生地摁住了自己握剑的右手，使它不至于震颤。

“你不要命了？”离曜吼了一声。

“慌什么？”羽烛白缓过来了，慢条斯理地说，“你不挡住它那颗头，我就给你表演一下什么叫蛇咬尾。”

蛇群吐信的声音越来越密集，两人又靠在了一起。

“这么多啊，”羽烛白咬着话音，露出一声模糊的笑，“小凤凰，你现在放血，不知道还来不来得及？”

两人都没有注意到，羽烛白的发丝间，有一线微光一闪而灭。

昆仑山。

墨寒川从静坐中醒来，睁开了眼睛。

他望着昆仑山下一望无际的风雪，方才打坐的时候，他突然感受到藏在羽烛白头发里的感应符和自己失去了联系。

山墟君“不出昆仑，不入因果”的告诫彻底被两个小崽子抛之脑后，墨寒川披着宽大的斗篷匆匆下山。

斗篷的风帽拉下，堪堪遮到他的鼻梁以下，挡住了他的紫瞳。

半神半魔的黑蛟独有的紫瞳。

“得想办法出去。”羽烛白的掌心黏湿得几乎握不住止霜，她看了一眼头顶上的洞口，问了句废话，“你能露出真身吗？”

“你觉得呢？”离曜很想骂人。

他们脚下堆着不计其数的蛇的残躯，大小都有。没有灵力帮助，纯靠体力和剑术、枪术支撑，二人像是刀剑组成的风车，切割着除了气流以外靠近他们的任何东西，岩壁上糊了一层又一层血。

离曜闭了闭眼睛：“我居然跟你这个家伙死在一起，可算是死不瞑目了。”

“我可不想死。”羽烛白说，还有人在等我。

山岩震动起来，藤蔓、碎石纷纷如雨落。一双大钟般的眼睛睁开了，居高临下地看着他们。这个山洞有十几丈深，而这条蛇还有大半截身体被埋在岩石里，它直起半个身子，堪堪顶到洞口。

看着巨蛇泛绿的眼睛，两人忽然明白了此间的主人为何跟他们纠缠这么久。那些小蛇是这条巨蛇的食物，血气释放够了，巨蛇才会醒。

若是一开始这巨蛇就在下面，以它的魔息之浓重，两人绝不会落入此地。

“把你的血放干了都不够烧它的。”羽烛白低声说。

巨蛇小山丘似的头颅猛地砸落，头两侧展开的骨翼刀锋般滚过岩壁，抓出嶙峋的伤口。羽烛白和离曜同时弹开，一个落在蛇头上，一个落在蛇的脊背上。

羽烛白拔剑刺入巨蛇的脊背，止霜轻而易举地剖开它的鳞片和皮肉，贯穿了它的脊骨。离曜的长枪也狠狠刺穿了它的头骨，却因为长度不够，没能把它钉死在地面上。

巨蛇嘶吼着挣扎起来，把两个人甩了出去。羽烛白接了离曜一把，两人跟断线风筝似的砸在山岩上。离曜高低是个分量很足的少年，羽烛白被他砸得肋骨都要裂了似的疼，差点吐出一口血来。

她头晕眼花地想，这下可算是还了羲和给自己甜点心吃的情了。

离曜惊慌失措地扶住她，发疯的巨蛇不管不顾地把身子扫来，脑袋边上堪称凶器的骨翼亦是气势汹汹地撞了过来。

羽烛白不知道逞哪门子英雄，一把将离曜抵到了自己身后，一手按住止霜的剑刃，心想，死就死吧，死也要烫掉这玩意儿一身皮。

忽然，山洞口浅淡的天光轰然坍塌，随着风涌进来的，还有久违的灵力。

羽烛白下意识地蓄满了力量，预备一剑砍断蛇头。

空气中传来弓弦绷紧的声音。

两枚羽箭迅速贯穿了蛇的双眼，箭镞深入蛇的脑子，埋得只剩尾羽在蛇的眼窝上震颤。巨蛇被箭上的力量推得倒飞出去，掀起一阵烟尘。那个射箭的人顺势落了下来，翩然如雨燕，轻飘飘地踩在蛇头上。

离曜没在神界见过这号人物，他凌空射出那两箭的时候离曜正好抬头，这人白色的身影被月色镀上一层光辉，仿佛降临黑暗的另一轮满月。

“羽烛白，”那人帽檐低垂，挡住了大半张脸，他对着羽烛白遥遥伸手，以不容拒绝的语气说，“过来。”

面对巨蛇威胁都能把离曜挡在身后的羽烛白却往后退了一步，还不自觉地咽了咽口水。

刚刚被巨蛇扔出来，羽烛白替离曜垫了一下的时候，山岩上锋利的凸起刺穿了她的后背，捅进了肋间。此刻灵力恢复，她的伤势也在慢慢好转，但她还是心虚，毕竟背上的血还没干透。

墨寒川见羽烛白不过来，径直上前把她从离曜身后拎了出来。他捏着羽烛白的下巴扫视脖子周围有没有致命伤，最后才伸手去碰她的后背。墨寒川捻着指尖的血，冷笑了一声：“挺能逞英雄，怪不得要死要活的非要下山，英雄的瘾过够了吗？”

离曜听他阴一句阳一句的，也不管是不是在说他，当场奓毛道：“这位不知道怎么称呼的前辈，她已经受伤了，您不能等她伤好了再说吗？她宁可放走大修罗王也不愿伤及无辜，可见道心至诚，您何必说话那么难听？”

“她受伤了吗？我看她活蹦乱跳的，能直接冲去魔都宰了大修罗王呢。”墨寒川攥着羽烛白的手腕，明明在回应离曜，却一直对着羽烛白说，“学艺不精，落到别人的陷阱里差点把命丢了，我还不能说不能骂，难道要把她供起来给后世的不肖子孙引以为戒吗？”

羽烛白狠狠地踩了离曜一脚，低着声音咬牙切齿道：“闭嘴。”

白龙和小凤凰吃了大亏，还领回来一个不露面的高人，据小凤凰说应该是白龙的师尊。墨寒川不肯透露姓名，众人只好唤他“昆仑君”，他也无可无不可。

离曜之所以有这个猜测，是因为羽烛白在墨寒川面前那个㞞样，实在是让人难以想象。

墨寒川无意解释，“羽烛白的师尊”这个名号听上去更加深不可测，也让人不敢冒犯，免去了许多麻烦，省得有不依不饶的人非要来揭他的帽子。

回到驻地里羽烛白的营帐，四下无人，墨寒川才招手示意羽烛白过来。

“你不生气了？”羽烛白小心地看他，“真的不是什么大伤，这会儿都已经长好了。”

她已经是身量纤长的少女，若在人间，也是男女大防的年纪。可羽烛白仍像年幼时刚出天池一样，保留着在墨寒川身上蹭来蹭去的习惯，被他纠正了很多次才勉强改过来。

羽烛白走到他面前，扶着他的膝盖蹲下来，从风帽下面去窥探他的神情。

“别生气了，我错了。”羽烛白也不知道自己错在哪里，反正认错一定要快就是了。

“我不应该让你下山。”墨寒川看着她的眼睛，说。

他大概能猜到羽烛白为什么要护着离曜，她在纸鹤里不止一次提过羲和对她的照顾和对离曜的宠爱。羽烛白大概在想，离曜要是受伤了羲和会很难过，反正她孤身一人在山下，唯一真正挂怀她的人远在昆仑山，是个看不见也听不见的瞎子聋子，所以她受点伤也没什么。

可你也是我娇惯着长大的小孩，凭什么要去替别人遮挡腥风血雨。

我不舍得。

羽烛白没领会到墨寒川心里的千回百转，她有些丧气，不知道为什么自己是受伤的人却还要去哄别人。

这时，一个小团子磨磨蹭蹭地从角落里爬了出来。

羽烛白眼前一亮，一把将毛球薅了过来。小狐狸受到惊吓，立刻又要把自己缩成一团，可被羽烛白拎着两只爪子，胳膊拧不过大腿，它只好垂头丧气地对上了那双瑰丽的紫瞳。

“狐狸？”墨寒川把小狐狸接过来，摸了一把它的毛，“妖族流落出来的遗孤吧，看着不像血统很高贵的样子。”

羽烛白点点头：“感觉也不聪明。”

“那不正好，和你很配。”墨寒川耷拉着眼皮说。

“那我们把它抱回昆仑山养吧？”羽烛白兴致勃勃地说。

“要是真的抱回去，那就没有‘们’，是我养。”墨寒川叹了口气，“你连你自己都养不活。”

羽烛白嘴甜道："有你就可以啦！"

她想，墨寒川对这些"不太聪明"的小东西都比较包容，小狐狸应该能让他开心一些。

"你喜欢就养。"

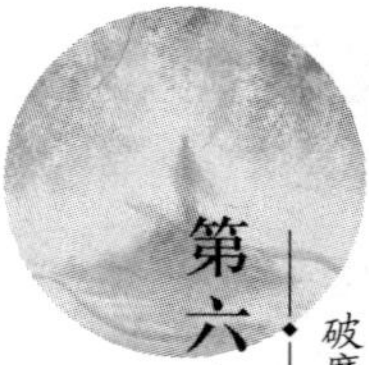

第六章 破魔

第一节 天道·红绳

昆仑山风雪不息，雪花打着旋钻进屋子里，正好落在羽烛白的睫毛上。

她从梦里幽幽醒来，身上那人残留的温度已经散去了，而她身边空无一人。仿佛昨夜跟她重回故地、相拥而眠的人，只是她求而不得的一段泡影。

她茫然了片刻，急急忙忙地跑出去，朱楼里空无一人。她说不上来的不安，一把拉开了大门。

迎面撞来的风雪中，她看见了那个身影。

“穿鞋。”墨寒川一扫她赤裸的双脚，拧着眉头说。

羽烛白充耳不闻，扑上去抱住了他。墨寒川稳稳当当地接住她，掀起大氅把她裹住，任凭她埋首在自己的肩颈间。羽烛白的双臂挂在他的脖颈上，温软细润得像是玉石。

“我做噩梦了。”羽烛白轻声说。

“关于我的吗？”墨寒川轻轻地拍着她的后背。

羽烛白却摇头不肯说了：“听说早上说噩梦会成真。”

“这是哪门子哄小孩的传闻啊？”墨寒川笑出声来，揉着她后脑细软的头发哄道，“胡噜胡噜毛，吓不着。”

羽烛白把他搂得更紧了，轻声说：“我后悔了，我不该下山。”

“再给你一次机会，你还是会下山的，别说傻话。”墨寒川说，“你就是这样的人，其实你从来不后悔救了他们。只是如果重来一次，你会选择把我锁在山上吧？”

“你真记仇。”羽烛白瓮声瓮气地说，“你对我能不能有句实话，告诉我，你为什么要让白冉把定八荒偷出来？”

墨寒川连口大气都没喘，面不改色地说：“因为定八荒是镇山海的钥匙，镇山海是锁住魔界邪气之眼的锁。定八荒在神界不安全。”

“定八荒在神界不安全。”羽烛白重复了一遍他的话，“你为什么会这么想？”

“黑蛟有双魂，神帝抽出我的龙骨之后，有一个人抽走了我剩下的魂魄，投进了血莲花池。”墨寒川轻声说，“我当时没回来找你，是因为他把我的记忆封住了。如果他真的想帮我们，为什么不把我的残魂交给你？他另有所图，不让我死，只是为了达成他的目的。当时有机会接触到我的，我想不会是魔种。”

“一个神，亲手造出了魔种的大修罗王，提前了血莲花池的沸腾期。”羽烛白漫不经心地说，“看起来是个翻手云覆手雨的疯子。”

她没提镜心和定八荒之间的关系，也没提山墟君留下的东西。

羽烛白总觉得墨寒川有事情瞒着自己，从始至终，他对于当年为什么要上无量天只字不提。而明鉴反复提及“他在苍生和你之间选了你”，这很有可能是神帝对他痛下杀手的真正原因。

明鉴都知道什么，又是谁告诉她的？

“所以你乖乖在昆仑山等我，等我把这些事都处理好了，我就回来找你。”墨寒川用诱哄的语气说。

“好。”羽烛白点头，心里想，又开始忽悠我了。

白冉在昆仑山外被离曜抓了个正着。

青丘九尾狐是神兽，但白冉就是羽烛白捡回来的杂毛狐狸，他们半点关系都没有。他在昆仑山上磨磨蹭蹭地修出了人身，又沾染了神性，修为却是稀松二五眼，在凤凰不加克制的神息压迫下，狼狈地露出了原形，被他拎在手里。

“你是她养的那只小狐狸？”离曜打量了一番手里龇牙咧嘴的狐狸，挑眉道，“正好，叫她出来。”

“休想。”白冉一瞅他身后十二个不露面的白袍人，脊背上的毛都奓起来了。

这凤凰要给羽烛白下套。

“供奉神剑定八荒的神殿里有你残留的气息，”离曜冷酷地说，“羽烛白刺杀神帝在前，盗取青铜镜心和定八荒在后，还和魔界大修罗王有勾结。她罪无可赦，你也要陪她一起灰飞烟灭吗？”

“你别乱咬人了！定八荒是我一个人偷的，和她一点关系都没有！”白冉在他手里挣扎着，翻过去狠狠地咬了一口他的手。

离曜一把甩开白冉，抬手一道灵力钉穿了他的尾巴，把他死死摁在雪地里。

“你是她养的，这条命就是她的。你凭什么会觉得你勾结魔界，她就可以独善其身？”离曜说，“我再说一次，叫她出来。”

白冉被摔得头晕眼花，尾巴跟断了似的疼，却还要嘴硬：“就许你们过河拆桥，不许我记恨吗？我偷走定八荒就是想你们死，凭什么你们害死了她却还觉得自己干干净净。她千不该万不该，最不该的就是救了你们的狗命。”

偷走定八荒的时候，他不知道大修罗王就是墨寒川，也并不相信羽烛白还活着。天谴之下绝无幸存，而羽烛白的运气向来不好。

大修罗王叩响昆仑山山门说明来意时，白冉只是以为他想烧一把火点了神界。白冉很乐意推他一把，所以才毫不犹豫地答应了。白冉战战兢兢地等着羽烛白的责问，可她只是一笔带过，好像并不在意，他才松了一口气。

“她受天谴责罚是她罪有应得，难道她刺穿神帝心口的那一剑是我们握着她的手刺的吗？”离曜呵斥道，“荒谬。”

“荒谬？”白冉摇摇晃晃地用四肢支撑着自己站了起来，凤凰的辟邪之火已然在他的尾巴上灼烧出焦黑的伤痕来，“你们杀死昆仑君的时候，就把她一起杀死了。你们要剖她的心，难道还不许她报复吗？”

离曜不想和一只修为低微的狐妖废话，羽烛白已经被天道打为“叛逆”之流，白冉也就成了妖邪，他大可以在昆仑山前放干了白冉的血，就不信羽烛白不出来。但离曜还是犹豫了，他光明磊落惯了，一言一行简直可以刻在石柱上作为“天道信徒行为规范”传颂百世，不是很能接受这种土匪一样的逼迫行为。

就在他迟疑的时候，数道冰箭破空而来。离曜侧身躲过，耳畔一缕碎发娓娓飘落。

“沧雪，你别出来！”小狐狸焦急地喊了一声。

“离曜，你真是越来越不要脸了。”羽烛白充耳不闻，大步上前，踢飞了洞穿白冉尾巴的那道灵力，把小狐狸提溜起来，“打不过我，就拿我养的狐狸出气？可真是出息大发了，你怎么不跟红叶山城里的魔种滚到泥坑里打一架？”

离曜出奇地没有发怒，他静静地看着羽烛白。

羽烛白意识到了一丝不对，正要后退一步退回大禁中，洪亮的钟声响彻天地！羽烛白被震得耳膜充血，手上一松，白冉四仰八叉地摔回了雪地里。

那钟声像是在羽烛白的脑子里敲响的，她只觉得自己的天灵盖都在随着钟声的回荡震颤，全身上下的骨骼被无形的手捏得关节爆响。

这种感觉好比求道的人有朝一日得见大道，大道还“轰”的一声砸到了他脸上，他除了跪拜没有别的想法可以生出来。

羽烛白单膝跪了下去，头都抬不起来。她听见自己的牙齿在“咯咯”打战，浑身的筋都绷紧了。她咬着牙，莫名其妙地顶着那口气，就是不肯奴颜屈膝地跪在他面前。

这种情况下，那十二个影子似的站在离曜身后的白袍人动了。

他们环绕着羽烛白缓慢地转动起来，像是罗盘上的十二个方位。风撩动他们的白袍，露出他们低垂的手腕，是干枯的白，不似活人。

白冉惊异地看着羽烛白像是被一座山压住了脊背，动弹不得。

离曜的眼神变了，他的瞳中无悲无喜，是一片空茫的沉静，如同平静的海面。

“沧雪，你可认错？”

这声音宏远空旷，不像是从离曜的喉咙里发出来的，倒像是天地尽头传来的一声古奥长鸣，令人忍不住要顶礼膜拜。

羽烛白曾两次听见这个声音从云霄间落下，一次是加封她“沧雪”的尊号，一次是在天谴落下前问她“你认错吗”。

面前站着的不是离曜，而是“天道”。

天道无所谓男女，更没有形体，九天十地，若非特殊情况，只有神帝一人能聆听天道的教诲。而有的时候，天道也会“降灵”于某个神祇身上，借其身体行走于世间。

羽烛白紧咬的牙关间渗出了血，她一字一句地砸到对方脸上：“我不认。”

白袍人的手腕间有金色的锁链延伸出来，一一扣合。

他们身上的白袍都如飞灰般飘散了，暴露出其下苍白透明的皮肤和皮肤下金色的骨骼。那些骨骼细长精巧，像是一个完美的器皿，包裹着里面缓慢涌动着的不知名液体。

有人在唱歌，没有歌词，只是轻扬悠远的调子，像是风卷着云稍落下。

羽烛白头痛欲裂，好像有一把剑敲着她的天灵盖。她竭力挣出一丝力气，挥剑斩断了手腕上挣扎不休的红绳。磅礴如四海的力量当头压下，羽烛白被摁得彻底跪倒在雪地里，从喉咙里咳出一口血来。

十二个白影的金色骨骼同时绷断，他们身体里的“液体”涌了出来，流萤似的飞了满天。而他们像是钉子一样停驻在原地，化为十二根柱子。

随即有高塔落下，把羽烛白困在了里面。

白冉挣扎着想要起身，却连从地上爬起来的力气都没有。

“你不能杀她，”白冉说一个字嘴里就吐出一口血，“你没有资格杀她。”

“天道”连一个眼神都没给他，带着缩小到巴掌大小的塔离开了。

红叶山城的城头上又吊了几具尸骨，汀罗踩在城垛上一步步地走，手里抛着一只铃铛。

铃铛是白冉落下的，不知道该算什么奇怪的癖好，这小狐狸喜欢穿女装在酒肆里捉弄魔种。他没心没肺的，不管废了多大劲弄到手的首饰都随手扔，汀罗奉墨寒川的命令盯着他，铃铛簪子玉搔头这样杂七杂八的东西替他收了一匣子。

底下的魔种看着他漫不经心的样子，恨得牙痒痒，又不敢说话。

汀罗年纪轻，却是大修罗王的心腹，下手又狠，很是招魔种嫉恨，也有不少修罗王想招揽他。但汀罗不以为意，他是大修罗王捡回来的，也只听大修罗王的话。

城头上新添的尸体就是他新收的反贼人头。

墨寒川从沧雪神君归位那一天就暗中下了命令，要拔除所有修罗王的老巢。他亲自动手也好，汀罗代为下手也罢，总之是七七八八地料理了不少。旁人看在眼里，以为是大修罗王的嗜杀本性终于暴露了，只有汀罗猜测他是为了昆仑山的那一位。

汀罗听说过一点风声，大修罗王就是两万年前死在神帝手下的昆仑君。

但他并不在意。

“汀罗。”

汀罗耳中忽然传来墨寒川的声音，他罕见地从里面听出了颤抖。

“尊上。”汀罗诧异之余，毫不犹豫地低头回应。

“你布在白冉身上的眼线呢？”墨寒川问。

汀罗一愣：“白冉不是回昆仑山去了吗？我就把眼线撤了，神界对他来说应该很安全。”

“现在去昆仑山下找他。”墨寒川不容置疑地说。

汀罗心想，您不是刚刚从昆仑山回来吗？但他仍然对着看不见的人点头道：“是。”

血莲花池池底一片死寂，白色砖石细密的缝隙间沁满了红色的血。

墨寒川盘腿坐在那株纯白色的大树下。

不久之前，他和羽烛白刚刚在这里联手斩杀了即将取代他成为大修罗王的魔种。那时整个血莲花池都沉浸在寂静中，墨寒川从顶层一直杀到了底层，才抵达那个“命定大修罗王”眼前。

不过几天的功夫，那些死在墨寒川手下的魔种又活过来了，甚至比之前更加凶残。但墨寒川这次下到底层却无比顺利，那些魔种被他身上浓重的神息挑衅也被其压制。

血莲花池底层中央那株巨树被千丝万缕的红线包围起来了，每一根红线上都悬着一粒冰晶。那是他在羽烛白熟睡的时候从天池里淬出来的，每一粒透明的晶体上都映出了墨寒川白梅含霜般的脸。

他本来静静地端坐在这个法阵中间，像是困在这软红牢笼中的一只小小甲虫。纵然他感受到咆哮不休的血海，却也能维持表面上的平静。

可就在刚刚，羽烛白捆在他手腕上的红绳断了。

羽烛白做这个小东西倒是做得很精致，只要对方受一点伤，哪怕是擦破个口子这种没法马上就好的伤，红绳另一头的人都会有所察觉，而且可以顺着红绳摸到对方位置所在。

她长这么大，除了小时候一心想打败山墟君走出昆仑山，怕是从来没这么用心地做过什么事。

红绳颤动的时候墨寒川还很诧异。

按理说，只要羽烛白乖乖待在昆仑山，哪怕天谴打下来都不能把她怎么样。起初他没多想，搞不好羽烛白出门又撞上谁动了手，也未可知。可是那红绳的颤动越发剧烈，然后像是无法承受高音的弦一样，猛地绷断了。

他就此失去了羽烛白的一切讯息，这种感觉他只在天裂之战那次感受过……风筝线断掉的感觉。

“你最好没事。”墨寒川喃喃道。

他无法抽身，阵法已成，如果他贸然离开就要承受十倍反噬。这种虎狼环伺的关头，他往自己身上落的每一刀，将来都有可能捅到羽烛白身上。

汀罗是从雪堆里把白冉挖出来的，小狐狸吐了自己一身的血，被冻得僵硬。

汀罗险些以为他已经死了，差点落下两颗眼泪来。白冉从他手里汲取了一点温度，挣扎着醒了过来，还没说出话又咳着吐出两口血来。

汀罗赶紧给他输送灵力，护住他的心脉。

小狐狸的胸口剧烈地起伏着，他半睁着眼睛对汀罗说：“离曜把羽烛白带走了……”

这句话仿佛耗尽了他全部的力气，说完又昏得人事不省，留下不可置信的汀罗独自震惊。

离曜把羽烛白带走了？

战无败绩、一个人杀穿无量天、最后逼得天道不得不降下天谴才制服的沧雪神君，被那个从没在她面前抬得起头过的离曜带走了？

汀罗怀疑白冉昏了头了。

羽烛白安安静静地坐在一片黑暗里，塔里伸出的铁链锁住了她的手脚，以铁链的长度，她只能保持这个打坐的姿势，多动一分一毫都不能。这貌不惊人的铁链锁住了她周身的灵力运转，相比起来，当年她在蛇窟里遇到的那个阵法只能算是粗制滥造了。

她正在思索自己怎么就落入了这个境地。

那十二个站在离曜背后的白袍人她从未见过，当时她也并非刻意轻敌。现在回想起来，她一眼望去的时候，并没有注意到那十二个人，他们站在离曜身后，就像不起眼的影子。

不过这东西倒是很眼熟。羽烛白垂眸盯着自己手腕上的铁链。

她没用过，不过当年为了找回墨寒川被打散的魂魄，她也看了不少杂书。其中有一本封面都掉了的书有记载，天道有一塔，名“十二劫”，由十二根柱子构成，一柱一苦楚，是一件利器。落入其中的神祇，少有能站着走出来的。

就这么语焉不详的记载，还挺让人胆寒的。这说明从十二劫里走出来的神祇，没有一个能说出在里面发生了什么。

看起来天道对她还没动真格，不然她也不能现在还好端端地坐在这里，脑子里还能筹谋着把无量天捅个天翻地覆。

金色的羽毛从塔顶晃晃悠悠地飘落，像是一缕洒落的阳光。羽烛白伸手接住，那片羽毛一触即散，在她跟前化作了一个人。她勉强把胳膊拉过来撑住了下巴，别扭地拗了个“漫不经心”的造型，看着这位不速之客。

“你还好吗？”羲和站在她跟前，低头问她。

“还成吧，”羽烛白说，“你要是愿意放我出去就更好了。”

“好说，”羲和谦和有礼道，“你按天道的意思把镜心交出来就好了。”

“你当我傻吗？”羽烛白咂咂嘴，“我小命都捏在天道手里，他动动手指头，十二劫就能折磨死我。这种关头我还把筹码扔出去，你怎么不叫我从无一台底下三拜九叩，一路跪上去给天道认罪？”

“你不是说你没错吗？”羲和的笑容温和无奈。

羽烛白笑了起来，露出一口雪白的牙齿：“镜心就在昆仑山，你让天道有本事就进去拿。可天道要是一不小心把我弄死了，这世上可没有第二个白龙替天道开昆仑山的大禁。除非天道能把昆仑山夷为平地——不过我猜天道不能，不然天道怎么会放纵山墟君那么多年？”

“山墟君，”羲和重复了一遍这个称呼，回味似的，“他可是你的父亲，你说起他就是这种语气？”

“他自己都没意见，难道你要替他教训我？”羽烛白一歪头，坦荡地说，“我的心魔可不好收拾，你让天道想好了再下手。我这种叛逆死了就死了，但天道可就拿不回定八荒和镜心了。”

羲和摇了摇头：“沧雪，这样对你没有好处。”

“好走不送。”

羲和的好脾气用不完似的，比容许那种一撕就破的画皮高出一个昆仑山的境界来。羽烛白一点好脸色都没给他，他也能照单全收，还不流露出一丝怒意。

羽烛白也搞不懂这个人在想什么，印象里他不是出现在神帝左右，就是站在离曜身侧。他总是在那些耀眼的人旁边默默伫立，像是太阳在地面上投下的影子。

羲和走后，羽烛白又剩一个人了。

她在地上一道一道地划着印子，想以此计数时间，可十二劫却连这个机会都不给她，她划一道，印子就消失一道。

真小气啊。羽烛白想。

寒川发现我出事了吗？她又想，他现在在干什么呢，最好忙得焦头烂额，压根没发现那根红绳断掉了。

第二节 十二劫·烛龙秘境

天道因为投鼠忌器，忍了羽烛白一段时间，最后不知道是忍无可忍还是被气昏了头，总之羽烛白终于见识到了传说中的“十二劫”的威力。

羽烛白听过八苦“生、老、病、死、贪、痴、嗔、怨”，人间还有“求不得、怨憎会、爱不得”的说法。

但她没听过什么十二劫。

因而，她看见墨寒川被神帝抽出龙骨那一幕时，恨得差点不顾经脉逆行、强行冲破锁链砸了这破塔。十二劫是个会找死的，专犯人的忌讳。

羽烛白一时站在白衣江江底，神女单薄脆弱的身体靠着她，虚弱地质问“你们这样的人，心里都是什么呢”；一时她又在九嶷山的大雨中，容许抱着失去温度的苏若秋号啕大哭，上官策和白珏被淹没在寂静的黑夜里，像是两个影子；一时她回到了昆仑山，她看见自己头也不回地往前走，墨寒川站在梅树下的身影孤单又寂寥。

她是被墨寒川抱在膝头哄着睡觉的小女孩；是九嶷山众人小心翼翼

捧着长大的小师妹；是浴血厮杀、受人景仰的沧雪神君。

可无论她是谁，她是否握着剑柄，她总是抓不住那些曾经牵过她的手。

鲜血、眼泪、背影，一个个错综复杂的片段叠合起来，构成了一个漫长又痛苦的梦境。羽烛白在那些结局已定的梦境里挣扎，每一次都来晚，每一次都看着他们如泡影般破碎在自己眼前。

十二劫虚情假意地给了她一个“再来一次”的幻想，又在幻想里一次次地嘲讽她，不管你怎么努力，不管再来多少次，你都无法改写这个结局。

羽烛白神智涣散，在一闪而过的清明中想明白了，为什么从十二劫出去的神祇没有一个能说出这里发生了什么。

他们的道心活生生地在无数次重复的绝望里，碎了。

她想起受天道加封“沧雪神君”之后，神帝曾让她在无量天的传经堂里给年幼的神祇们授课。她说到心魔一节的时候，底下十几双清亮亮的眼睛看着她，认真地问：“神祇无垢之身、无上之能，怎么会有心魔呢？”

羽烛白向来只肯在剑道上下功夫，法理学得稀松二五眼，常常被小崽子们问得一愣一愣的。她从来都是靠沧雪神君的威名压着，才不至于出乱子，然后下了课就卷着神帝给的点心跑回昆仑山请教墨寒川。

可这一次，她罕见地没有被问倒。

“但有不甘，必生心魔。”

纵然你有移山填海、生杀予夺之能，你又能保证你这一生没有做过一件错事，保证你从不后悔吗？

不能的。

所以世人皆逃不开心魔。

“沧雪神君被离曜带走了。”

墨寒川听见这句话的时候，搁在膝头的指尖蜷了蜷。他知道离曜没这个本事，但他并不觉得荒谬——因为他自己就是见过天道“降灵”的人。

尘封的记忆袭来，墨寒川只觉得脊背上血肉撕裂的疼痛正在复苏，魂魄分崩离析的痛苦亦是不遑多让。

天道把烛白带走了，墨寒川罕见地慌乱起来，气息紊乱。

天道会杀了羽烛白吗?

他不动则矣，心神震荡间，满室的冰晶“叮叮当当”地晃了起来，连后背靠着的白色巨树都摇曳起来。

“尊上，您怎么了？”汀罗的声音急切起来。

墨寒川稳住情绪，他冷静地思考后，觉得羽烛白应该暂且没事。天道既然大费周章地把她抓回去，想必是不急着要她的命。

他沉吟片刻，对着不在眼前的汀罗说：“你带上白冉去万妖谷找妖王，替我带一句话。”

“因果轮回，善恶有报。现在是他们偿还天裂之战因果的时候了。”

汀罗领命去了，墨寒川又回到了血莲花池的沉寂中。他静静地数着自己一起一伏的呼吸，耳边除了血海的咆哮，还有另一个声音渐渐浮现。被抽离龙骨的痛楚随着那个声音回到了身体里，他的四肢百骸都不受控制地颤抖起来。

“不过受了一点点神血，就妄想倒转阴阳，洗干净你身上的魔种血液吗？”

墨寒川的睫毛迅速被沁出的冷汗打湿，拧成一绺一绺的。

“沧雪接受了天道赐予的尊荣，就要偿还‘神君’这个尊号应该付出的代价。她生下来，就是为了这一天。”

墨寒川额头上的一粒汗珠顺着鼻梁流淌下来，蜿蜒着滑过他的面庞，“啪”的一声砸在他的指尖，清晰可闻。他好像又回到了那一天的无量天，回到了他在烛龙秘境前，窥见残破不堪的未来时，血液凉透的一瞬间。

古籍有云，烛龙一眼观过去，一眼窥未来。

那时，神界一群没眼色的神祇起哄离曜和羽烛白“金童玉女”。羽烛白不堪其扰，对离曜的态度越发恶劣，两人说话、神色稍有不对，便会不顾场合大打出手。

墨寒川冷眼旁观，离曜看着羽烛白的眼神越来越不对。离曜像是幼稚的小男孩，好声好气的时候羽烛白不搭理他，他就偏偏要招惹羽烛白发怒。

金童玉女，天造地设。

只有烈日一般耀眼的离曜，站在羽烛白身边才不至于黯淡。

墨寒川看着身旁拽着他的袖子，倚着他的臂膀酣然入睡的女孩，竟然生出了一种自己早晚会失去她的惶恐。她是山墟君的女儿，九天十地供奉的神君，四海八荒最后的白龙。她合该有最好的一切，包括那个站在她身边的人。

墨寒川生出了心魔。

他想自私地把羽烛白圈禁在昆仑山，让她的眼睛里只有自己；他想打碎那些调侃羽烛白和离曜的神祇的牙齿，让他们把那些话语和着碎牙和鲜血一起吞下去；心魔最猖獗的时候，他甚至想杀了离曜，让这只骄傲的小凤凰彻底湮灭。

但他克制住了，只是再不肯踏出昆仑山半步。

直到有一天，羲和上昆仑山拜访他，试探性地问他羽烛白私底下对离曜的态度，俨然是一副对弟妹的态度。

墨寒川被心魔折磨，狠狠地病了一场。

羽烛白担心他，死活不肯去无量天赴宴。

“为什么会突然生病啊？”羽烛白翻出厚厚一本典籍来，折腾了好半天也没明白这人怎么就病倒了。她只能夜夜守在墨寒川身边，给他输送灵力，喂他喝水。她最困的时候，也是趴在榻边攥着墨寒川的手指，只要对方稍有异动，她就能察觉。

墨寒川昏昏沉沉地醒过来，看见羽烛白贴着他指尖的莹润脸颊，艰难地开口：“你喜欢离曜吗？”

羽烛白摇头。

墨寒川却想，我从来没教过你男女之情。你不喜欢离曜，可又会喜欢我吗？你会因为羁鸟恋旧林，留恋于我的身边，可这样的依赖又够消磨多久呢？你本是天上的飞鸟，每一根羽毛都流淌着明亮的光，我又怎么能把你困在我的牢笼里，和我一同被困在这不见天日之地？

我怎么舍得。

“我不喜欢离曜，”羽烛白看着他的眼睛说，“我也不喜欢他们说我和离曜‘般配’。什么叫般配，我喜欢的才般配。我只和你般配。”

墨寒川淡淡地笑了一下，没有把她炽热坦率的剖白当真：“‘昆仑君’和你是师徒，‘墨寒川’是悖逆天道的存在。烛白，我们永远不可能并肩站在阳光下。”

羽烛白拧着眉，不解道：“那又怎么样？我们只要一直在一起就好了。”

不好的。墨寒川抚摸着她的鬓发，近乎悲哀地想，见不得光的感情怎么会好呢？

可他言不由衷，他总是不忍心羽烛白失望，于是点了点头，说：“嗯。我们一直在一起。”

你想依赖我多久，我就留在你身边多久。等到你找到那份属于你的光明正大的感情了，我也会放你离开。

羽烛白只是握着他冰凉的手，用力搓了搓，试图焐热。

她并非迟钝，只是不明白墨寒川的悲伤从何而来，只好竭力证明自己不会走。

她日复一日地在墨寒川身边乱窜，平日里不是揪着化形化不利索的白冉，就是靠在墨寒川身上看书、打瞌睡。

然而她不知道，墨寒川一面纵容她，一面忍受着心魔的蛊惑。

“她现在愿意留在你身边，将来可未必。她从小就想离开昆仑山，你不记得了吗？”

“终有一日，她厌倦了藏着掖着的恋人，认清了依赖不同于男女之爱，她还会继续在昆仑山陪着你吗？”

“趁她现在对你千依百顺，不如就此困住她，让她彻底离不开你。”

细碎低沉的声音在墨寒川耳边来来去去，挑拨着他最后的理智。

“闭嘴，都闭嘴！”墨寒川挥袖扫去桌上的物什，书本笔墨“叮叮当当”地摔了一地。

那些声音烟消云散，一卷陈旧的古籍跌落在地上，所书所写触目惊心。墨寒川被古籍上的字吸引住了，他四肢僵直地上前，拂开了古籍。

这些日子，羽烛白从无量天搬回来许多古籍，这歪门邪道似的杂书不知道是怎么混进来的，里头居然记载了进入烛龙秘境的方法。

在神界，烛龙是一个离经叛道的传说。众神皆皈依天道，过去之事不可追，未来之事不可窥，一切都在天道的掌控下精密地转动着，不容猜测和窥探。

可墨寒川的师尊是山墟君，神界头一个叛逆，他自然也没把天道放在眼里。

山墟君跟他说起过烛龙秘境，这不是一个骗局。

但山墟君也说过："其实看到未来了也没有用，有人觉得自己看见了将来的祸福，便可以趋利避害。殊不知从自己看到将来的那一刻开始，他的所作所为都在推动着那个既定的结局到来。"

墨寒川鬼迷心窍，当真打开了烛龙秘境，决心就此浇灭心魔。

若羽烛白将来和他长相厮守，心魔便不攻自破；若事与愿违，那他便早早放手。

可当他打开秘境，站在那号称可窥一切将来的烛龙眼前，他看到的只是火。

铺天盖地的火焰，焚尽地面上的每一寸生机，天空中弥漫着黑色的烟云，有流火般的星子划过。这是比天裂之战更加惨烈的景象，神祇、魔种、妖族、人类和鬼魂一同被灭世的烈火浇铸成尘土，山岳崩塌、江海倒流、星辰陨落。

无量天的菩提与梧桐一起被折断，莲海被鲜血浸透，水面上漂浮着白鹤的羽毛。

一片混乱中，墨寒川看见了羽烛白。

她不知道从哪里滚来一身的血和土，狼狈不堪地提着那把定八荒。

墨寒川从没见过她这副模样，哪怕是天裂之战时，她无时无刻都在拔剑厮杀，也没把自己弄到这般境地。墨寒川看着她从自己身边走过，定八荒拖在地上，划出长长的刻痕。

她的胳膊好像脱臼了，因而连握剑的动作都那么艰难。

羽烛白一步一步地走上无一台，每登上一级台阶，她身上的压力就重一分。然而她眼神澄澈，即便握着定八荒的手不住地颤抖，也在不断地往上爬。她身下的鲜血染红了无一台的阶梯，深深地烙进了每一条缝隙中去。

无一台是神界公认的“天道所在”，是不容侵犯的神圣之所。羽烛白此举犹如飞蛾扑火，说白了就是找死。

停下来，墨寒川无声地呐喊着，冲上前想把她抓回来。

可他自己轻飘飘如流风，穿过了羽烛白的身体。

她终于登上了无一台顶，倚着定八荒勉力起身，单膝着地，用颤抖、虚弱的声音说：“吾乃沧雪神君羽烛白，愿以白龙之白骨、血肉、神魄为祭；愿受骨血剥离、魂魄炼化之苦。只愿天道安定，庇佑苍生福泽。”

墨寒川目眦欲裂，眼睁睁地看见羽烛白消散在一团白色的光辉中。

天池边上的碑林、山墟君对天道的仇恨、天道对白龙格外的宽容，这些扑朔迷离的谜题，突然在此刻明了。

白龙生来就是天道的祭品。

他们活着要弹压魔族，维持天道平衡，死了还要献出自己的骨血魂魄，受不得好死之苦。

神帝作为天道代行者，他对此不可能一无所知。

墨寒川咬牙切齿，往日里神帝对羽烛白父兄般的慈爱原来是别有用心，那副文雅和蔼的皮相也由此面目可憎起来。那些宠溺、娇惯，不是看已故的山墟君的面子，也不是怜惜羽烛白一介孤女，只是要骗她心甘情愿地走上祭坛。

他们怎么敢?

墨寒川满心愤恨，可又不敢把这件事告诉羽烛白。

羽烛白被他教得太好，否则也不会在人间走了一遭，就违背山墟君遗训下山参与天裂之战。若她知道自己是那个不得不牺牲的祭品，说不好她会不会自己走上祭坛。

墨寒川不敢赌。

他孤身去了无量天和神帝对峙，他不是要讨要一个说法，也不指望神帝能放过羽烛白。

墨寒川知道神界无法容忍黑蛟的存在，若是他被神帝重创或者干脆就死在神帝手下，羽烛白就此和神界撕破脸，再也不出昆仑山，那么至少可以延缓甚至杜绝那一天的到来。

他没想到的是，他见到的不是神帝，是天道。

墨寒川至今都还记得肋骨连同心肺被攥住的感觉，他连多出一口气都不能，只有低头从杯盏中的茶水里才能看见自己布满冷汗的脸。

神帝的外貌没有丝毫变化，只是那种不容他人直视的威严让他察觉，面前的人变了。

“又是一条黑蛟，山墟留下的麻烦还真不少。”天道优哉游哉地叩着桌案，漫不经心地说，“不过你除开欺世盗名，从未作恶，甚至有功，龙骨也将成，我大可以放你一马。只要你在众神面前剖白罪行，自行卸去‘昆仑君’一名，你就可以活。”

“我不是来找你说这个的。”墨寒川抬头，这么一个简单的动作都使他的颈骨被压迫得“咯咯”响。

“你身上有烛龙的味道。”天道眼角一扫他，“你看到了什么？”

“山墟君……不，白龙一族，他们都是这么死的吗？”墨寒川直视天道的眼睛，却看不清任何事物。

“是。”天道坦然承认，“这是白龙一族的秘辛，除开白龙，只有神帝知道。但是山墟君好像非常恨我，很不希望我能存在下去，所以断绝了这个秘密的传承。神帝和白龙一族有血契，不能对任何人说出这件事情。”

“他们是你的祭品？”墨寒川攥紧了拳，手背上青筋暴跳。

“不，他们是我的火种。”天道说，“因为他们一代一代的献祭，天道才能长久地延续下去，维持世间的平衡。每一个白龙从出生那一刻就注定了要这么死去，从无例外，只有早晚的分别。”

天道崩塌的后果，墨寒川不用思考也知道，烛龙秘境里的一切都还历历在目。

“她生来就是为了替天下苍生赴死。”墨寒川喃喃道。

难怪山墟君说“愿你此身轻如鸿羽”。

“说得不错，她生下来就是为了替天下苍生去死。这是不可改写的命运，哪怕你从烛龙秘境中提前知晓了，也无法更改。”天道淡然道，“你已经得到你想要的答案了，请回吧。”

“不可以。”

“你说了不算。”天道毫不在意。

墨寒川抬眼，眼底的怒火和疯狂遮天蔽日：“她是山墟君的女儿，是我养大的小女孩。她不欠你们什么。我说她不可以替天下去死，就是不可以。”

第三节 因果·龙骨

羽烛白第七次站在昆仑山的大雪中，麻痹的心脏缓慢地复苏着。她还没从墨寒川在自己怀里魂飞魄散的痛苦中回过神来，十二劫又把她扔进了下一个轮回里。

羽烛白感受着知觉渐渐回到自己的身体里，有些恍惚。

刚刚结束的那一次幻境，她直接赶在墨寒川前往无量天之前杀了神帝，可墨寒川还是死了。他死于天道降下的天谴。白紫色的雷火坠落在她的眼底，墨寒川连掷出十二道瞬移符，赶到她身边，替她挡下了焚烧神魄的天谴。

他把羽烛白的头按在自己怀里，一如当年用脊背去挡山墟君落下的剑。

只是天道终究不是心软的山墟君，不会手下留情。

羽烛白明明知道那是假的墨寒川，可还是抑制不住心脏颤抖。

“烛白，怎么了？”

屋子里的人见她站在门口不动，走过来要拉开门。羽烛白狠狠地拽住了门把手，从外面死死地将门扣合，不让里面的人出来。

“你干什么？”墨寒川怒了，拍了一把门。

羽烛白留恋地看着灯火在窗纸上映出的那个剪影，几乎要落下泪来。她没有和墨寒川说过，他不在的那些日子里，她都是怎么过来的。昆仑山的每一片雪都有他的痕迹，她在漫天的大雪里，就要被密不透风的悲伤淹死。

如果我没有离开昆仑山。

羽烛白想，如果我听了山墟君的话，没有到这乱七八糟的因果里搅和一遭，寒川就不会被人抽了龙骨，更不会死。他那么一个爱干净的人，就不会在魔界的血污里摸爬滚打，不会一辈子要遮着自己的容貌和眼睛，不能见人。

我很后悔，我已经没有重来的机会，但至少我还能保护你。羽烛白轻轻地把额头抵在门上，门后的人消停下来，像是隔着这层木板感受到了她的难过，连声音都小心翼翼下来。

“出什么事了，谁欺负你了？”墨寒川问，“你让我出来。你是不是又哭了？”

羽烛白哑然失笑：“寒川，我已经不是那个除了血统什么都不是的小女孩了。我早就哭不出来了。”

墨寒川沉默。

这是墨寒川上无量天被神帝抽出龙骨的前一天。

羽烛白还记得，那个晚上墨寒川隔着跳动的烛火看她，絮絮叨叨地说了很多。他叮嘱她不要争强好胜，不要多管闲事，凡事要多考虑自己，三思而后行。墨寒川鲜有那么啰唆的时候，平时他只要温柔地注视着羽烛白，她就会败下阵来，他说什么自己都无法拒绝。

后来她回想起来，只觉得痛彻心扉。

墨寒川分明是在留遗言，他生怕自己走后，羽烛白一个人过不好。他恨不得一笔一画把羽烛白每天吃什么都安顿好，可是他来不及了。

你当时在想什么？羽烛白怔怔地伸手去拂窗纸上那个剪影，心止不住地疼，你看着我那副没心没肺的样子，可曾有一丝犹豫？

你为什么非要去赴那个死局？

时至今日，羽烛白仍未得到答案。

“寒川，对不起。”羽烛白想象自己亲密无间地抚摸他的脸颊，就像她做噩梦的时候，墨寒川摸着她的头哄她入睡。

“你没有对不起我，”墨寒川察觉到门上落下的结界，心里生出不安来，低吼道，“开门！”

“我很想去一个春暖花开的地方住，最好我们的小院子边上还有一片湖，一年四季湖水都是绿的，清澈得可以映出天光云影来。”羽烛白的声音很轻很低，像是怕惊扰了谁的梦，“但是如果你不喜欢，我可以不去。只要你在，我可以永远留在昆仑山。”

墨寒川隐隐察觉了她话语中决绝的意味，慌乱起来：“烛白，你先开门。”

“这些话以前没来得及和你说，我当时太小，总觉得你都知道，总觉得以后很长。其实寒川你啊，也是个迟钝的笨蛋，我不说，你就真的不知道。”羽烛白在门上落下最后一笔阵法，结界笼罩了整个朱楼，“在我心里，寒川就是最好的人。我最喜欢你，只喜欢你。”

她转身离去，抛下朱楼里墨寒川声嘶力竭的呐喊。

无量天风云剧变。

一尾通体雪白的巨龙卷上云霄，所到之处必有霜雪随行。

白龙山脉般宏伟的身躯撞碎了无量天的大门，神祇们的惊呼和刀剑她统统视而不见，绚烂华丽的法术落在白龙的鳞片上，也不过溅起点点花火。

“你不是要我选吗？”羽烛白咆哮着，“那我就选给你看。”

“沧雪，停下！”神帝喝止道。

白龙径直冲上了无一台，把纯白石料堆砌的高台撞得粉碎。与此同时，云间翻涌的雷火终于坠落下来。

羽烛白像是从高空跌落的人，猛地清醒过来。

四肢上扣合的铁链猛地收紧，几乎要绞碎她的骨头。羽烛白在剧烈的喘息后渐渐恢复了平稳的呼吸，随即在黑暗中放声大笑起来。

“怎么不继续了，不敢了？”羽烛白张狂地说，“不用试探我，再来多少次都一样。谁杀他，我要谁死。”

十二劫里空荡荡的，没有人回答她。

“我始终想不明白，寒川到底做错了什么。就因为他一半神血一半魔血，你就如此容他不得吗？天下之大，你甚至不肯给他三尺之地栖身。”羽烛白真情实感地唾弃道，“这就是你的善恶功过，还真是一目了然……粗暴又愚蠢。”

“寒川，是昆仑君的名字吗？”

羽烛白猝然收声。

十二劫角落里亮起一点灯火，她警惕地端详着灯火后无声无息的离曜。几日不见，离曜竟然肉眼可见的苍白消瘦了，难道被天道降灵的殊荣也会有反噬吗？

离曜见羽烛白没有回答他的意思，便自顾自地说了下去：“你还真是把那条黑蛟保护得很好，外界还从未有人听过‘寒川’这个名字。‘昆仑君’这个名号是假的，师尊这个身份想必也是假的，你就那么珍视他？他究竟是你什么人？”

羽烛白的目光从他石雕般的面孔上划过，忽然笑了起来。这笑容不似嘲讽，也非轻蔑，倒像是发自内心的愉悦。

离曜有些动容，自从昆仑君身殒之后，他再也没见过羽烛白这样轻松恣意的笑。

“你说得对，他不是我的师尊，也不是我的兄长，”羽烛白叩着自己的心口，一字一句地剖白道，“他是我的心魔。”

“心魔”二字从她嘴里说出来，用来形容那个在她面前不能被提起的人，竟然有几分缱绻缠绵、至死方休的意味。

“原来如此。”离曜有些失落，“想必他从小在昆仑山和你一起长大，情谊深厚非比寻常，你才愿意百般为他遮掩身份，甚至不惜欺瞒神帝和天道吧？”他真的是你心里那个不可替代的人。

“你到底想说什么？”羽烛白不耐烦了。

“你想出去吗？”离曜看着她的眼睛，“嫁给我，你就可以离开这里了。”

羽烛白拧眉看着他：“你在说什么疯话。”

“这是天道说的。白龙尊贵纯净之血，绝不可被魔种玷污。”离曜对着她伸出手，“若你愿意就此和大修罗王断绝关系，再无往来，你就可以走出这里。昆仑君若是还在，想必也不愿意看你堕落至此。”

羽烛白简直要笑出声来：“你那神通广大的天道没告诉你，大修罗王是谁吗？”

离曜皱眉。

“你请回吧。”羽烛白说，“天道有本事就一直关着我。”

“沧雪，现在除了我，没有人能救你。”

羽烛白指着自己的心口，认真地说：“神帝在这里种过一个‘清心咒’，这个咒术会强行把墨寒川从我的脑子里洗出去。我之所以到现在还能记住他，不是因为神帝的咒术失去了法力，而是因为我用寒川的朔风箭把那个咒术从我的心脏上剖下来了。

“我不怕死，天道也威胁不着我。”

白冉从背篓里探出头来，嗅着雨丝清凉的气息，抽了抽鼻尖。

汀罗反手把他往背篓里按了按，避免他吸引来不该吸引到的人。白冉身上的神息太重，而周遭鱼龙混杂，很难说没有居心不良的人。

妖族没有自己专属的领地，一直游离在人间与魔界的夹缝中。妖王换了好几茬，如今的妖王早就不是当初三叩九拜，把羽烛白跪得下山的那一位了。

汀罗来到一处药堂前，房前的柳叶开得正绿，在雨水中洗濯出了勃勃生机。

他还没跨进药堂里，屋檐下挂着的灯笼忽地摇摆起来，连那一树柳枝也跟着哗啦啦地响。汀罗停下了步伐，没过多久，里头匆匆忙忙地跑出来一只小妖。

那大概是一只小猫妖，化形化得粗糙，发顶上钻出来一对毛茸茸的猫耳。她一边捂着自己的耳朵，一边哆哆嗦嗦地仰头看着汀罗，低声说：“我家主人有请。”

汀罗矜持地点了一下头，跟着她走了进去。

这间药堂里没有任何阵法保护，要不是门口的异状，怕是谁也不会想到妖王屈居此地。

白冉费力地掀开背篓上的盖子，探出头来，四下环视。

他没见过这位新妖王，也不知道这位妖王脾气秉性如何。但是羽烛白对妖族有恩，想来他们应该不会拒绝墨寒川的要求。他知道墨寒川让汀罗把自己带来是什么意思，当年有许多像他一样的小妖惨死，墨寒川这是要敲打他们。

他思绪飞转间，汀罗已经来到了妖王面前。

出乎意料地，妖王是个病弱的年轻人模样，就像人间随处可见的白面书生。汀罗往他面前一站，他身上那种孱弱的感觉就更明显了，仿佛汀罗一个人能打他十个。

他们进门时，妖王正守着小火炉，目不转睛地盯着火候。

“大修罗王信使，我身体不适，招待不周的地方还请海涵。”妖王对着汀罗一抬下巴，面无表情地说，“请问大修罗王有何贵干？”

“此行是为我家尊上带一句话。”汀罗一板一眼地说，“因果轮回，善恶有报。现在是你们偿还天裂之战因果的时候了。”

他说完就掀开了背篓上的盖子，白冉迫不及待地钻了出来，目光炯炯地看着妖王。

“这是沧雪神君收养的那只小狐狸。”妖王伸出细瘦苍白的手，摸了一下白冉的脑袋，“我有听闻天道对沧雪神君下的诛杀令，恕我直言，纵然我将整个妖族都压上去，也无法动摇天道的意志。”

“不，不是为了诛杀令。天道今日抓走了沧雪神君，囚禁于无量天。”白冉忍不住说，“你帮帮她，你是妖族之主，一定有办法。”

妖王定定地看着白冉，笑了一下。

白冉的心凉了半截。

“你说得对，我是妖族之主，我最先考虑的应当是妖族。”妖王看着汀罗说，“沧雪神君种下的因，妖族无法在今日偿还其果。在下愿代妖族受因果反噬之苦，只是不能上无量天为解救神君出力了。抱歉。”

汀罗目光阴沉：“这是你的权利。”

随即，他捏碎了墨寒川交给他的符文，妖王淡然的笑容出现一丝裂痕。

妖王像是一下子被人捏碎了全身上下的骨头似的，痛苦地倒伏在地，连人身都维持不住了。他一时露出尾巴和爪牙，利爪在地面上犁出几道深深的痕迹来，虚弱得连呼吸的力气都没有，好像马上就要断气了。

那只小猫妖尖叫一声，撞开汀罗和白冉扑了进来，扶着妖王慌张无措地哭了出来。

白冉倒退几步，他几乎要被小猫妖眼里的仇恨击倒，也为此行的失败感到无望。

“为什么？”白冉艰难地问，“她也救过你们，你们为什么不肯救她一次呢？”

“我很抱歉。”妖王剧烈地喘息着，他单薄得像一张一撕就破的纸，“但是我必须保护我的子民。我可以为因果反噬付出代价，但我的子民不能被我推到险境里。我们不过是风里的飞蓬罢了，怎么能和天道抗衡呢？”

白冉怔怔的，被汀罗一把抓回来塞进了背篓里都没有反抗。

“那道符文是当年的妖王和昆仑君留下的血契，竟然在大修罗王手里。”妖王气若游丝，语气却很微妙，“真是造化弄人啊……”

两人都没有搭理这句话。

直到离开药堂，白冉才放声痛哭起来，像个委屈的小孩。汀罗向墨寒川汇报完这件事，被白冉哭得心烦，又把他薅了出来。他盯着白冉通红的狐狸眼，不解地想，沧雪神君何等桀骜不驯，怎么就养出来一个只会哭的小废物？不嫌丢昆仑山的脸吗？

“别哭了，尊上会有办法的。”汀罗硬邦邦地说。

“天道会杀了她的。”白冉哭得鼻涕眼泪糊成一团，全然没了当初在酒馆里勾得众魔种心驰神荡的模样，“她那么倔，一点都不肯低头，天道生气起来一定会杀了她的。墨寒川到底在干什么啊，他知不知道她就要死了啊？”

“尊上在闭关。”汀罗说，“你有那么离不开沧雪神君吗？即便是神，也不是不死不灭的，要是真有一天，沧雪神君羽化了，你也要哭得这么丢人吗？还是当场就跟着她去了？”

白冉哭得更大声了：“可是她不在了，我能去哪里啊？我是她捡回家的啊！”

汀罗很头疼，干脆往白冉身上拍了一张符纸，纵然他哭得天崩地裂，也发不出一丝一毫的声音。

他把白冉囫囵往背篓里一塞，离开了这个地方。在他彻底消失在药堂所处之地后，那棵柳树以惊人的速度凋零、腐朽下去，像是被抽干了生命。

墨寒川盛怒之下，整个血莲花池池底的丝线都在颤动。

那些丝线仿佛连通了他的经脉血肉，牵动着他的神经一抽一抽地疼痛。他强行抚平了自己的怒火，耳边又有窃窃私语在蛊惑他。

“何必修炼龙骨？直接杀上无量天带走她不就好了。”

“他们连你最后剩下的都要夺走，你又何必仁慈。”

“杀了他们，不然他们就会杀了羽烛白。你真的能忍得住吗？”

“闭嘴。”墨寒川几乎要咬碎牙关。

所有杂音烟消云散。

他加快了灵力运行的速度，那些纵横在空气中的红色丝线像是血管，源源不断地抽取着那株白色巨树下的灵力，再送往墨寒川的身体里。

墨寒川微微用力，攥紧了拳，忍受着过量灵力灌注进身体里、经脉被撑得几欲爆裂的痛苦。他绷紧了喉咙，仰头压抑着哀号，脖颈上青筋暴起。

红线上的冰晶逐一迸裂，在空中绽开无数霜白的花。

那些用来压制邪气的冰晶被剧烈涌动的灵力捏碎了，白色大树下的邪气侵袭着墨寒川的身体和心智。

再等等我。墨寒川艰难地结印，我马上就来接你回家。

随着那个法印一道道结成，墨寒川的身上也在发生微妙的变化。他眼底瑰丽的紫色逐渐苍白失色，连发丝都被霜白沾染。最后一道法印结成，一片死寂中荡漾开轻微的“嘣”声，是天劫打在了血莲花池上。

墨寒川脱力地倒在地上，衣衫下的血莲花印记消失。

他从破碎的冰晶里看到了自己现在的样子，白发银瞳。

龙骨修成，他身体里所有的魔种血液被洗涤一净。逆改天命，有天劫落下是正常的。他在剧痛中竟然还有余力思考，自己需要多久的时间恢复体力。而羽烛白，又能等他多久？

羽烛白猛地从睡梦中惊醒，无法抑制的心痛袭来，像是有一把小刀在她的胸腔里搅动。

“怎么了？”离曜发觉她的动静，睁眼问道。

那日，羽烛白嘲讽离曜一番之后，面皮薄的小凤凰竟然没有拂袖而去，反倒是坦然地住在了十二劫中，大有一种羽烛白不答应他就不走的架势。

羽烛白也懒得搭理他，就当被囚禁的时候身边有个喘气的解闷。

“红叶山城有什么异动吗？”羽烛白一头冷汗，掐着自己的指尖，逼迫自己冷静下来。

离曜微微皱眉，不客气道：“怎么，你和那位大修罗王才认识几天，就有心灵相通之能了？”

“我问你，你答就是。”羽烛白急得目露凶光。

离曜盯着她，一句话也不说。

羽烛白耗尽了仅剩无几的耐心，强行将自己的双手扣在了一起。

铁链的长度很是任性，一直就是她怎么不舒服就怎么来，此刻当然不可能配合。羽烛白被铁链硌的皮开肉绽、骨骼碎裂，然而她面色冷静，无视了手上传来的痛苦，硬生生地把铁链扯了过来。

她在结印。

“你干什么？”离曜霍然起身，“我出去帮你看看就是了，你这样会受伤的！”

羽烛白充耳不闻，法印结成，莲花与龙的印记在黑暗中绽开。离曜看着这熟悉的印记，不由得愣了一下，紧接着铺天盖地的纯净气息压了下来。

十二劫已是强弩之末，羽烛白感觉到自己身上的禁锢出现了一丝空隙，立刻凝出剑气劈碎了铁链。她重获自由，仰头看着黑漆漆的十二劫，一股山岳般的威压迫使她跪下去。

羽烛白咬着牙，指尖颤抖着召出止霜，对着十二劫劈了上去。

十二劫外，自莲海中喷涌而出的灵力狠狠地撞击着塔身。两股力量里应外合，生生将这牢狱刨出了一个口子。

羽烛白气血翻涌，那一剑她毫无保留，挥完之后再无余力装从容，一口血呕了出来。

她推开上前扶住自己的离曜，看着被这动静惊扰，围上来的神祇，有些失神地想，寒川在哪儿?

上一次她有这种心痛如绞的感觉，就是这个人离她而去的时候。

此时此刻，她面对着所有曾经仰望她、恭维她、信奉她，如今去防备她甚至想杀了她的神祇，一如当年她把失去龙骨的墨寒川挡在身后，独自面对整个神界的狂风暴雨。一时之间，她竟然有些神志不清，不知道今夕是何夕。

“别碰他。”羽烛白握紧了剑柄，眼前一阵阵发花，却执着地说。

离曜离她最近，那句话落在他的耳中，无比清晰。

离曜陡然一僵，昆仑君被抽出龙骨那一日，羽烛白背叛了整个神界也要带走他，她身负重伤，却仍然把人挡在身后，一遍遍地警告试图上前的人。

“别碰他。”

离曜怔愣在原地。

十二支羽箭破空而来，逼退了所有意图靠近羽烛白的神祇。素白的影子飞跃上前，一把揽住了摇摇欲坠的羽烛白。

羽烛白嗅到了熟悉的水沉香气味，抬眼看着那身久违的白袍，竟有些泫然欲泣。

“寒川。”羽烛白轻声唤。

“我在。”墨寒川在众神僵直的注视下，掀开了垂至下巴的风帽，露出霜雪般的眼和发来，傲然扫视蠢蠢欲动的神祇们，“久违了，诸位。”

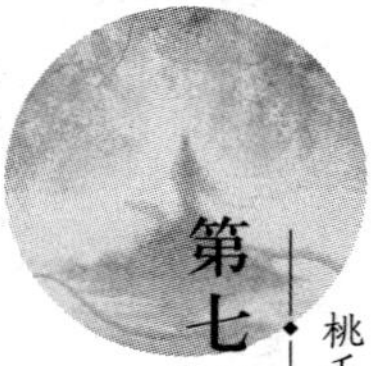

第七章 · 桃夭

第一节 成婚·夫妻

羽烛白睁眼的时候，天光自窗格间洒入，衬得窗边那人如珠如玉。

羽烛白很熟悉那张脸，却不熟悉那样的眼睛和头发。她摸了摸自己的脸颊，又爬起来蹭到那人身上，仔仔细细地在他脸上摸了个遍。

“真的是寒川吗？”羽烛白疑心自己没睡醒。

“如假包换。”墨寒川歪头一笑。

“你的眼睛和头发是怎么回事？”羽烛白扒开他的衣领，“烙印也不见了。”

“因为我的龙骨修成了，从今往后，我就不是大修罗王，也不是半神半魔的黑蛟。”墨寒川捋着她细软微凉的发丝，任由她躺在自己的胸膛上，吻了一下她的发顶，“以后我可以光明正大地站在你身边，开心吗？”

羽烛白玩着他的头发，闷声闷气地问：“疼吗？”

山墟君在的时候，墨寒川就一直在修炼龙骨。山墟君把这事说得跟吃饭喝水一样简单，但在自己的身体里重塑灵骨、洗涤血液，哪里是那么容易的？血魂相依，用龙骨来改变血统，跟生生剥离自己另一半魂魄没有区别。

“疼，但是值得。”墨寒川轻声说，“烛白，我们成婚好不好？”

羽烛白撑着他的胸口，看着他认真的眼睛。她有很多拒绝的理由，比如现在时局太乱、危机四伏，比如还有很多疑问没有解决。

可是这一刻，她对着墨寒川的眼睛，一个“不”字都说不出来。

墨寒川总是能拿捏她。

于是她说：“好。”

他们不赶时间，但是能来参加婚礼的人少之又少。羽烛白左思右想，往酆都寄了一张请柬，又往妖族寄了一张请柬。

白冉没告诉她妖王不肯伸出援手的事，反正妖族要是有脸来参加这场婚礼，羽烛白什么都不知道，反而更开心一些。

魔界人间都不安全，婚礼便定在了昆仑山。

离曜听说这件事的时候，手里的棋子落在了棋盘上，惊走了梧桐荫里一片飞鸟。

羲和若无其事地把棋子捡了回去：“亏我当年还去试探昆仑君，你和沧雪有没有可能。没想到二人竟然是这样的关系。”

“他们不是师徒，昆仑君也不再身负魔血，这样没有什么不妥。”离曜只是说。

羲和看他一眼，假装没察觉他失魂落魄的模样：“嗯。”

酆都。

鬼王掸着那张精致的请柬，夸张地称赞道：“哎呀，这两人终于苦尽甘来了，不错不错，本君一定给二位备一份厚厚的贺礼。不知道沧雪神君有没有嫁衣，缺不缺嫁妆，本君很乐意搭把手。”

送信的汀罗不习惯鬼王这种自来熟，很无语：“鬼王届时能来参加就好。”

“当然要参加。”鬼王笑眯眯地打发走了汀罗，“让你家尊上备上好茶。”

等汀罗走了，鬼王才幽幽地说：“在这种时候举行婚礼，看来墨寒川是黔驴技穷，没办法稳住羽烛白了，才出卖色相的吧？”

小猫妖记仇，壮着胆子把汀罗拍在了门外。

汀罗懒得跟一个化形都马虎的小妖计较，干脆把请柬夹在门缝里，不带什么感情地说：“我家尊上不日将和沧雪神君完婚，恭候妖王的到来。”

他杀人放火的事干惯了，对着娇气的白冉尚且克制，对着妖王可就没什么好气了。

他的一字一句落在小猫妖耳朵里，简直像是把刀架在人家脖子上，威胁“不给我家尊上这个面子，当天就提着你家妖王的头给尊上当作新婚贺礼”。

小猫妖吓得直抖，也不敢不接那张请柬了。

“寒川，你在写什么？”羽烛白从背后搂住了墨寒川的脖子，踮起脚尖，把下巴搁在他的肩上。

汀罗出去送请柬了，白冉也跟着跑到人间去搜罗婚礼所用的东西。昆仑山上只剩下他们两个人，羽烛白在朱楼里上上下下地转了一圈，最后在书房里逮住了墨寒川。

“聘礼单子。”墨寒川握住她的手，亲了一下，“你看看还有什么想要的吗？”

羽烛白草草扫了一眼，故意说：“我可没有嫁妆给你。”

“没关系，成婚以后你整个人都是我的，我不亏。”墨寒川拉她到身前，把她困在自己和书桌之间。

羽烛白皱着鼻尖：“怎么说得跟我卖身给你了一样？”

“那我卖给你。”墨寒川笑着低下头来吻她的唇，身上丝丝缕缕的水沉香气味让羽烛白有些迷醉，“就用你柜子里那些画来买。”

羽烛白僵了一下。

“什么时候画的？”墨寒川调笑着问。

“被种了清心咒以后画的。”羽烛白低声说，“那时候我最害怕的事情就是，第二天醒来会忘记你。”

墨寒川的笑容消失了，良久之后，他轻声说：“对不起。”

“沧雪！你看这两件嫁衣你更喜欢哪一件，我觉得这件更红更衬你的皮肤……”冒冒失失闯进来的白冉看见两人如胶似漆的模样，吓得一步退回去，“砰”的一声带上了门。

他还此地无银三百两地高喊了一声：“我什么都没看见，你们继续！我明天再来！”

羽烛白气得笑了起来，踢开门抓住白冉，拎着他的耳朵逼问：“是不是看什么奇怪的书了？”

白冉祸水东引，一边求饶一边说：“都是汀罗给我看的！”

一旁送完请柬刚刚回来，正看戏的汀罗沉默了。

婚礼那天，昆仑山上仅仅摆了两桌宴席。

朱楼前挂了红纸灯笼，门窗上贴着羽烛白裁剪的双喜字。就连楼前枯死的梅树，墨寒川都布了阵法迫使其开花。红梅白雪，点亮了所有人的眼睛。

鬼王领着一群穿红戴绿的小鬼，热热闹闹地上了山，誓要把一张请柬物尽其用。妖王也拖着那一身病骨上来了，走一步喘三下的样子，叫人疑心他会不会横死在这场婚礼上。

鬼王装模作样地品着茶水，对着妖王举杯。

妖王咳嗽两声，亦是对他回礼。

“新人到！”白冉扯着嗓子喊。

鬼王摊开手掌往下压了压，奉命热闹的小鬼们也安静下来。

众人看着那对璧人牵着红绸走上前来，一时间都不敢用力呼吸。他们是如出一辙的白发银瞳，就像是从冰雪中雕琢出来的一对人偶。

这才是天造地设。鬼王在心里感叹，再没有比他们更有资格站在对方身边的人了。

他们没有高堂，亦不服天地，因此三拜只拜了最后一拜。

“夫妻对拜——”白冉的眼睛有些发涩，他压着嗓子里的泣音，认真地说，“愿尔等，结发为夫妻，恩爱两不疑。”

“好！”鬼王捧场地喝起彩来，鼓着掌大声说，“送入洞房！”

小鬼们吱哇乱叫，也不怕羽烛白了，吵吵嚷嚷地闹着“送入洞房”。

没人敢闹大修罗王和沧雪神君的洞房，墨寒川顺顺当当地抱起羽烛白往洞房去。

羽烛白的凤冠在行走之间不住地响着，她的耳朵贴在墨寒川的胸膛上，听着他失控的心跳。墨寒川跨进新房大门，把羽烛白放在了床上。

床被上绣着交颈而眠的鸳鸯，在摇曳的烛火中生出一种暧昧来。新房是羽烛白的房间改成的，帐子上的八角铃铛“叮叮当当”地响。

墨寒川揭开红盖头，凝视她略带红晕的脸，指尖从莹白的耳垂游移到颊边，像是在触摸一件珍贵的瓷器。

“这是要把以前我摸的都摸回来吗？”羽烛白笑了一下，问。

“在万度瞳的幻术里，我就在想，”墨寒川俯身咬了一下她的耳朵，含糊地说，“你穿嫁衣一定很好看。”

“山墟君要是知道我们有今天，当年我往你身边蹭的时候，他不知道是更想打断你的腿，还是打断我的腿。”

“他会坐在堂上，受我们的跪拜。”

墨寒川粗重地喘息着，把她压倒在如云的锦被中。

羽烛白满眼都是深深浅浅的红色，她觉得烫，也觉得疼。鸳鸯帐里弥漫开的暖意让她的血都燥起来了，她忍不住按着墨寒川的肩膀，在他的锁骨上咬了一个牙印。

“那么凶，还咬我，嗯？”墨寒川捋着她汗湿的白发，舔着她的下唇问，“怎么从小就爱黏着我，大了却要欺负我。我是不是太惯着你了？”

“寒川，轻一点……”羽烛白带着泣音说。

她耳边是墨寒川沉重燥热的喘息声，还有铃铛细碎的响声。

羽烛白在他的胳膊上抓出一道道血痕，墨寒川身上太烫了，羽烛白和他相触的每一块皮肉都在发疼，疼得她打颤。可她舍不得放开，他像个牢笼一样禁锢着她，而她是心甘情愿的囚徒。

羽烛白转过来，吻着他的咽喉。

野兽只在最信任的人面前暴露命门，不是信她不会痛下杀手，只是死在她手里也甘愿。墨寒川喉头滚动，动作轻缓下来，按着她的后脑方便她胡闹。

“寒川，我爱你。”羽烛白说出这句话的瞬间，只觉得一股电流顺着脊椎爬上去。

她的爱恨都是直白了然的东西，她却从未对墨寒川说出过这句话。此刻，她把自己一颗真心剖出来捧到他面前，只是为了回应他的声音。

墨寒川脑子里最后一根理智的弦绷断了，他用力得像是要把羽烛白揉碎，揉进他的骨血里，好永远将她带在身边，不让她再受一点伤。

羽烛白眼前一时是红色的烟纱，一时是他的脸。

缭绕的水沉香气味熏得她理智迷失，她在摇摇晃晃中摸索到墨寒川的手，和他十指相扣。

及至将要天明，她才昏昏沉沉地睡了过去。墨寒川抱着她，一如年幼时用脊背替她隔开刀剑与风雪。

“烛白别怕，”墨寒川轻声说，“我永远在你身边。”

白冉化作了狐形，奔跑在雪地里，掀起的雪尘几乎要把他自己淹没。

他一边跑一边欢呼，在月下仿佛一团小小的雪球。直到跑到一条解冻的溪流边，他才停下来，对着月光粼粼的溪水揉了揉自己的脸。

他忽然就哭了起来。

盘旋在空中的黑鸟见状落了下来，原地化作青年模样，嫌弃地推了白冉一把：“怎么又哭了？”

“我高兴，你管不着。”白冉哭得脸上的毛都打湿了，推开了汀罗的手。

“着急了要哭，高兴了也要哭。沧雪神君到底教了你什么？”汀罗大喇喇地在他旁边坐下，仰头看着如水的月光从云间泻下，“没想到将所有神明拒之门外的昆仑山，竟然能让我这么轻易就进来了。”

白冉擦干净眼泪，瞥了他一眼：“你怎么跟留遗言似的？”

“尊上已经不是尊上，血莲花池会诞生新的大修罗王。昆仑君龙骨已成，身边跟着个魔种算怎么回事？”汀罗淡淡地说，“说是遗言也没错，今日之后，我就不会留在尊上身边了。”

白冉有些呆地看着他，脑子没转过弯来。

“他们从来不把这些放在眼里，难道昆仑君会因为这个赶你走吗？你尽管留在他身边就是了。”

墨寒川当然不会因为这个赶自己走，汀罗在心里叹息一声，可是他自己不能没有自知之明。

他有些疑惑，沧雪神君到底是怎么养的，把这只小狐狸养成了个天不怕地不怕的天真模样，不怕他离了昆仑山就被连皮带毛地吞个干净吗？

“是我自己不想留了，我想过自己的日子。”汀罗编了一个说辞，“尊上和沧雪神君安稳下来，不再需要我，我刚好可以走。你呢，要一辈子待在沧雪神君身边吗？”

白冉勉强接受了他这个说法，却没回答他的问题。

他苦恼地用爪子在地上刨着雪，很久以后，才慢吞吞地开口：“沧雪以前问过我想学什么。昆仑君精通弓箭、符箓和阵法，沧雪的止霜更是威震四海。可是我当时嫌苦嫌累，不肯学，她也就随我去了，说昆仑山那么大，总归装得下我。”

汀罗罕见耐心地听着他不着边际的絮叨。

“后来昆仑君没了，神帝冲到昆仑山来给沧雪种清心咒；再后来她刺杀神帝，被天谴打得魂飞魄散。”白冉的声音有些抖，“你知道她上无量天的时候，我在做什么吗？她给我灌了一壶酒，天谴落下来的时候，我睡人事不省。我什么都做不到，甚至连她的剑都拿不回来。那些把她逼到这一步的人一个个活得好好的，我恨死了，但是我一点办法都没有。我才知道，原来这世上的事不是你躲着、忍让着就可以的。

“按人间那些话本子的套路，我应该奋发图强，有朝一日掀了无量天。可我从来就不聪明，沧雪在的时候我的修为尚且稀松，她不在了，纵然我拼着命地去修炼，也没有多大进境。”白冉摇着头，“我知道一切都还没结束，我要留在她身边。”

汀罗沉默许久。

最后，他揉了一把白冉的头，开口道：“沧雪神君那么软的心肠，想必没有怪过你，你不必自责。她是以杀封圣的神君，也用不着你给她卖命，你好好活着就行。”

第二节 弑神·内鬼

墨寒川是被手腕上的冰凉弄醒的，他下意识地一挣，手下传来金属碰撞的“叮叮当当”声。他猛地惊醒，惊愕地看着自己手腕上的金色链子。

铁链严丝合缝地扣着他的腕骨，另一头蜿蜒着没入墙壁上的法阵中。

“醒了就好。”边上的羽烛白看他挣扎了半晌，才悠悠开口，“别动了，你弄不开的，再把自己碰伤了就不好了。”

“你这是要干什么？”墨寒川拧着眉看她。

“我说过，三次。”羽烛白抓着链子把他拽到自己面前，在他的唇角亲了一下，“你三次以身犯险，我生气了，所以要把你锁起来。”

睁着眼睛说瞎话。墨寒川心脏里的不安化作小兽，简直要撕开他的胸口钻出来。

“你要去哪儿，我陪你。”墨寒川说，“你把链子解开。”

羽烛白摇头：“我可不敢带着你，你又忽悠我可怎么办？我问你，你从哪里知道定八荒和镇山海的事的？”

墨寒川僵着脖子，没出声。

“编不下去了，不说是从书上看到的了？”羽烛白接着逼问，“墨规是谁？我一直很好奇，黑蛟身负两族相悖之血，能冒天下之大不韪走到一起的那对神魔，不说载入典籍，至少也得遗臭万年。怎么会一点痕迹都没留下？我想了又想，神界比我还离经叛道的，只有山墟君了。可他那副冷心冷肺的样子，能把谁迷得不怕死地和他在一起？”

墨寒川还是不说话。

“你不说，我就去问别人。”羽烛白松开手，转身离去。

墨寒川在她抽身的时候用力震上链子，那貌似中看不中用的链子纹丝不动。墨寒川只觉得手腕上的疼痛转瞬即逝，随即他看见羽烛白的手腕上流下一缕血。

“忘记告诉你了，”羽烛白转过来看着他，“我在你身上下了一个‘以身相替符’。你受到的所有伤都会一丝不落地转移到我身上。所以你要是想让我心疼然后解开链子的话，就请随意吧，夫君。”

“你想知道什么我都告诉你，你把链子解开。”墨寒川揉着太阳穴，妥协道。

“你上无量天，是为了我，对不对？”羽烛白突然问。

墨寒川的瞳孔几不可察地一缩。

“我就知道你没一句实话。”羽烛白冷哼一声，带上了门。

“你才新婚，就要让昆仑君当鳏夫吗？”离曜看着树荫下的人，后退一步，“还是说在十二劫里走了一遭，你仍然觉得天道不能把你怎么样？”

羽烛白掀开兜帽，一头白发在阳光照耀下犹如新雪：“平心而论，我做的事都付出了代价。一报还一报，我已经偿还清楚了。天道最引以为傲的就是天道的‘秩序’，天道是不会违背自己的规则来杀我的，否则我能活到今天？天谴追着我跑不就完了。”

离曜心想，真是人逢喜事精神爽，这几千年不见得给他一个好脸色的人，居然好声好气地跟他说了那么长的一段话。

离曜想着，又觉得有点酸，果然能在她面前特别的只有昆仑君，其他人都是顺带。

“有何贵干？”离曜问。

“来和你做个交易。”羽烛白说，“我告诉你神帝死亡的真相，你告诉我黑蛟是怎么来的。”

离曜一怔："什么意思，神帝不是你杀的吗？"

"本来应该是我杀的，"羽烛白淡淡道，"我当时都准备好跟他玉石俱焚了。可你们也太看得起我，天谴之下绝无错手，你们就没想过我是怎么活下来的？"

"进来说。"

昆仑君死后，沧雪神君有很长一段时间没上过无量天。但有关她的消息还是源源不断地被人付诸笔端，递上神帝的案头。

那些狂妄又荒唐的事迹被神祇们当作茶余饭后的谈资，可没有人敢在神帝面前吐露半个字。神帝对沧雪神君似乎有一种父亲对女儿的包容，没有谁敢去触他的逆鳞。

在他们看来，沧雪神君消停只是时间问题。难道她还要真的为一个半神半魔的东西背叛天道吗？因而，当她走进无量天的时候，众神只以为她终于服软了、想开了。

"听说你前几日刚从上古秘境里出来，伤好了吗？"神帝一如既往的温和，动作娴熟地为她倒了一杯茶，推到她面前。

羽烛白抬起眼皮，视线从茶杯、桌案中间的花瓶上划过，最后定格在神帝的脸上。她的目光冷漠苍老，见者无不胆寒，可神帝却无动于衷。

她扣着茶杯边缘，舔着干裂的嘴唇，认真地问："你是怎么做到杀了无辜的人，还在苦主面前镇定自若的？"

神帝只是自言自语般道："清心咒失效了吗？"

羽烛白很想把那杯热茶泼到他脸上，她攥着茶杯的五指用力到扭曲："你不是说天道功过分明，善恶因果皆有其报吗？他到底做了什么，才让你们这么容不下他。就因为他的血，所以他活着就是脏了你们的眼睛，他活着就是他的罪过吗？"

神帝的眼神落到了茶杯上，他好像很疲惫似的："真是相似的问题。"

羽烛白见不得他这副顾左右而言他的样子，一巴掌拍翻了茶水："回答我。"

"因为昆仑君这样的存在，是变数。"神帝直视她的眼睛，咬字清晰，

“变数是威胁天道安全的存在，我身为天道代行者，有这个义务为天道扫清障碍。天道不是亘古不变的存在，天道是一个天平，需要小心地维护平衡。纵然你恨我，这也是我的责任所在。”

神帝字句冷漠理智，不带感情地谈论着墨寒川的死。好像墨寒川的鲜活、温柔都是羽烛白臆想出的虚幻泡影，他不是一个曾经活过的存在，而是石刻木雕的砝码，可以任由他捏在手里摆弄。

羽烛白忍无可忍，一把抓住神帝的衣领，把他提了起来。止霜格在他的颈间，因为她剧烈的动作在神帝的脖颈上擦出了细细的血痕。

羽烛白的眼球上布满了血丝，她咬牙切齿地说：“你再说一遍。”

神帝平静无波的脸色骤然一变，他一把推开了羽烛白，痛苦地按住了桌案。他身上淡白色的光芒时隐时现，好像他一时是神龛上圣光笼罩的神像，一时又是那个插花下棋、喝茶逗鸟的人。他竭力夺回了身体的控制权，无意识间将桌角捏得粉碎。

“快走！”神帝的脖颈、额角、手背上都有小蛇似的青色血管凸出，血液急速流动。

他仰着头，抻着脖颈才不至于痛苦地呻吟出声：“天道要来了，你快走！回昆仑山，再也不要出来。”

变故只在瞬息之间，羽烛白有些呆住了。

神帝划破指尖，飞快地在左臂上画下一串符文，这才匀出一口气来好好和她说话。那短短的一串符文，好像抽干了神帝所有的气血，他肉眼可见的苍白下去，像是颜色褪去的画像。

“看来我的责任履行得不到位，天道要自己出手清除变数了。”神帝对她招招手，说，“沧雪，你过来。”

羽烛白没动。

神帝无奈地笑了起来，也不强求。

“杀了墨寒川的人是我，也是天道。天道没有实体，所谓无一台也只是一个象征。当天道要行走于人世的时候，就会选择‘降灵’的方式，夺取宿主的身体。你不能再留下了，你伤了我，已经有了弑神之嫌，天道会借这件事对你降下天劫……甚至天谴。”

“我没有相信你的理由。”羽烛白生硬地说。

“这是我欠山墟君的，”神帝垂下眼帘，看着自己手臂上逐渐失色的符文，“我欠他一条命，也欠你。快走，我要抵挡不住天道的力量了。”

羽烛白还是没动。

“你是个好孩子，山墟君没和我提过你的存在，他是在保护你……不要恨他。”

神帝的声音湮灭于利刃破开血肉的模糊声音里，羽烛白面无表情地拧转剑柄，鲜血从剑刃上的血槽中喷射而出。她在淋漓的鲜血中，一把掏出了神帝肋间熠熠生辉的神魄。神帝的身体像是失去生命力的花木，迅速地枯朽下去。

羽烛白攥着那一小团光辉流转的神魄，冲出了神殿的大门。

“你不用这样做的。”神魄的声音很虚弱，“没了我，天道还可以选择其他神祇作为‘降灵’的宿主。”

“那是天道的事。”羽烛白错身闪过一道琴音，冷眼看着不远处的羲和与围上来的一众神祇。

“沧雪，你弑神？”羲和按住争鸣不休的琴弦，一句话就给羽烛白这副狼狈的模样定了性。

羽烛白冷冷地看着他们，没有回答。

她清楚地记得这里的每一张脸，当时她赶来无量天，也是这群人包围住了墨寒川。如今落入这样境地的人成了她，却没有人力破万钧来救她了。

唯一一个会不顾一切握住她手的人已经死了。从此以后，无论是独木桥还是阳关道，她都只能一个人走下去。

羽烛白振去了剑上的血，仰头直视乌云汇聚的天穹，和其间翻涌的雷霆。

“你走吧，纵然天道没有控制我，我也不后悔杀了昆仑君。”神帝劝她，“趁天谴还没有落下，回昆仑去。这些年来，一直有人在暗中推动天道的崩塌，所以山墟君和昆仑君都不得不死，天道已经到了穷途末路的时候。神界并不安全。”

羽烛白置若罔闻，她横剑在眼前，将风暴般席卷过来的杀意搅作灰烬。

风、水、地、火各种各样的杀招往她身上扑，卷着火焰的旋风被霜雪撕开了口子；如土龙脊背般暴突的山岳刺向她的脚下，她连着后跃三次，堪堪落在神殿前的柱子上。

风云骤变，每块砖石上都刻着独特花纹的地面支离破碎。

无量天第二次这么混乱，前一次还是山墟君强行带走那条黑蛟的时候！

空气中飘浮着燃烧的飞灰和被点燃的石块，它们像是拼命挣扎的蝴蝶，要从这暴风之中逃离出去。

“羽烛白，你疯了吗？”赶来的离曜震惊了。

羽烛白合眼，再次看向他们时，银色的眼瞳中有霜花怒放，冰雪如跗骨之蛆一般在神祇们的身体上攀爬。

羲和端坐在后方，手下一拨一挑，琴音狠狠撞击着她的头骨。她有些眩晕，挥剑劈碎了一只伸向她的手，狼狈不堪地支着剑单膝跪在地上。

“伏诛吧。”羲和的声音像是要敲开她的头骨往里钻。

“闭嘴。”羽烛白狠狠一咬舌尖，止霜剑锋之上杀机四溢，划着一道完美的弧线斩向羲和的咽喉。

止霜剑“当”的一声撞上了长枪枪头，离曜腕上发力，火焰卷上了羽烛白的指尖。

羽烛白也没想真的杀了羲和，她挥舞剑鞘敲上离曜的脖颈，在对方躲避的时候踩着他的胸口飞跃出去。

只要离开无量天，回到昆仑山，神界的内鬼和神帝欲言又止的模糊话语都还有机会。

然而恢宏庄重的声音自云端传来，那个声音好比洪钟大吕，每个听见了的人都随着声音的起伏胸腔震颤——没有办法不震颤，违抗的人大概会被那声音捏碎心肺。

所有神祇都跪伏下去，羽烛白被一只无形的手摁在了地面上。

她还攥着神帝的神魄。

“沧雪，你可认错？”天道开口问。

羽烛白知道这不过是个过场，就跟人间那些犯人上公堂，无论有没有罪都会喊冤枉一样。天道并不会因为她跪地求饶而放她一马，更不会对她下手轻一些。

虽然还不明白为什么，但依神帝方才的口气，天道分明很想她死。

她被墨寒川娇惯着、被山墟君敲打着长大，一身的反骨，认定了自己没错就不会低头。哪怕被人用剑柄压着脖子，不低头就会被压断颈骨，她也绝不会为了苟延残喘而向谁卑躬屈膝。

“我不认。”她不羁地看向云层后的天道，放声道。

天谴淹没羽烛白的时候，她挣脱天道的桎梏，做出了最后的挣扎。

她不想神帝跟着她一起死，索性将那团神魄抛了出去，转而拔剑直面苍白的雷火。止霜在瞬息之间挥出千万道剑气，决绝地与雷火相撞，凛冽寒冷的剑气瞬间被融化。她在扭曲、模糊空气中，感受着神魄被燃烧的疼痛。

真疼啊……和龙骨被抽出相比，哪一个更疼一些呢？

羽烛白有些失神，神志不清地想，如果山墟君知道我是这么死的，会说什么？大概是“果然是个不聪明的”。

这样想着，她竟然笑了起来。

她觉得很累，当年她以为自己手里有剑就可以横行无忌，以为自己可以拯救苍生，可到头来，她连墨寒川都保不住。其实山墟君说的没有错，她本来就不应该下山，那样至少寒川还能活着。

她的眼前忽然出现了一个影子。

“沧雪，我欠你一条命，如今便把这条命还给你。”

那团神魄在她无限放慢的视野里抽条、轮廓逐渐清晰，俨然又是神帝那张温雅的脸。

他挡在羽烛白身前，隔绝了她和滔滔雷火，同时，纯白的莲花与龙法印落在羽烛白的掌心。无量天的莲海无风自动，其下无边的灵力翻涌、咆哮着冲进了天谴之中。

而众神只以为，那是神帝残存的意识在联手天道制服羽烛白罢了。

她彻底失去了意识。

离曜猛地起身，带翻了桌上的茶盏。

“啧，怎么大惊小怪的。”羽烛白抬手拂去了桌上的茶水，“要不要看看神帝亲手交给我的法印？”

“我看过了。”离曜声音沙哑。

那日羽烛白挣脱十二劫，就是用了神帝的法印，所以他才那么吃惊。法印是无法被剥夺的，就算羽烛白把神帝切碎了，神帝不愿意，法印也落不到她手上。

离曜一时间无法完全理解羽烛白陈述的真相，他甚至不能分辨她哪句话是真的，哪句话是假的。唯一可以确认的是，神帝确实把他的一切都托付给了羽烛白。

离曜稍稍平静下来，问她：“神帝陛下说神界有内鬼，你怎么还敢来找我？”

“按神帝的说法，这个暗中推动天道崩塌的人大概从山墟君还在的时候就开始动手了。”羽烛白觑他一眼，“你那时候还是个拖着鼻涕的小屁孩，能跟你有什么关系？”

其实倒也未必，连明鉴都能被那个人蛊惑，离曜在这些年间被那人说服的可能性也不是没有。只是羽烛白觉得这小凤凰实在是正直得天真，比起其他心口不一的神祇，他要可靠得多。

否则他也不会口不择言，连神界缄口不言的山墟君秘辛都说了出来。

离曜听出她的言外之意，一时气结。

羽烛白敲了敲桌板，把话头拽了回来：“行了，该说的我都说了。到你了吧，墨规——多半就是你当时说的，山墟君带走的那条黑蛟，是怎么回事？”

离曜梳理了一番思绪，才开口说：“那是很久之前的事了，我去葬骨川的时候发现了那条半神半魔的黑蛟，他的身体里甚至有一条快要修炼成功的龙骨。我以为他窃取神血，是个野心勃勃的狂徒，想要当场将他格杀。可是我哥赶过来了，他发现那条黑蛟身上有山墟君的气息。”

羽烛白眉峰一振。

“当年山墟君是神界风头无两的人物，虽然因为脾气不好，没少被人诟病，但他弹压魔界之功绩还是很让人信服的。我哥不敢擅自决断，就把那条黑蛟带回了无量天，交给神帝陛下处置。”离曜嘲讽一笑，“神帝陛下体谅山墟君，觉得他不过是一时鬼迷心窍，才交付了神血给一个魔种，还传授其易骨洗髓之法。他本要暗中处决那条黑蛟，保全山墟君的名声。谁知道山墟君枉顾天道，强行掳走了那条黑蛟，就此和神帝陛下撕破脸。”

离曜想了一会儿，说：“你说他叫墨规，这个我不清楚，不过昆仑君的全名是‘墨寒川’，莫非二人之间有什么关联吗？按理来说，魔种受神血一事应当不会太多，昆仑君身上的神血又是怎么来的？”

羽烛白没有回答他的问题，反而问：“你当时还小，应该是在传经堂里听神帝授课的年纪。神帝也没有压榨幼年神祇的习惯，对小孩多有宽容，你为什么会去葬骨川？”

离曜一愣，随即怒道：“你想说什么？”

“羲和身为无量天神将，有巡视葬骨川之责，你是被他带去的。”羽烛白不顾他难看的脸色，一字一句地说，“他故意让你发现墨规的存在，否则明明是他把墨规带上无量天，怎么最后传出来的是你的名声？”

“你这是诬蔑。”离曜拍着桌子喊了一声。

要游说钟寂那些修罗王容易，但明鉴被神帝关在无量天，不是谁都能接触到的。

羲和从前就是神帝的左右手，是最常和明鉴打交道的人之一。从天裂之战到墨寒川身死，每个时间段里都有羲和的影子。只是他总是把自己隐藏在神帝或离曜的影子里，清水一般，很少有人会注意到他。

羽烛白醍醐灌顶，她想起来了。

当年墨寒川生病之前，羲和曾到昆仑山拜访他。后来她为了给病中的墨寒川解闷，上无量天搬回了许多典籍。那时她遇见了羲和，是羲和给她挑的书。不久之后，墨寒川突然就上了无量天，惨死神帝手下。

羽烛白霍然起身，也不管离曜在嚷嚷什么了。

那些书里有什么？

第三节 羲和·魔界新主

“夫纲不振啊！”白冉一边露出自己尖细的牙在链子上咬着，一边恨铁不成钢地感叹，“你这才新婚第一天，就被她欺负成这样了，以后的日子可怎么过啊？”

墨寒川推了一下他的脑袋，免得他的口水滴到自己手上：“她去哪里了？”

“无量天。”白冉又咬了两口链子，咬得自己腮帮子都酸了也没在上头留个印子。

他羞恼地拍了那链子一爪子：“这是沧雪从哪里搞来的？”

“应该是山墟君的困龙锁。”

墨寒川说着又好气又好笑。这东西他也只见过山墟君用一次，生生绞碎了对方的骨骼和魂魄，收回来的时候上头浸满了血，随后那些斑斑血迹被链子吸食得干干净净，是个杀气很重的凶器。

结果羽烛白竟然把这东西用他身上了，就为了不让他出门，还下了个挺能唬人的“以身相替符”。

白冉拿这东西是没办法了，干脆盘着身子在墨寒川手边蜷缩着打算睡一觉。

“白冉，”墨寒川捋了一把他的耳朵，说，“去把朔风箭取来。”

羽烛白是在莲海边找到羲和的。

离曜紧紧跟着她，寸步不离。在离曜的印象里，哥哥是个沉默、温柔得没有脾气的人，在一众武神之中也显得格外文弱。而羽烛白的所作所为称得上是劣迹斑斑，难保她会不会和羲和动手。他生怕哥哥在羽烛白这尊凶神的盛怒之下受了欺负，硬生生地插在了两人中间。

“稀客啊，沧雪神君新婚燕尔，怎么不陪昆仑君，反倒跑来无量天？”羲和一身滚着金边的白袍，眉间的金色翎羽印记纯净无瑕，池子里白玉似的莲花都被他比下去了三分。他的笑容好像刻上去的，一丝一毫的差错都不会有，让人生不出一点厌恶来。

羽烛白眼角一低，目光扫过桌案上的香炉、古琴，再从羲和笑盈盈的脸上划过。她的目光实在是露骨，带着赤裸裸的恶意，刺得离曜忍不住按上了长枪的枪杆。

“我想和你单独谈谈。”羽烛白一撩袍角，在他对面坐下，却是看着离曜，“无量天相当于天道的手掌心，我能翻出什么花来？就算我杀了你哥，你也来得及把我扒皮抽筋。况且我好日子才过了没几天，还没活够，不想找死。现在你可以走了吗？”

“离曜，下去吧。”羲和笑容不变，“我和沧雪神君说几句话。”

离曜不甘不愿地离开了。

“明鉴和我说，寒川是为了我死的。”羽烛白的指节一下一下地叩着桌面，富有节律的敲击声压迫着人的心弦，“我当时就在想，她背后的人得多么神通广大，才能窃听到神帝和寒川说的话？还有那个带走寒川魂魄投入血莲花池的人，不可能凭空做到这件事，他必然和寒川有过接触。其实以你在神界的地位，我应该很容易就能联想到你，可你实在是太安静了。”

“有的时候，适当让别人‘看不见’自己，是一件很方便的事。”羲和没有承认，也没有否认，只是低垂着睫毛笑了起来。

在这样的境况下，羽烛白竟然还觉得他睫毛上凝聚的光辉点缀得这个人像是在发光，看不出一丁点阴暗的地方来。

羽烛白收敛了笑容：“为什么？”

“其实，如果殿下你安安分分地在昆仑山待一辈子，这件事本来和你也不会有关系。如果天裂之战神界败了，也就不会有后来那些事了。”羲和露出一个苦恼的表情，“谁让你横空出世，搅了我的局呢？没了山墟君，又冒出来一个沧雪神君。你们白龙一脉还真是生生不息啊！”

“你憎恨天道。”羽烛白得出了结论。

“是，我恨天道。”羲和不再模棱两可地搪塞她，直白地承认道，“你不恨吗？就算山墟君现在从坟里爬出来，也不敢说他不恨天道。你们白龙是最应该恨天道的，却偏偏一个个前仆后继地上去送死，真是荒谬。”

“山墟君没有坟。”羽烛白呛声道，“应不应该也不是你说了算的。”

“随便吧。”羲和耸耸肩膀，“我只是给你一个忠告，别再插手了，好好回昆仑山过你自己的日子。”

羽烛白冷冷地看着他：“你不怕我杀了你吗？”

“就算我横死当场，你也挽回不了什么。”羲和淡然笑道。

羽烛白终究还是没有拔剑。她走的时候看见离曜瞥她一眼，然后急急忙忙地上前去看羲和有没有事，突然觉得他也挺可怜的。

小凤凰这辈子最崇拜的两个人，一个是神帝，一个就是他哥。

结果神帝死了，他连个可以恨的人都没有，他哥也不是他想象中的光风霁月。羽烛白不知道是被山墟君养得对对方一点期盼都没有的自己可怜，还是做着一个迟早会醒的美梦的离曜更可悲。

回昆仑山的路很遥远，羽烛白想了很多。

明鉴因为想要改写镜心宿主的命运而死，苏若秋因为镜心而死，归根结底，都是神帝造的孽。可神帝也不是突发奇想就把镜心剖出来了，虽然羽烛白还不知道原因，但应该也是因为天道。

阴阳、平衡、秩序、苍生……

羽烛白只觉得自己脑门上的筋突突地跳。

因为神帝有苦衷、有缘由，苏若秋就要在不知情的境地下被剥夺原本的命格，生生世世不得好死吗？

她甚至到死，也不知道为什么这种事会落在她的头上。而她从未做过一件恶事。

羽烛白把自己气得发抖，进朱楼的时候推得门板砸在墙上“哐”的一声响。朱楼里空荡荡的，阳光洒进来，把她的影子拉得很长。

没有人。

羽烛白心念一动，抬脚上楼，一个房间一个房间地翻找过去。她找得很耐心，避免突然在某个房间里看见泰然自若的墨寒川时过于失态，像个泼妇。

在她最后一丝耐心即将消磨殆尽的时候，她听见了笛声。

清透如水、飞扬如白鸟的笛声。

羽烛白抓着窗户，翻身跃上了屋脊。积雪的朱色屋脊上，墨寒川披着鹤羽大氅，肩头和发梢都堆了雪，像是要融化在这无垠的白色里。他垂着眼睫，淡色的唇边横着一管青碧色的笛子，转过来看着她。

羽烛白有些恍惚。

少年时她和山墟君赌气，就会一个人钻到房顶上来。山墟君从不惯着她，爱上哪上哪，横竖是跑不出昆仑山的。但墨寒川不仅会煞有介事地找，还会在发现她的时候装模作样地说“怎么跑到这里来了”，满足她“离家出走”的心理。

明明她每次生气都是躲在同一个地方，这人的演技还那么拙劣。

“开门的动静那么大，抄家啊？”墨寒川展开双臂，把她罩在大氅下。

羽烛白纵容自己沉溺在他的体温里，闭着双眼，想要就此睡去，再也不醒来。什么镜心、定八荒、天道，统统都和她没有关系。最好她和墨寒川都被昆仑山的大雪埋葬，还能握着彼此的手，不至于太冷。

平心而论，她对天道的恨意大概是不输羲和。

如果不是天道，山墟君不会为了墨规跟神界决裂，不会那么讨厌她，她也不会从小就战战兢兢地活在山墟君眼皮子底下；苏若秋也不会死，她大概会有平安顺遂的一生，生老病死，某个风和日丽的下午，也许她会和苏若秋在人海茫茫的街头擦肩而过。

而墨寒川不会吃那么多苦，不会被抽了龙骨，最爱干净的人偏偏在血泊里打滚，浸得自己头发丝里都是血污。

在天道眼里，他们大概都是砝码，可以因为需要被拿起，也可以丢弃。

可是凭什么呢？

“寒川，”羽烛白闭了闭眼睛，说，“我们都留在昆仑山吧，哪里都别去了。”

“就我们吗？”

“嗯，就我们。”

墨寒川犹豫着说：“那白冉怎么办，扔出去啊？”

羽烛白大笑起来。

“哥，沧雪和你说了什么？”

羲和依然坐在摇曳的莲海边，闻言抬头看了他一眼。

离曜小时候就很会端着架子了，行走坐立都一板一眼，不肯让别人揪出他一点错处来。他小小的年纪就绷着一张脸，活像人家欠了他金山银山一样。

相比起来，羽烛白活泼得不像话，众神私心里都更喜欢她一些。

羲和想起，离曜小时候在传经堂听神帝授课，会因为没有受到神帝表扬而回梧桐荫赌气，把那份功课重复做上几百遍，直到完美。

山墟君陨落后，神界以为白龙一脉死绝。葬骨川守界人的重任本该要落到凤凰头上，可又冒出来一个羽烛白，一手扭转了天裂之战的局势。离曜什么都没说，连同先前的那些赞美一起抛之脑后，修炼越发用功。

他从小就要强，正直得近乎死板，把神帝和天道引为信仰。

但他内里还是那个会哭着鼻子问哥哥“山墟君为什么不肯收我为徒”的小孩，只有小孩子才会幼稚地认为是非如黑白一般分明。

“没什么，”羲和收敛思绪，说，“一些旧事罢了。”

“当年你真的是故意带我去葬骨川发现那条黑蛟的吗？”

“你觉得是就是吧。”羲和起身，将古琴收起，“大修罗王没了，魔界群魔并起，你该回葬骨川了。”

“是就是，不是就不是。”离曜咬着后槽牙，挡住了羲和的去路，“什么叫‘我觉得是就是’？兄长，你敢做不敢认吗？”

羲和慢慢地将视线从离曜脚下掠到他的眼睛上，掸了掸他肩上的尘埃：“去吧。血莲花池躁动可不是什么好事。”

“什么好事能轮得上我？”羽烛白恼羞成怒，把那一把骰子捂到手里，不肯松开，“我已经输了十把了，裤子都要输掉了。我运气一贯不好，寒川你就让让我吧！”

她跟个蜈蚣似的赖在地上不起来，几乎把自己整个身体都压在上面了，就是不让人去看骰子的点数。

白冉恶向胆边生，没大没小地去掀她的手：“愿赌服输四个字知道怎么写吗神君？你这么输不起在赌坊里可是要被砍手的！”

羽烛白眼睛一眯，凑到白冉跟前，顶着他的鼻尖问：“你还去过赌坊？”

白冉闭嘴了。

这下羽烛白可来劲了，直接把狐狸给提溜起来了：“行啊你白冉，上次在酒馆里看你穿女装给魔种跳舞，这次你居然把自己去赌坊的事也给抖落出来了。修为没半点精进，吃喝嫖赌你倒是占了个全，还有什么是你不敢干的？”

“我没有嫖。”白冉小声辩解。

“你觉得很光荣，等着我夸你呢？”羽烛白瞪他。

白冉对墨寒川递去一个求助的眼神，墨寒川干咳两声，很没义气地转过头当没看见。

羽烛白察觉了他们之间微妙的气氛，偏头看着噤若寒蝉的墨寒川：“他去的该不会是红叶山城的赌坊吧？”

“咳，”墨寒川干咳两声，心虚地说，“我让汀罗在暗中看着他，不会有事的。”

“墨寒川！”

“对对对，都是他！”白冉忙不迭地把墨寒川拖下水，“他还让我上无量天偷东西！都是他把我给带坏了！”

蹲在窗外的汀罗暗自摇头，心说不愧是沧雪神君，果然把自家尊上治得服服帖帖的。

少顷，墨寒川披着大氅出来，对汀罗招了招手。

“尊上。”汀罗犹豫了一下，还是没有变回人形，扑棱着翅膀落在墨寒川手上。

“出什么事了吗？”

“魔界出了新的大修罗王，红叶山城还没有易名，但是城内城外莫不宾服。”汀罗顿了顿，说，“大修罗王吞了半个血莲花池的魔种，出来后又吃了不少违抗他的魔种，红叶山城这回是真的被血染红了。”

“我已经不是大修罗王了，魔界的事也和我没有关系。”墨寒川淡淡地说，“你如果害怕，可以留在昆仑山。但我不会下山。”

汀罗低着头：“我只是来提醒您。大修罗王已经立下血誓，正式向神界宣战了。”

墨寒川轻飘飘地说：“不是还有凤凰吗？”

汀罗没有留下来，墨寒川看着那只食铁鸟化作一个小小的黑点，被漫天大雪掩去踪迹，很久没有动。直到屋子里的羽烛白扔出了大得不能再大的三个六，拍着手大笑起来，他才回过神，转头进了房间。

“给钱给钱！”羽烛白眉飞色舞的，对着墨寒川和白冉伸出手。

墨寒川把一串铜钱放到她手里，白冉瞪大了眼睛，对墨寒川这毫不遮掩的偏心表示了谴责，然后钻到他的袖子里去翻其他的铜钱去了。

羽烛白开心地拨弄着那串铜钱，任由墨寒川从背后把她抱住。

“你都听见了？”墨寒川问。

羽烛白的笑淡了下去：“听见你说不会下山。”

“我们一起下山。”墨寒川握住她的手，“这次我们站在一起，谁都不要抛下谁。烛白，你做不到视而不见，我不想你后悔。不管去哪里，只要我们在一起，哪怕最后只剩白骨相依也好。”

“太严重了吧？”羽烛白挑了挑眉，转过来在他脸上亲了一大口，“天裂之战我又不是没打过，有什么了不起的。等打完仗我们就假死回昆仑山，以后外头人脑袋打成狗脑袋也没人来烦我们！”

“好。”

第八章 荼蘼

第一节 梨花开·镇山海

又是春花盛开的季节。

月上中天，清亮的月光盘旋着落下，浸得淙淙溪流像是被洒了一把碎银。桥边的桃花开得正盛，空气里荡漾着芬芳。正是花好月圆的旖旎场景，青年却穿着破破烂烂的衣衫，跟个要饭的乞丐一样蹲在桥边，面前还放了个缺角的破碗。

这好胳膊好腿的年轻人不去干活谋生，却抱着根竹竿在这里要了两个月的饭，路人无不鄙夷。只是他从不开口说话，有心善的小姑娘往他的碗里扔铜板，他也只是点点头。

原来是个哑巴，小姑娘看着他生得漂亮的眼睛，惋惜地又掏了两个铜板给他。

小镇人少，日出而作日落而息，现下已经到了关门休息的时候，街头传来几声狗叫和关门的动静。

“铛”的一声，两个铜板落在碗里。

青年睁开了眼睛，看着扔铜板的人。

那是个姑娘，打着一把绘红梅的纸伞，素白的裙角上相得益彰地开着几朵梅花。她连一个多余的眼神都没给青年，例行公事一般扔下钱，就踩着缓慢得诡异的步伐往前走。

“多谢小姐，请问小姐芳名？”青年忽然出声，那姑娘像是脑子不大灵光一样，僵硬地转过来看了他一眼，似乎是在苦恼要怎么回答他。

青年站起身来，掀开身上披着的那层装束。

他平日里要饭的时候要死不活地缩成一团，此刻站起来，竟然长身玉立。他炫技似的转着手里的竹竿，那层竹片剥落下去，露出一把泛着微光的长剑来。

“敢问小姐可是春枝巷盛家的小女儿？”青年负手握着剑，笑盈盈地问。

仿佛这不是夜幕下的街头，乞丐和少女诡异的相见，而是世家子在春日的游园会上彬彬有礼地询问是何家姑娘抛的花枝打中了自己。

“我是。”姑娘点点头。

“不，”青年挑衅似的摇了摇头，“你不是。盛家的小姐两个月前就死了，就死在你刚刚过来的那条河上，你没听说吗？”

“没有死，我活着。”姑娘倔强地说，“我要回家了。”

“盛家小姐死的那天在下雨，她从家里打着伞出来，在前头的点心铺里买了樱桃煎，在裁缝店里裁了一身衣服，到桥边的时候有个老乞丐在要饭，她便施舍了人家两个铜板。然后她突然从桥上掉下去，淹死了。”青年慢慢地靠近她，“这两个月来，裁缝店、点心铺和盛家接连被叩门，前两者已经发生了血案。今夜就是盛家了吧？”

“我要回家。”姑娘恍恍惚惚地说。

“那不是你的家，你把盛小姐拖进河里淹死了，还想替她回家？”青年冷笑一声，“怎么那么不要脸呢？”

那面若桃花的姑娘忽然目露凶光，一张姣好的面孔瞬间扭曲成了青面獠牙的模样，母狼一样对着青年扑了过来。

青年手腕拧转，振去了剑鞘，剑上“雨时”两个古字一闪而灭，剑锋撞上了姑娘僵直锋利的爪。

姑娘尖叫一声，掌心里赫然是两道烙铁般的伤痕。

青年剑光如电，数十道剑光随着符箓落下，严严实实地把她给罩住了。那姑娘四肢弯曲不似人形，野兽一样撞着符箓构成的牢笼，把自己撞得身上没一块好皮。

“入轮回吧。”青年面无表情地在她的额头上贴了一张辟邪符。

她像是被那张符纸耗干净了所有力气，软趴趴地伏在地面上，一点点坍塌成黑灰。

青年冷眼看着她裙角和纸伞上的红梅，那根本不是梅花，是血。而她一路走过来的地方都留下了淅淅沥沥的水迹，整个人就是从河里爬出来的，寻常人见了都要吓破胆子，他居然还能有来有回地跟她说话。

“我是盛家的女儿，”女鬼抱紧了自己，瑟瑟发抖，一边抖一边说，“我要回家。”

青年无动于衷。

他看着那女鬼彻底消失，被风一吹，连最后那点灰都没了，才撤走剑光和符箓。他捡回了自己用于伪装的那身乞丐衣服，回到春枝巷盛家门前，拍了拍门。

“谁？”

“白珏。”青年没好气地说，“开门，我要洗澡。”

大门打开，叶岚看了一眼他身后风平浪静的长街：“解决了？”

他们是碰巧在这里遇上的，两人相见的时候非常尴尬，相对无言。叶岚的师父被魔修操控，掏了苏若秋的心，致其魂飞魄散，她师父又被羽烛白一剑斩首。说起来，是仇是怨，一时间竟然难说得很。

好在他们都是为了镇上作乱的女鬼而来，借着抓女鬼的事，两人都刻意地略去了那个雨夜的事不提。

听说白珏已经将女鬼诛灭，盛家老爷恨不得敲锣打鼓地给他办一桌宴席，把整个镇子上的人都嚷嚷起来。白珏毫不在意，把自己泡在热水里，发狠地要把自己扮乞丐时沾染的穷酸气给洗刷干净。

等他干净清爽地出来，盛家老爷已经吩咐人安排了吃食，桌上留了一盏明亮的灯。

叶岚坐在桌边，有一下没一下地用酒杯底撞着桌面，见他来了也只是抬了抬下巴示意他入座。

白珏狼吞虎咽地卷了桌子上大半的饭菜，一是因为真的饿，二是因为不知道说什么。

“那个女鬼应该是盛家上三代的一个小女儿，据说当年她被男人骗着私奔，结果那男人只是贪图钱财，把她带出来的细软骗到手以后，就把人溺死在那条河里了。”叶岚照本宣科地说着这个从盛老爷那里听说的故事，“所以她才那么想回家吧，以为沿着盛小姐的路就可以回来，还杀了所有不配合她的人。”

白珏含混地应了两声。

“这些年，你们过得还好吗？”叶岚忽然问。

白珏吞咽的声音小了下去，屋子里一时有些安静。

这些年……他不禁抬头去看叶岚的脸，已经过去十年了，时间对修士仿佛格外宽容，叶岚跟试剑大会上那个不驯的少女看不出差别。只是她沉默、内敛了很多，不再那么锋芒毕露。

“你呢？”白珏不问反答。

“也就那样了。”叶岚转头去看窗外漆黑的夜，“一人一剑，四海为家。”

“我也差不多，”白珏低头夹了一筷子油腻腻的扣肉，这是他从前一点都不会碰的东西，“大师兄说我要是今年梨花落的时候还不回山，以后都不用回去了。”

“你跟以前很不一样了，”叶岚笑了一下，“容掌门还好？”

“不太好。”白珏揉了揉发酸的脸颊。

容许的脾气越来越差，有上门寻仇的，不论哪门哪派，统统讨不了好。那些人轻则伤筋动骨、经脉尽废，重则横死当场，连块全乎的身体都拼不起来。

外头都在传九嶷山掌门入了魔，败尽了江楼的名声。

“现在正是春三月，你也该回家了。我先行告辞一步。”叶岚推开桌子，站了起来。

她消失在月光盈盈的街头，没有说“后会有期”。也许对他们来说，不遇见才是最好的，这样大家都可以把那个无能、悲痛的自己淹死在雨夜里，假装那些伤痕从未出现。

白珏吃完饭，天已经微微亮了。他留下这些日子里讨来的铜板，拎着雨时剑走了。

梨花开了，该回家了。

“两封信，”上官策推门进来，意简言赅道，“一封是白珏的，说他明天就到，还报了一串菜名。”

容许坐在檐下，对着沉甸甸如雪的梨花喝酒。

他散着裤脚和头发，靠在柱子上，一身浓重的酒气，眼神却是清亮的。桌子上摆了三只酒杯，还有一碟子甜得发腻的点心。酒液上漂着两片被风吹来的梨花，点心一点都没动。

“他要吃什么？”容许懒洋洋地问。

“黄芪党参炖鸡、金樱子煲牛肉、淮山药羊肉汤……”上官策直掐眉心，“他也不怕补得流鼻血。”

“看来在外头吃了不少苦，这是跟我撒娇呢！那就黄芪党参炖鸡好了。”容许慢悠悠地爬起来，赤脚走进了落灰的厨房，“阿策来帮忙。”

“还有一封信。”上官策心想还是白珏有办法，容许终于有点活人的样了，一边撸袖子干活一边说，“松石大哥说北边有异动，近些年来厉鬼、妖邪越来越多，指不定是出什么事了，请你去看看。”

“不去。”容许毫不犹豫地说。

葬骨川。

“真以为什么阿猫阿狗都能对神界宣战吗？”离曜捏碎了那张战书，不甚在意地说，“大修罗王不是总用上一任大修罗王的血来洗自己的宝座吗？墨寒川还在昆仑山活得好好的，他连人一根手指头都没碰到，就敢说自己代表魔界了？”

离曜说话一贯如此，但他突然提到墨寒川，座上还是有不少神衹发憷。

“这个号称大修罗王的魔种确实是从血莲花池里爬出来的，据说吞食了不少同类，实力不容小觑。”一名神衹说，“只是他究竟是什么路数，有什么弱点，我们都还没摸清楚。”

“那我就去一趟血莲花池。”离曜起身，道，“葬骨川的防御就暂且交付给各位了，我去探探这位大修罗王的虚实。”

一个人深入敌营，这种张狂的事近些年来只有沧雪神君做过且全身而退。但没人敢劝离曜，凤凰真火承于朱雀，是破魔辟邪之火的祖宗。离曜的脾气说不上古怪，但称得上桀骜，除了他哥，他谁都不放在眼里。

但这一次，离曜还真不是逞一时意气。

那天，羽烛白走后，离曜就一直辗转难眠。他听出了羽烛白的言外之意，无非就是怀疑当年的事是羲和暗中算计山墟君，还把他拉出来掩人耳目。离曜清楚地知道山墟君和神界决裂的后果，羽烛白这个推断跟直接说他哥背叛了天道没有区别。

他决心查明真相，想了很多办法，最后想到了血莲花池。

离曜曾在一本杂书上看过，血莲花池池底藏着烛龙秘境的入口，烛龙之眼可观过去未来之事。他心里打鼓，自然是一个人都不肯带。

离曜不知道，他前脚刚刚离开葬骨川，后脚羽烛白就听说了这件事。

“他找死吗？”羽烛白大为震惊，以为那天离曜被她气得脑子都坏了，“血莲花池正在沸腾，底下的魔种都在发疯，他下去给人塞牙缝？羲和不拉着吗，他不是素来把这个弟弟当眼珠子似的护着吗？”

墨寒川的脸色却微微地变了：“我们得赶快过去。”

羽烛白看见他的神情，心里“咯噔”一下：“血莲花池池底有什么？”

“镇山海。”

离曜烧了半个血莲花池，带着一身血气冲进了血莲花池池底。

他从未设想过这里会是如此安宁祥和的模样，一株枝繁叶茂的白色巨树盘踞在中央，空气中飘浮着点点幽光。这里没有滴滴答答地流着口水的魔种，更没有一丝血腥，静谧得像是另一个世界。

但离曜很快就反应过来了，那些幽光并非旖旎的萤火虫，而是消散的鬼火。巨树下的泥土湿润松软，他一脚踩下去，看见了微微渗出来的血。

这样的地方，怎么会有烛龙秘境的入口呢？

离曜有些恍神。

头顶一阵剧烈的晃动，离曜打开屏障，看着头顶的砖石崩塌，一个影子踩着纷飞的落石坠落下来。那人一振手腕，雪亮的剑光破开烟尘，直直照进人的眼底。剑上红缨摇曳，剑镡上刻着两个古字——止霜。

“滚出去。”羽烛白冷冷地说。

事到临头，墨寒川终于对她说了实话。

定八荒和镇山海这对锁和钥匙，前者被供奉在无量天的神殿里，后者却并未如传闻一般放在葬骨川。镇山海是锁住魔界邪气的枷锁，它不在别的地方，正在血莲花池池底，魔界的邪眼上！因为镇山海的缘故，魔界大修罗王的更新换代极其缓慢，这次那么快就有了新的大修罗王出世，显然不正常。

这种关头，羽烛白刚刚确认了羲和有问题，离曜又下了血莲花池，俨然是腥风血雨的前兆。

羽烛白不知道离曜到底对这里了解多少，她本能地抗拒凤凰这对兄弟，只想赶紧让他滚蛋，然后把这个地方封印起来。定八荒还在昆仑山，但是谁知道他们有没有别的什么办法打开镇山海？

“让开。”离曜一心想证明兄长的清白，无心跟她解释什么，眼神一凛，仗着长枪杀了过去。

银白色与赤金色交织成网，把血莲花池的地面和墙壁撞得支离破碎。冰霜和火焰交替占领战场，上一瞬霜花铺天盖地，下一刻烈火席卷而过。空气中都是被蒸发的水汽，结霜的灰尘和余烬未消的碎石纷纷如雨下，模糊了二人的视线。

羽烛白担心动静太大，万一误打误撞打碎了不知道藏在哪里的镇山海就不好了。离曜也怕打到烛龙秘境的入口，许多秘境都不甚牢固，所以往往流传不久就坍塌了。两人打得克制，竟然生出了一种诡异的默契。

“你想打，我出去陪你。”羽烛白后退一步，脚跟抵着墙角，“现在出去，我要把这里封印起来。”

“你还真是不知天高地厚，”离曜气得笑了起来，“血莲花池要是能被封印，天道会放任那么多年？”

羽烛白烦了，终于忍无可忍地想，爱出去不出去吧，不出去你就跟镇山海一起被填在下面好了，最好把你哥心疼得要下来陪你，也算是为民除害了。

离曜趁她不备，横挥长枪扫来。

枪上凝集着凤凰真火，羽烛白下意识地躲闪开，心里忽然惊觉不好。她反手攥住了枪尖，手掌立刻被割出血来，急剧的灼痛从掌心一直窜到四肢百骸，烧得她的神魄都在颤抖。

然而来不及了，长枪扫出的厉风毫不客气地撞上那株古树。白色的叶子簌簌而落，像是下了一场雪，粗壮的树干应声而断，轰然倒地。

羽烛白的手用力握住枪头，制住了离曜的行动，然后以剑柄狠狠地捣在他柔软的腹部。

离曜被她这下打得五脏六腑都搅作了一团，差点跪下去。

羽烛白解气了，撇开他奔到断裂的树干前。树干中间插着一把剑，和定八荒如出一辙的陈旧古朴，看样式是人间铁匠铺里买一送一的那种。剑身周围有一层薄薄的金色屏障，有密密麻麻的符文流淌，像是奔流不息的江河。

“这是什么？”离曜捂着肚子站起来。

“你不知道这是什么？”羽烛白皱眉看着他，“那你刚刚要死要活的干吗，上赶着被我活埋吗？”

“你是来找这个的？”离曜皱着眉，“我是来找烛龙秘境的。”

“什么烛龙秘境？”

两人大眼瞪小眼，都后知后觉地明白了什么。

“你哥叫你来的？”

“别什么帽子都往我哥头上扣。”离曜呛声道。

羽烛白还在思考着他到底是不是在撒谎，不妨手上的血液凝聚成一线，蜿蜒着滑过掌心、指尖，“啪”的一声落在了地上。地面开始轻微地震动——不，是在转动，浅金色的符文浮现于纯白的地面，像是被启动的机械一般，缓缓扣合。

羽烛白惊异地看着眼前变幻的场景，折断的巨树、断壁残垣逐渐苍白、褪色、凋落，取而代之的是血。

“这是什么，幻术？”羽烛白握紧了止霜，拧着眉问。

“烛龙秘境，可观过去，可窥未来。神帝陛下当年都说了，叫你多读点书，少跟人打架。”离曜古怪地看着她，“打开烛龙秘境的钥匙，竟然是白龙的血。”

“你读书读得多，把书读成精了吗？”羽烛白嘲讽了他一句，转身要走。

她对烛龙秘境不感兴趣，过去发生了什么都不重要，赶紧把镇山海封印起来才是正事。更重要的是，她的脑子里一直有一个声音在尖叫，警告她不要靠近那个地方。

在九嶷山的时候，她听白珏给她讲过鬼故事。

民间认为人的肩头上有三盏阳火，若是半夜听见人喊自己的名字，千万不要回头，一旦回头，阳火就会熄灭，恶鬼就有可乘之机。但不回头不是谁都能做到的，有很多人死于自己的好奇心。

现在羽烛白就有这种感觉，烛龙秘境就是那个半夜喊她名字的鬼魂，只要她往里面看一眼，一切都将万劫不复。

“烛白。”

羽烛白僵住了，离曜也僵住了。

她像是关节许久不上油的木偶一样，动作笨拙地回过头去。

那人白发银瞳，一身白袍，好像是从雪里走来的，又好像随时会消失在雪里——山墟君。

墨寒川踩在一汪血泊里，提着一颗男人的头颅。他衣袍素白，长发素白，低垂的纤长睫毛也素白，和阴沉沉的殿宇格格不入。

墨寒川踏进烈火滔天的大殿，方才被他杀死了七次的男人活动着颈骨，狞笑着注视他的神情。

男人很失望，因为墨寒川没有流露出一丝震惊。

墨寒川和羽烛白兵分两路，他来试试这个新任大修罗王的虚实，羽烛白下血莲花池把离曜捞出来，顺便封印镇山海。

就在方才，墨寒川在红叶山城里杀了这个男人七次，掏心、斩首、碎尸等等，不一而足，每一次都把他的魔魂碾为灰烬。但他转过头又会再次遇上这个人，一模一样的脸、骨骼甚至魂魄。

“不是替身，”墨寒川扔下了手里的头颅，淡淡地点头道，“那么你的身体应该不是你的命门所在。血莲花池是神界第一攻击要点，想必你也不会把命门放在那么明显的地方。只要你的命门还在，你就可以生生不息。”

“为什么我就不能是杀不死的呢？”男人舔着嘴唇，笑得很张狂。

“这世上没有杀不死的，不论神魔。”

墨寒川的掌心忽然现出长弓，弓弦莹白如月。男人脸色一变，转身欲逃，只听见弓弦抽紧又猝然松弛发出的一声“嘣”。朔风箭洞穿了男人的心口，却没有就此停下，雪白的箭羽带着红色掠过火海，击穿层层叠叠的墙壁，打碎了作为屏障的阵法。

血光破碎中，朔风箭镞透过坚硬的白骨，死死地将那具干枯的骨骼钉死在了墙壁上。

墨寒川一翻手腕，收起了长弓，低头看着四肢着地跑过来的白冉。

白冉对着他一仰头，露出自己嘴里叼着的奄奄一息的食铁鸟。他的眼睛亮闪闪的，其中的意味很明显：“汀罗救出来了，我们去找沧雪吧！”

墨寒川笑了笑，忽然往他身上拍了一张符篆。

巨大的不安攥住了白冉的心脏。

“我就不回去了。”墨寒川说着，后退一步，捏碎了羽烛白留在他身上的以身相替符。他的符篆之术师承于山墟君，想从羽烛白手底下逃脱再简单不过，一直顺着她，不过是要她放松警惕罢了。

“以后你好好陪着她。不过很快，她就会忘记我了。”墨寒川低声说。

第二节 白龙宿命·白冉之死

山墟君在定八荒上留下了一段映像，当镜心和定八荒靠近的时候才会出现。

那段映像里，山墟君冷嘲热讽、阴阳怪气的。他认定了这段映像出现的时候天道已经崩塌，神帝力挽狂澜而不成，只能眼睁睁地看着他不择手段也要保住的天道崩溃。

羽烛白对那样的山墟君很熟悉，虽然山墟君从来不对她暗讽——他一直都是直白地训斥她，连个弯都懒得拐。但那样疾言厉色、刻薄冷漠的山墟君深深地烙在她的脑子里，以至于她猝然看见这个堪称温柔的山墟君时，浑身上下都不自在。

山墟君自己也很别扭，喊完那声“烛白”以后就沉默了下去。

很久以后，他才说：“跟我来。”

羽烛白的手脚都不太灵便了，差点摔了一跤，磕磕绊绊地跟着山墟君走了进去。

时至今日，她仍然不知道山墟君那日为什么要走，又是怎么死的。神帝对此缄口不言，神界似乎公认他是死在血莲花池池底。但羽烛白知道不是这样的，若有能和山墟君抗衡的大魔出世，他怎么可能死得悄无声息？

离曜犹豫片刻，跟了上去。

羽烛白跟在山墟君身后，深一脚浅一脚地踩在遍地的血腥和尸骨里。远处的天际线被浸成血色，焚烧尸体的黑烟袅袅升起，被烧成焦炭的枯树上悬挂着同样焦黑的尸体，像是蛛网上的小虫，在风里摇摇晃晃的。

“这是……什么时候？”羽烛白有些发怔，只有在天裂之战，她才见过如此惨烈的景象。但神界的历史上从未记载过这样的战争，天裂之战应该是第一次规模如此庞大的神魔战争才对。

“天道创立以前。”山墟君说。

天地鸿蒙初开，神、魔、人、妖、鬼混杂一处。神杀魔，魔屠人，人类修士猎杀妖族，强大的妖又以人为食。人死之后鬼魂四处飘零，要么杀人，要么被其他生灵蚕食。世界是一片森林，每个生灵都是野兽，弱肉强食、茹毛饮血，不过如此。

强则生，弱则死，生命和尊严一起被踩在泥泞中。

白龙一族本来居于深海，是烈火波及不到的宁静之地。白龙之主不忍生灵涂炭，创造了一套秩序，生生劈裂了三界，将神、魔、人鬼分离开来。于是有了葬骨川，有了荒城，有了酆都和轮回。

这就是天道。

天道奉行“规则”和“因果”，严格来说，天道是凌驾于一切之上的神。天道用“因果”来平衡阴阳和善恶，用“天劫”和“天谴”来惩戒试图破坏这个平衡的人。天道没有形体，也没有感情，只是一部严格运转的机器。

“但天道有一个致命的缺点。”山墟君带着她来到了昆仑山，生机勃勃的昆仑山。

随着他们靠近，昆仑山上的溪流冻结成冰，草木凋零、大雪纷飞。山墟君来到了天池旁边的碑林，低矮的石碑像是一片沉默的树林。

“天道需要‘力量’，换句话说，天道需要‘祭品’来维持统御三界的能力。”山墟君跪坐在一块石碑前，拂去上面凝结的冰霜，露出下面的名字“明络”。山墟君低着头，轻声说，“因果一旦混乱，天道力量衰弱的速度就会加快。而这个时候，就需要祭品站上无一台，把自己的血肉、白骨和魂魄自愿献祭。”

羽烛白一颤，忽然明白了什么。

“白龙是天道唯一接受的祭品。葬骨川，葬的是白龙的骨。”山墟君平静地说了下去，“当初为了创立天道，分离各个种族，白龙一脉半数葬身于葬骨川。为了保持血统的纯净，白龙用授血于天池的方法繁衍后代。所以我没有爱人，但你依然是我的女儿。”

他转过头来看着羽烛白，凄凉一笑：“这就是世界的真相。”

每一条白龙都为了天道而死，他们从来到这个世上的那一刻起，就注定了会什么都留不下地离开这个世界。

“我曾经有一个姐姐，她叫明络。我和她都知道我们的命运，所以我拼命地弹压魔族，竭尽全力地维持天道的平衡。可是血莲花池的血水还是一日高过一日，到了最后，本来应该是血统更纯净的我去献祭。”山墟君低声说，“但是她替我站了上去。”

明络是个安静又温柔的女孩，笑起来脸上有两个很甜的酒窝。她也修剑术，但不如山墟君狠厉，总是把自己弄伤。

山墟君怎么都想不到，那么娇弱的姐姐，怎么会有胆子打晕了他，咬牙承受着骨骼被捏碎、魂魄被燃烧的痛苦登上无一台。

明络死的时候，是在他的怀里。她连喊疼的力气都没有，只是抓紧了他的领口说冷，说想回家。山墟君八面威风，神帝都拿他没办法，可那一刻他像个慌张的孩子，血色的眼泪淌了满脸。他用力地抱紧姐姐，可是白龙的血是冷的，她感受不到一丝温暖。

山墟君痛苦地把额头抵在石碑上，脊背颤抖：“她是为天道死的，也是为我死的。”

“你从来没有和我说过这些。”

“因为我恨天道啊……”山墟君喃喃道。

他的父亲为天道死了，他的姐姐也为天道死了，连他也早早地把自己的命押在那个该死的祭坛上。可是这个天道却连一件恶事都没做过、只想活着的墨规都容不下，他忽然觉得不值。

“你想杀我，是因为不想天道延续下去吗？”羽烛白忽然明白了。

“是。”山墟君承认了，“看见你的那一刻，我就想杀了你。死在我手上，也好过做这天下续命的灯油。这天道，早就该亡了。”

羽烛白不知道该哭还是该笑，她觉得很悲哀，却又庆幸于山墟君对她的最后一丝心软。他从来没把这些透露给自己，那么至少说明，他希望自己活着——哪怕更多的是希望天道去死。

“可是你现在站在镇山海面前，应该是在血莲花池下面吧？”山墟君转而看着她，“我告诉过你不要下山，你却一意孤行，想来是不会顺着我的意了。我不知道这些年你都做了什么，但是你应该长成了一个真正的神明吧？”

羽烛白苦笑，天道之下的所有神祇，包括神帝在内都斥责她过于任性，不配为神，最后却被山墟君称为“真正的神明”。

“你想救他们吗？”山墟君站起来，平视她的眼睛，问。

羽烛白觉得时间都停滞了，她有些呆地问：“如果天道崩塌，会发生什么？”

“如你所见，天地会回到混沌时期的模样。三界之间不会再有结界阻挡，酆都轮回会坍塌，游魂四处飘荡。但是，没有什么再能阻拦你，你想做什么都可以。天大地大，你是自由的。”

羽烛白忽然想起什么，遍体生寒。

只有白龙能站上无一台成为天道的祭品，可现在不止她一条白龙。

“昆仑君，别来无恙。”

羲和站在无一台下，对着走来的墨寒川抬了抬下颌，权当打招呼了。

“我们之间，好像没有寒暄的必要。”墨寒川脸上没什么表情，龙骨修成之后，他彻底变成了白龙的模样，即便站在那里不动，也如朝阳照雪般耀眼。

“怎么这样呢，”羲和歪着头，很懊恼似的，“好歹我也救了你吧？”

“你如果真的想救我，早就把我的残魂交给烛白，而不是把我扔进血莲花池。你不就是想着我和烛白被仇恨驱使，站在天道对立面——最好站在你这边吗？”墨寒川轻描淡写地揭穿了他。

“果然该杀了你。”羲和叹了口气，说，“这样不好吗？你和沧雪神君都能过上你们想过的日子，我也能得到我想要的，干吗互相为难呢？我要沧雪神君做的也不多，她活着就可以。”

“你想要什么，天道倾覆？”

“是，我想要这虚伪腐朽的天彻底塌下来，”羲和伸出五指，缓慢地收紧，像是要捏碎什么似的，“我要这世间真相的强光照亮所有人的眼，哪怕会刺瞎他们的眼睛，也好过他们愚昧无知地活着。”

他掷地有声，每个字都像是钉子那样扎在地上，用力到脖颈上的青筋都一条条地冒出来。

那张温文尔雅的假面被撕得粉碎，暴露出暴戾狰狞的面孔来。他也是翱翔九天的凤凰，从来都不该是谁的陪衬、影子。

“你尽管来，我不会让你上无一台的。”羲和翻出古琴，状似无意地提了一句，“哦，对了，你还不知道吧？离曜身上有我的傀儡种子，很快他就能打开镇山海了。你猜是你先上无一台，还是沧雪神君先死在血莲花池？”

墨寒川目露凶光，简直像是要吃人。

他的手指搭上弓弦，毫不犹豫地对准羲和眉心射了一箭。羲和也不是吃素的，勾动一道羽声掠起，震碎了那支灵力化的箭。琴声铮铮，每有一道琴音落下，墨寒川就会感觉到炙热的火焰扫落下来。

他左右闪躲，只能凭高温下扭曲的空气和直觉避开羲和的攻击。透明的火焰无声无形，梦魇般缠绕着他。墨寒川在躲闪的空隙中射了几箭出去，都被羲和给躲开了。那些裹挟着暴风和火焰的羽箭落空，孤独地刺进地面。

“业火？没想到鬼王也插了一手。”羲和眼角一扫那些箭矢上幽幽的火焰，眼神有些冷。

墨寒川不言不语，忽然在弓弦上割破了自己的手腕。羲和直觉不妙，血珠坠落到地面的瞬间，那几支落在地上的箭矢骤然发亮，金色的光线曲折回转，隐隐构成了青龙七宿的模样。

羲和抱着琴狼狈地翻滚出去，却已经来不及了，庞大的星宿阵压下，震得他的骨骼发酸。墨寒川冷冷地看着羲和，星宿阵上的光芒盛大一分，墨寒川脸上的血色就褪去一分。

这强横无匹的阵法正在蚕食他的气血，像是失控的野兽舔着主人流血的伤口。

羲和忽然露出一个笑。

流淌着光芒和火焰的双翼猛地挣开，把青龙星宿阵撕得粉碎。羲和的模样完全变了，他周身洋溢着一层模糊的光晕，眼瞳亮得摄人，指尖乃至发丝都有炽烈的光芒流连。他站在那里，像是一轮太阳。

羲和拧了一下自己的脖子，颈骨“咔咔”地响成一串。

“居然能把我逼到这个地步，该说不愧是昆仑君吗？”羲和笑了起来，双翼振动，熊熊烈火贴地滚了过去，简直像是把一片火海推到了墨寒川眼前。

墨寒川单手结出法印，光华流转的符文首尾相接，飞转着硬接下了凤凰的真火。墨寒川的额发因为火焰掀起的热浪而飞舞着，玫瑰色的光晕照亮了他面无表情的脸。

“说得太早了。”

羽烛白骤然起身，却被离曜失魂落魄的模样吸引了。

她想到墨寒川早就知道了白龙的秘辛，而且修成龙骨就是为了替她去死，怒火直接燎到了天灵盖，恨不得立刻把人抓到自己身边，一根困龙锁锁死了哪里都不让去。

她一想到墨寒川浑身是血地站在无一台上，就恐惧得发颤。

可离曜的样子实在是太过诡异，他缓慢地向后退着，察觉到羽烛白看过来，拔腿就往外跑。

不好，羽烛白想，镇山海还在外面！

“烛白，”山墟君在她背后幽幽地说，“你想好了。昆仑山之外，是绝路。”

羽烛白追了出去。

离曜冲到了镇山海前，他的表情很痛苦，像是在从什么人手里一根根地拽回自己的骨头似的。他用力到五指抽搐，却抵不住那人控制他颤抖着向镇山海伸出手。

凤凰破魔的真火严丝合缝地把他裹了起来，他像是困在透明的茧里的小虫，被隔绝在世界之外。

止霜剑锋对着他的手腕挑了过去，离曜却毫不犹豫地对着镇山海周围那层金色的符文抓了过去。就在离曜触及那看似安安分分的符文的瞬间，他的指尖像是融化在了那层光晕中似的，只剩下森森白骨。

羽烛白用剑柄打在他的胸口，直直地把他推了出去，同时低头看那人畜无害的符文，心想果然是会咬人的狗不叫。

离曜跪在地上剧烈地喘息着，十指在地上抓出深深的痕迹：“沧雪，快走！”

羽烛白看他一眼，又看镇山海一眼，一时间不知道谁更危险。她本能地觉得是羲和在离曜身上动了手脚，可羲和平时对离曜千娇百宠的样子，真的舍得对这个弟弟下手吗？

她觉得后脊背上一股凉气“噌噌”地往上冒。

那寒川现在岂不是很危险？羲和筹谋多年，连自己的亲弟弟都是马前卒，马上就要大功告成，怎么会让别人破坏他的计划？

离曜接触的地面被烧成了焦炭，他整个人都浸在火焰中，不断地颤抖着。

羽烛白稍微走近一步，都有灼热的风浪烫着她的面颊。她把止霜插进地面，寒凉的灵力顺着剑脊灌注进地面，飞速祛除那些失控的火焰，靠近离曜。

“啊——”

离曜嘶吼一声，庞大的双翼赫然展开。

羽烛白被扑面而来的杀机逼得后退了一步，止霜剑应声被召回，还没来得及有所动作，她的眼中便映出了红色的巨影——流淌着光与焰的红色法相从离曜身上挣脱出来，挥舞着长枪，对着镇山海的方向猛地砸下。

蓝白色的阵法被轰然撞碎，羽烛白横剑挡住了神魄法相的全力一击，胸腔里翻江倒海，当即就有血被呛咳出来。

镇山海的符文安然无恙，可周遭墙壁被高温焚烧、暴力撞击，巨蟒般的裂痕飞速攀爬上去。

糟了。羽烛白心想，中计了。

镇山海是魔界之眼的枷锁，没有定八荒，哪能那么容易被打开？羲和一开始的目标就不是镇山海，而是血莲花池！

沉寂多年的八千丈血莲花池摇摇欲坠，被困于此的魔种发出胜利的欢呼声，铁链“哗啦啦”的响声、法阵崩溃的声音和砖石分崩离析的声音交织成一片。

地面上血莲花池的血水翻涌起来，随即顺着底下的裂缝被吸走了。

魔种们挣断铁链，冲了出去。

泛着寒霜的利剑飞掠而过，削下了最先冲出血莲花池那个魔种的头。

众魔种噤若寒蝉，胆战心惊地看着半空中的少女。羽烛白踩在光影幻化成的白色巨龙头上，一手拎着止霜剑，一手提着昏迷不醒的离曜。

离曜身上的火还没熄灭，缠绕在她手上，烧出一道道黑色的伤痕。

“滚回去。”她的眼睛里有霜花的纹路绽放，灿然如银。

“别怕，就算她是白龙，也只有一个人。”有魔种舔着自己泛着血腥味的牙齿说，“别忘了是谁把我们锁在这里的，杀了她！”

羽烛白面无表情，飞速转动的法阵十倍百倍地扩张出去，覆盖了整个躁动的红叶山城。每个踩在阵法上的魔种都感觉身体被风吹过似的一凉，修为低微的魔种在那一瞬间化作了冰雕，被真正的风一吹就碎了。

而越靠近羽烛白的魔种越强，好些挣脱了法阵的束缚，对着她扑了上来。羽烛白扣住剑鞘，肩头微动，止霜便如水般滑了出去。

空气的流动在止霜出鞘的瞬间滞缓下来，唯一快的只有羽烛白的剑。

鲜红的血在空中怒放成花，羽烛白只挥出了一剑，笔直的一线白光挥洒出去，斩断了所有靠近她的魔种。

忽然，震天撼地的吼声传来，地面上的岩石崩裂破碎，山岳般的脊背顶着石块冒了出来，随后是一双赤红的眼睛，直直对上了空中的羽烛白。

那巨兽身上的锁链当场断裂，他身上的砂石滚滚而下，暴露出了他的全貌。

那是一头半个身子埋在血莲花池下的巨蜥，现在他从囚笼中挣脱出来了，带着巨大的仇恨将身下的砂石掀到了羽烛白头上。

羽烛白当机立断，一把将手里的离曜扔出了战场，掌心里的法印对着巨蜥的头颅拍了下去。

神帝的法印对魔种而言就像淬毒的刀剑，羽烛白这一巴掌拍下去，巨蜥小山似的头颅立时四分五裂。她还从未这么快地召过神帝法印，略有些虚脱，差点跪在地上。

这时，身后忽然有腥臭的飓风席卷而来。

她不惧怕任何偷袭，就算看不见，她也能反手将剑锋递进刺客的心口。可是另一个人靠近了她，惊异之下她猛地回头，瞳中映出如雨般的骨箭。

一道白色的影子挡在了她身前，像一片摇晃的白色树叶。

“白冉！”

羽烛白的瞳孔骤然放大，她一把揽住了白冉，周身剑气暴怒地横扫出去。可是没有用，那些骨箭来自于爆裂的巨蜥尸体，密密麻麻如同蝗雨，从四面八方对准了羽烛白。

白冉抱紧了她，他化作人形的时候比羽烛白还高出一个头，此时没大没小地把羽烛白包裹在了他的身体里。他的头上冒出了耳朵，身后七条尾巴张牙舞爪，抽干了他全身上下的灵力打开屏障，把羽烛白包裹住了。

羽烛白的身体还没从召出法印和剑气外放的消耗中缓过来，她周身的经脉已经绷紧到了一种程度，再用力就会断裂。

可她管不了那么多了，咬紧了牙关，强行调动灵力要冲破这场箭雨。

一只手温柔但坚定地阻止了她。

羽烛白的眼里有血泪流下来，骨箭透过白冉的胸口，割伤了她的肩头。

白冉对着她摇摇头，居然在笑。

他的修为太低了，几万年连九条尾巴都修炼不出来，七尾已经是他的极限了。他一直都不聪明，胆子也小，怎么能想到用自己的身体来做保护她的最后一道屏障呢？怎么敢冲出来呢？

白冉抱着她狠狠地摔在了地上，羽烛白费力地护住他的心脉。

他身上都是箭，因为骨骼的折断痛得蜷缩起来，小小的一团。羽烛白颤抖着手往他的身体里输送灵力，却抵不住骨箭上的魔息侵蚀他的身体。

“沧雪，”白冉轻轻地把指尖搭在她的手里，他太疼了，疼得眼泪止不住地掉下来，不住地颤抖着，“沧雪，你抱抱我好不好？”

他记得钟寂把他扔出去的时候，他吓得肝胆欲裂，以为自己就要被那把剑斩碎。可是她收手了，钟寂落荒而逃。

他被魔种掳走的时候太小，只记得妈妈会给他舔毛，哥哥姐姐和他挤在一个狐狸洞里，冬天也很暖和。可突然之间，一切就变了，他变成了无家可归的野狐狸，被羽烛白捡回了昆仑山。

虽然羽烛白总是嫌他笨，也不会给他舔毛，可是……可是羽烛白还是会在他害怕的时候抱他一下的。

白冉感觉身上一紧，是羽烛白抱住了他。

你不要哭啊，我一点都不疼……白冉竟然想摸摸她的头，撒个无伤大雅的小谎骗她。他第一次见羽烛白哭，是墨寒川死的时候，她哭得脸上都是血，喉咙嘶哑得说不出话来。有人为我哭，证明我还不是那么没用吧？白冉有些欣慰地想。

白冉还有很多话想和她说。

他想说对不起，他不该帮墨寒川偷定八荒，羽烛白教他明善恶、辨是非，可是他学得不好；他想说我在朱楼前那棵梅树下埋了一坛子酒，本来想送给你和寒川做新婚礼物的，可惜不到年头；他想说，你不要再那么苦了……明明在墨寒川面前也是个撒娇卖乖的孩子，为什么要把自己的日子过得那么难呢？

可是最后，白冉只是吐出大口大口的污血，哆哆嗦嗦地躺在羽烛白怀里说："沧雪，我想回昆仑……"

"好，我们回昆仑。"羽烛白眼角带血，轻声说。

第三节 真相·对峙

离曜是被冷醒的。

他身上不受控制的真火尽数被压了下去，睁开眼的时候，一片雪花轻轻落在他的睫毛上。他眨了眨眼睛，被远处贯彻云霄的龙吟惊得脊骨战栗。

离曜勉强爬起来，看着遍地交杂的红和白。

庞大的魔种身躯和残破的肢体被随意抛洒在雪上，他们像是土地上的杂草，被刀剑化作的犁无情碾过。

离曜震惊地看着盘旋在空中的巨大白影，那是盘踞在天上的白龙，鳞片素白如玉雕，眼中仿佛盛着银色的海。白龙所到之处，必有霜雪的影子随行，霜雪覆盖过的土地上，所有魔种被冻成一座座冰雕，在微风的吹拂下开裂、凋零。

离曜呆愣愣地看着那个影子，忍不住牙齿打颤……羽烛白这是疯了吗？

这是他第三次见到羽烛白的真身，第一次是天裂之战，第二次是墨寒川身死。

祭出真身进行屠杀的反噬极其痛苦，相比起来，神魄法相的损伤就像毛毛细雨。羽烛白如此疯狂的屠戮，事后她能不能爬起来都是个问题。

不知过了多久，雪色山脊般横亘在天空中的那个影子晃了晃，随即坠落下来。

白龙的躯壳在下坠中褪去，暴露出下面纤细、柔软的女孩来。离曜在短暂的怔愣后，飞掠上前接住了她。

羽烛白已经疼得麻木了，身体和心都是。

白冉失去呼吸之后，群魔以为她被重创，正要乘虚而入，反被她诛杀。她不知如何面对自己的冷漠，白冉冷硬的身躯躺在她怀里，她空荡荡的脑子里居然还有一个念头——不能让那些魔种离开这里。

血莲花池里封印的都是大魔，天道如今式微，三界之间结界薄弱，一旦他们流窜出去，后果不堪设想。

即便是在她祭出真身的时候，她也紧紧地把白冉护在了白龙柔软的腹部下。好像他还会怕，还会疼似的。

羽烛白搂着小狐狸，他身上都是血，像是全身上下的血都被挤出来了。她面无表情地躺在离曜怀里，看着满天飞舞的雪，后知后觉地心痛起来。

她抱着白冉，把自己团成了一团，像一只竖起全身尖刺面对外面世界的刺猬。

怀里的人太安静了，离曜险些以为她也死了。

“我没力气了。”羽烛白忽然说。

“什么？”离曜没听懂。

“带我去无量天，”羽烛白轻轻地闭上了眼睛，“快一点。我要休息一下。”

白龙咆哮之声传上无量天，墨寒川勾着弓弦的手指已经勒出了血。

那声龙吟把他狂跳的心脏撞得一颤，失神之下，差点被羲和的琴音刺中面门。他翻滚着后退出数丈，背后是急匆匆赶来的一众神祇。

他们俩打得天翻地覆，终于惊动了人。

“还不走吗？”羲和“啧”了一声，道，“镇山海打不开，血莲花池可没那么稳固。昆仑山下镇的十万怨魂和血莲花池里生生死死的十万魔种可不会那么轻易就放过她，连真身都祭出来了，羽烛白恐怕是真的急了吧？”

墨寒川心口刺痛。

“好吧。”羲和面露惋惜，高声道，“昆仑君欲上无一台冒犯天道，抓住他！”

墨寒川射出十二支箭，逼退了一众围上来的神祇。墨寒川扬手把沉甸甸的长弓砸在一个贴身欺上的敌人脸上，面不改色地用弓弦绞紧了对方的脖子。

他没有下杀手，只是冷冷地和羲和对视。

“不敢下手吗，怕招来天劫？”羲和嘲弄地笑着说，“沧雪神君刺杀神帝的时候，可是没有丝毫犹豫。”

墨寒川撤了弓弦，猛地把手上的人对着羲和扔了出去。

羲和指尖一挫，低沉的羽声透过空中神祇的身体，绽放成灿烂的火光，对着墨寒川的脸砸了过去。墨寒川脚尖后撤，一个阵法随之铺展开。

火光还没落地，阵法也没结成，一道金色的身影横插进来，长枪挥出一道弧线，“砰”的一声把那团杀意炽烈的火焰打得四下散开。

离曜站直了身体，缓缓拉直手臂，枪尖点在地上，看着他全然陌生的兄长。

墨寒川看到离曜，心里“咯噔”一下，随即第二个身影飞掠而至。墨寒川的脸上生出微微的凉意，空气中凝结出大片大片的雾凇，像是骤然涌起的雾。

他心悸不止，电光火石中伸出手去试图拉住那人。

羽烛白的手腕堪堪和他的指尖擦过，她笔直地对着羲和冲了过去，身后幽蓝色的光芒如涟漪般荡开。无数莲花伴随着霜雪盛放，垂眸执剑的少女在虚空中现身，抬手举剑，对着羲和的头颅斩落。

神魄法相的威势如风暴般席卷了整个无量天，所有人都在肝胆震颤中俯首下去，连抬头直视那光影中的少女的勇气都没有。

在万籁俱寂的刹那，离曜突然动了。

他横起长枪挡在羲和身前，硬生生地抗下了神魄法相的一剑。

枪与剑相接的时候，他只觉得丝丝缕缕的寒意顺着手掌蔓延到全身，仿佛束紧的蛛丝，绞缠上了他的心脏。离曜听见了自己全身上下每一块骨骼的尖叫声，血液逆行使得他耳边的声音陷入了朦胧之中，像是隔着水聆听整个世界。

墨寒川顶着冰雪凝结和剑气在皮肤上剐过的疼痛，冲上前握住了羽烛白的手腕。他惊异地看着羽烛白空茫的眼瞳，竟然有些不敢叫醒她。

羽烛白的胸腔剧烈地起伏了两下，而后吐出一口黏稠的黑血来，她像是恢复了清醒，一把攥住墨寒川的手腕，扔下瞬移符离开了这里。

离曜猝然倒地，耳朵和鼻孔里汩汩地流出血来。

墨寒川被羽烛白一路抓着手腕带回了昆仑山，进入昆仑山的时候，他清晰地感觉到这里的大禁对他开启了。他再也不能像从前那样自由地出入昆仑山。

羽烛白并未对此作出任何解释，也没有质问他为什么会在无量天。

她平静得可怕，只是把白冉洗得干干净净，用帕子吸干他身上的水，放在自己的膝头。她一下一下地摸着他毛茸茸的耳朵，像是在哄他睡觉。

墨寒川喉头干涩，一个字都说不出来。

“嘘，”羽烛白对着他竖起一根指头，摇摇头说，“白冉睡着了。”

墨寒川上前抱住她，颤抖着说：“烛白，对不起。”

羽烛白摇摇头，说：“寒川，我好疼啊。”

她哭得太厉害，声音都嘶哑了。墨寒川抱她的时候，身上一股血味和水沉香的味道混杂在一起，可是她已经没有力气质问什么了。她觉得疼，也觉得累，只想把自己也埋在外面的雪里。

白冉被葬在那棵梅花树下，羽烛白从里头挖出来一坛子酒。

昆仑山上下，只有白冉才会干这种没脑子的事。这里太冷，坛子被冻裂了，里面的酒也被冻成了一坨冰。羽烛白翘起唇角笑了笑，笑着笑着，就有浓稠的赤色眼泪从眼角流淌下来。

“果然是一只不聪明的小狐狸。”羽烛白垂着眼睫，说。

二人再也没有离开过昆仑山，连带着汀罗也住在了这里。

当时墨寒川一纸符咒，是把他们俩扔回了昆仑山。汀罗身上有伤，只能看着白冉跟被踩了尾巴似的跳起来，不要命地往外冲。他没料到，那一眼是白冉此生给他留下的最后印象。

羽烛白伤得太重，反噬来势汹汹，她连着三日呕出污血。

然而她并不在意，吐完就回窗边坐着，安安静静地看着那棵枯死的梅树。汀罗觉得她也快枯死了，虽然反噬的伤可以慢慢养回来，但她好像苍老了许多。

那个不可一世的沧雪神君，像是被抽走了脊梁，连背都挺不直了。

墨寒川总站在她身后，她一回头就能看见他的地方。他像过去羽烛白离开昆仑山的每一年一样，默默凝视她的背影。

墨寒川知道，羽烛白的少年意气又被剥夺了一分，“沧雪神君”的铠甲逐渐暴露出来。

然而他手足无措。

除了守在羽烛白身边，极力地挽留她，让她不至于踏上那个祭坛之外，他毫无办法。墨寒川一生自负聪颖，却一而再再而三地在羽烛白身上失手。也许这就是关心则乱吧。

“白冉刚刚学会化形的时候，长得跟个小姑娘似的。”有一天，羽烛白忽然开口说。

汀罗身躯一震，羽毛上积的一层薄雪簌簌落下。墨寒川不在这里，汀罗好半天才反应过来，羽烛白是在和他说话。

“他修为不够，是因为天天赖在我身边，受了神息才强行化形的。”羽烛白伸手比了一下，差不多和窗台一个高度，“他那时只有这么高，大眼睛，尖下巴，脸颊上的肉倒是很软。他修炼懒怠，化形的时候头上顶着耳朵，屁股上拖着尾巴，人不人妖不妖的，生生把自己气哭了。”

羽烛白声音沙哑，混杂在风雪飘零的风声中，有些模糊。

“他更小一点的时候吃过很多苦，差点就死了。后来不知道怎的，越来越娇气，怕冷、怕饿、怕疼，又不聪明，背个经文都背得磕磕绊绊的，寒川眉头一皱他就瘪嘴要哭。

“我经常欺负他，给他穿小女孩的衣服。我那时候想，他一辈子没出息也没什么，总归我活着，谁也不能把他怎么样，所以也从来没下狠手逼他修炼。现在想来，我真是自负得可笑。”

“您和尊上成婚那一日，白冉亲口和我说，他愿意为了您拼命。他一直后悔当年没能为您做什么，也许对他来说，这是另一种圆满。”汀罗低着头，看着地上的雪，不敢凝视羽烛白的眼睛。

“另一种圆满？”羽烛白低声重复了一遍这句话，竟然轻声笑了出来。

汀罗抬头看她，却见她已经往屋子里去了。汀罗回过头来看着白雪堆积的梅树，默然无语。

无量天。

“兄长，”离曜走进梧桐荫，低头俯视盘坐在地上的羲和，心口一阵抽痛，“你没有什么要和我解释的吗？”

羲和睁开眼睛，看着这个他一手带大的少年，闻言浅笑道：“什么？”

“血莲花池池底控制我的人就是你吧？”离曜冷静地说，往昔的一点一滴在他的脑海里清晰地浮现起来，那些他没有深想的事在此刻也脱下了伪装，“沧雪说，让我发现那条黑蛟也是你有意为之，只因你不想太早暴露在山墟君和神帝面前。你还利用我做了什么？”

“怎么能说是利用呢？”羲和一摊手，“黑蛟是山墟君自己养的，血莲花池是你自己下去的，我可什么都没做。”

离曜把一卷书页砸到他面前：“这也叫什么都没做吗？”

卷轴“咕噜噜”地滚了一圈，在地上展开，上面记载的赫然是进入烛龙秘境的方法。他很少埋首书卷，而且与烛龙秘境有关的记载无一例外都是禁书，现在看来，能进出梧桐荫把这本书放到他眼前的，不做他想。

“昆仑君当年上无量天，也是为了秘境中看到的白龙一事吧？以他对羽烛白的珍视，怎么可能对此视而不见。兄长真是好算计，勾勾手指头就能把一群人玩得团团转。”离曜只觉得自己的喉咙被死死掐住了，以至于每个字的吞吐都那么痛苦，“可是，为什么？”

“为什么？”羲和似乎觉得这个问题可笑。

羲和站起身来，按着离曜的肩头，仔细地去看他瞳仁中的花纹，好像要条分缕析地将那些纹路剖析开似的。

“我有时候真的很嫉妒你的天真，离曜。人间说‘凤为雄，凰为雌’，你就没有想过为什么？因为每个凤凰在胎中都是双生子，他们吃掉了自己孪生的兄弟姐妹才得以降世。”

离曜震惊地看着他。

“不明白我为什么会知道？”羲和粲然一笑，“因为我和我的‘妹妹’太过虚弱，没能吃掉对方，最后我们都活了下来，共享一具身体。”

羲和没有和任何人说过这个秘密。

他的脑子里有另一个声音，那是个很聒噪的女孩，贪嘴又怕累。

凤凰一族本居住在西荒，神帝怜悯凤凰血脉单薄，便将羲和接引到了无量天抚养。他喜欢安静，总是一个人静静地坐在树下看书。可是女孩不，那个旁人都看不见的小姑娘总是趴在他的肩头，哭闹着要他去摘果子。

无量天的神祇们都惊奇地看着这个一本正经的小凤凰来讨要果子，

在心里笑，无论血脉多么高贵，始终还是个孩子。

汁水流过他的齿关，女孩也能品尝到果汁的甜美。

女孩透过他的眼睛去看这个世界，凭一己之力把他寂静的心房闹得鸡飞狗跳。小姑娘唆使他用墨水给午睡的神帝画胡子，撒娇打滚地央求他带自己去看花神的住所，还胆大包天地去昆仑山底下堆雪人。

她就在羲和的脊背里，所以不能离他很远，要做什么，总得求求羲和才行。

羲和嫌弃她很久了，一直很想把她从自己的身体里剥离出来，重新给她塑造一个身体。这样她便再也不必通过自己来感知这个世界，天大地大，她想去哪里就去哪里。最重要的是，羲和也能得到解脱。

凤凰孕育生命的时间极其漫长，和自己一个窝的另一枚凤凰蛋还没有孵化出来。届时他一个人要应付两个小孩子，实在是头大，羲和想着不如去昆仑山拜白龙为师，一辈子不下山，图个清静。

他思及以后被两个孩子支使得鸡飞狗跳的场景，看书越发用功，女孩却抱怨他不陪自己玩。羲和很是矜持，被误解了也懒得和妹妹解释什么，做的总比说的靠谱。

"你再不和我说话，我就再也不理你了！"虚影里的女孩气冲冲地跺脚，在黑暗中溅起一片微光。

羲和无动于衷。

但他没有想到，自己会后悔得如此之快。

凤凰须浴九天之火，涅槃重生——所谓重生，是在火焰中淬炼自己的骨骼和血液，在自己化作的灰烬中不死不灭。古往今来，无一例外，从未有过涅槃失败的凤凰。

但羲和忽略了这一点，他不知道双生子共生一体也是凤凰一族中从未有过的事。

因为没有在胎中吃掉自己的孪生妹妹，他的身体一直很弱，涅槃到来之前神帝对他表示过担忧。但羲和想了又想，还是没有把妹妹的存在告诉他。羲和在无量天许久，深谙天道对于"变数"的忍耐有限，虽然妹妹很吵，但他并不想她被清除。

只是他小看了涅槃。

及至涅槃那天降临，他在烈火中痛不欲生，只觉得自己真的要死了。那个附在他脊背中的女孩、和他赌气许久不曾开口的小姑娘，突然跳了出来。

她像是一阵风，隔绝开了涅槃火焰，和羲和拥抱。

羲和在高温扭曲的空气中看见女孩的回眸，那眼神不知是恐惧还是哀伤。但是她没有退缩，只是在羲和狰狞的表情中，毅然决然地迎上了足以将她吞没的火光。

羲和挣扎着扑上前，却只是抓住了一缕消散的尘埃。

她消失了。

涅槃之后，羲和总是会在夜深人静的时候去摸索自己的脊背。好像那个女孩还在那里，靠着他的后背，一言不发，发梢摇摇晃晃。他知道小姑娘是生气了，等着自己去哄她，可是甜点心、果子和笑话都不能博得她的原谅了。

没有人能理解他的难过，除了他，根本没人知道有个女孩像他的影子一样活过。

如果那天我理理她就好了，哪怕说一个字也好呢？羲和突然想，她和我说的最后一句话，竟然是“你再不和我说话，我就再也不理你了”。

这样的话她说过很多次，可是每次都忍不住主动跑来和他说话。

也许是因为，只有自己能听见她说话吧？否则我这么欺负她，她怎么还一次次地原谅我？

羲和难过得颤抖起来，呜咽着抱住了自己。

我还是吃掉了我的妹妹。他想，没有比我更糟糕的哥哥了。

后来，神帝在传经堂授课，说起天道隔绝三界，为的就是弱者也能有一线生机。羲和愣了很久很久，如果弱小但是善良也能活下去，那妹妹为什么死了？她什么都没做错，摘果子踩坏了鸟儿的窝，都会让自己做一个新的送回去。

羲和满心的愤怒和嫉恨，这世上的事，本不是这么算的。

“我不知道涅槃出现的意外有没有天道从中作梗。但是，既然天道无法践行自己的诺言，这世上仍然是强者生、弱者死，那便一视同仁好了。”

羲和露出雪白的牙齿，笑得有几分阴森诡异：“葬骨川、荒城和轮回，都没有什么必要存在。谁能活下去，就各凭本事好了。”

离曜瞪大了眼睛，被他眼中疯狂的火焰逼得后退两步：“你疯了。”

“我早就疯了。”羲和冷冷地说。

离曜察觉不妙，转身欲走，却被脑中骤然响起的琴声震得跪倒下去。

羲和悠闲地踱着步伐靠近他，手指按在他的脊背上，一寸寸刺了进去。

离曜十指扭曲地扣进地面，嘶吼出声，白衣上洇开血色。

“哥，收手吧……”离曜无力地瘫软下去。

羽烛白是被雷声惊醒的，她看着远处骤然明亮的天际，和从树枝上落下的雪，愣了很久。墨寒川走过来为她披上大氅，摸了摸她的头。

白冉不在的日子里，山上格外安静，羽烛白也从未问过他那日离开的事。

墨寒川很是忐忑，他知道烛龙秘境就在血莲花池下，但不知道羽烛白是否已经去过了。

“是小天谴。”羽烛白说，“出什么事了？”

“应该是无量天。”墨寒川说，“这样程度的天劫，应该是弑神。”

即便是同一条罪名，天谴的威力也不尽相同。神帝被杀和普通神祇被杀，天道的愤怒是不一样的。

“是羲和吗？”羽烛白低头拢紧了大氅，心想，不知道离曜怎么样了。

“烛白，”墨寒川握紧了她的手，“别出去了。”

羽烛白一点点把自己的手抽了出来，定定地看着他：“现在不说我会后悔了？寒川，你的谎言和花招总有用尽的那一天，你说是不是？”

墨寒川张了张嘴，最后说：“对不起。”

“你没有对不起我，”羽烛白说，“你就是太对得起我了。墨寒川，不要替我去死，我不会感激你的。如果你像白冉一样躺在那里，我就挖个坑把我们俩一起埋进去。我们再想想办法，一定有别的办法的……我们还要去春暖花开的地方，平平安安地过一生。”

墨寒川抱住了她，把她按在自己的胸口上，让她听着自己的心跳声：“好。”

第九章 剑鸣

第一节 九嶷山·重逢

离曜死了。

小天谴落下后，众神赶到，只看见一地的血水和擦拭嘴角的羲和。

羲和吃了自己从小捧在手心里的弟弟，功力大增，连小天谴都可以无视。他依然留在梧桐荫，只是靠近那里的神都死于他的琴下，没有任何外伤，但天灵盖连同神魄都碎掉了。

无量天被笼罩在浓重的阴影当中，不少神祇转而到昆仑山下求助羽烛白，全然不顾她还有诛杀令在身。羽烛白并不知道死的是离曜，以为只是羲和用了哪个倒霉蛋的脖子来磨他的刀。

她也不想闹当年受了妖王一拜就下山的幺蛾子，掉头去了人间收拾烂摊子。

血莲花池崩溃，群魔逃逸，纵然大部分都死在羽烛白手下，但仍有落网之鱼逃往人间。正是群魔并起……天下大乱。

相比起来，仙盟溃散时的混乱就像是小孩子过家家，不值一提。

羽烛白站在九嶷山下，拉着帽檐遮住了自己大半张脸，有些发愣地看着这片素色起伏的梨花海。她罕见地生出一种近乡情怯的感觉来，不知自己该如何面对容许等人。

墨寒川握紧她的手，给了她一点勇气。她以自己原来的模样现身，也不知是抱着怎样的心绪。

但山上的氛围似乎有些不对劲。

羽烛白嗅到了浓重的血气，飞快地跑进了茂密的林中。她被眼前的景象惊呆了，林间弥漫着浓郁的药味，层层叠叠的花枝下架着几十个担架，上面的病人虚弱得连呻吟的力气都没有了。

梨花尽头的庭院里走出来一个白发苍苍的年轻人，正对身旁戴着琉璃镜的人说着什么，他忽然注意到了什么，抬头看了过来。

羽烛白的容貌和江画舟那副乖乖软软的小美人模样相去甚远，但容许看着那白发少女的眼睛，竟然生出一种熟悉的感觉来。

"小舟？"容许轻声试探着问。

"大师兄，"羽烛白忽然平静下来，"好久不见。"

"近来实在是太乱了，山下的镇子上有疫鬼作祟，还没被降服。这些病人还有一口气，又不能留在镇上，怕是会传染，所以都送到山上来了。"容许不知为何，有些束手束脚的，一会儿倒茶，一会儿把点心往羽烛白面前推，又小心地看了她一眼，"这是白珏前些日子买回来的，你还喜欢吃吗？"

"喜欢的。"羽烛白低着头说，她拿起那块干得发硬的饼子咬了一口，里头的糖浆甜得发腻，"三师兄去哪里了？"

"他在山下抓疫鬼。"容许说，"小舟，你这次回来，什么时候走？"

"应该很快。"羽烛白转着茶杯，冲他笑了笑。

她此行只要拔出当地盘踞的魔种即可，不会耽误太久。

直到这时，她才仔细打量起容许的模样来，他已经不是当初那个芝兰玉树的少年，人家都快踩到他脸上了他还好声好气的。现在的他满头霜白，眼神锐利坚毅，不像鹤风，倒像那个只有一面之缘的仙盟盟主萧暨，颇有几分大人物杀伐果断的风姿。

这样的人才担得起一个门派的兴衰。

但羽烛白却莫名怀念从前那个在厨房里打转，给她煲汤、叮嘱她晚饭前喝羊奶和天冷了要加衣裳的啰唆少年来。

她不知道容许是否也同样怀念那个上房揭瓦、下河摸鱼的小师妹。

二人之间沉默许久，上官策没眼色地抱着一沓古书挤了进来。书页间的灰尘落了满桌，容许皱着眉把那碟沾灰的点心倒掉了。

“小舟，我有些事想问你。”上官策打破了两人之间的尴尬，“哗啦啦”地翻着那些古书和他手写的笔记，“我以前翻找过各种记载，只有一本残破的笔记里记载过和雪有关的神明，只言片语，很是模糊。”

“我原身为白龙，栖息于昆仑山。”羽烛白答道。

上官策看她一眼，扶了扶鼻梁上滑落下来的琉璃镜，不咸不淡地训道：“以后别急着对人自报家门。匹夫无罪，怀璧其罪，懂吗？”

羽烛白没想到自己还有挨训的一天，噎了一下。

“我接着说，修真界保存下来的跟雪有关的一切记载都很模糊，无论是白龙还是极北之地。但仙盟天演司的推算和记录中，有一种情况会多地突降暴雪，极北之地的星辰也会混乱到极致。”上官策的琉璃镜反射出明亮的光，“就是如今这样的情景，鬼修、魔修倾巢而出，妖邪横行。几十年前，也有过一次这样的事发生，但是很快就平息了。”

羽烛白意识到了什么，握紧了茶杯，等着他的下文。

“就是江楼师伯身殒的那一年。”上官策说。

“他……死在了极北？”羽烛白虽是疑问，但是心里已经有了答案。

“恐怕是这样的。”上官策点点头说，“所以，极北到底有什么？天下为什么逢乱必落雪？”

羽烛白垂眸，看见自己投在茶水中的影子，睫毛浓密如帘。

“在神界，那个地方叫荒城。那里是人间和魔界相交的缝隙，寸草不生。天下并非逢乱必落雪，只是因为祸乱出而怨气生，所以才会下雪。昆仑山是个常年下雪的地方，也是因为下面镇压了天地初开以来最强烈的怨魂。”

“江楼师伯去那个地方干什么？”容许被这突如其来的往事砸得一蒙。

羽烛白摇了摇头，表示自己也不清楚。

上官策却突然抽出一张画像来，递到她面前。羽烛白一怔，画像上的少女白衣负剑，霜发银瞳，赫然是她少年时的模样。

她茫然地看着上官策，不知道对方是什么意思。

“这也是我从藏书阁里找到的。”上官策说，“我派开门宗师曾于极北之地遇到这名少女出手相救，后来留下了这张画像，代代相传。因为纸张不好保存，便每代都有藏书阁的弟子描摹。到了师尊他们那一辈，九嶷山人丁凋零，这事也就被忘得干干净净了。还好没被虫子给咬坏了。”

他看着羽烛白伸手抚摸那张画像，笑着说：“小舟跟我们九嶷山还真是有缘分。”

“我不记得了，”羽烛白低声说，“那已经是很久之前的事了。”

“看来我们小舟救过很多人。”容许笑了起来，摸摸她的头说，“若为凡人，想必也是福泽深厚的。”

“大师兄，对不起。”羽烛白捏皱了画像的一角，额发垂下来遮住了眼睛。

“这又是为什么道歉？”

“那个时候，我没能救下师姐。”

“你们做神的，都是这样的吗？”容许平静地问她。

羽烛白眼圈通红，抬头和他对视。

“这不是你的错。杀死若秋的是叶岚的师父，幕后黑手是那个魔族。我可以恨他们当中任何一个人，但若是恨到你身上来，不是太混蛋了吗？”容许理了理她细碎的鬓发，温和一如往常，“若要说恨，我应当最恨我自己无用吧？师尊把你们交给我，我却护不住你们。”

羽烛白要哭不哭地摇着头。

“别总说傻话。”容许敲了敲她的额头，平静地说，“神或许可以庇佑凡人，但这并不是理所当然的事。可不要总是把人看作对神摇尾乞怜的弱者啊！”

上官策说了个很冷的笑话："你要哭了吗，神流出来的眼泪会变成珍珠吗？"

羽烛白被这个笑话震住了，惊讶地看着他："你是哪里来的妖孽，居然敢夺我四师兄的舍！"

镇上的空气里充斥着焚烧艾草的气味，白珏用打湿的方巾蒙着口鼻，低头行走在灰败的巷子中。墙外传来断断续续的哭声，钢针一样扎着人的心。白珏打眼一扫，看见路边摆着的尸体又多了几具。

跟一个从医馆里急匆匆抬着尸体出来的人擦肩而过时，他鼻尖一抽，抬手拦住了对方。

后头的人见状，连手上抬着的东西都不管了，撒开腿就跑。那人眼神突然变得凶狠，一爪掏向白珏心口，却被出鞘的雨时剑封住。剑刃绕着他的手腕转了一圈，勾出一条漂亮的直线刺进了他的心窝，放出一汪黑色的血。

那人跪倒在地，白珏扔出一张辟邪符，便有火焰升腾起，将那具尸体化为灰烬，只剩黑色的血烙在了地上似的。

人群中有细细碎碎的声音响了起来。

"这是第几个了？"

"怎么连医馆里的人都变成疫鬼了……"

"这修士该不会是抓不到妖邪，拿我们普通人来充数吧？"

白珏冷淡的眼神对着声音最盛的那个角落扫了过去，人群突然寂静下来。

他已经在这里留守了七天，七天以来已经杀了十来个疫鬼了，但瘟疫却没有结束。这让他想到了江南的那一夜，暴雨中爬起来的尸体，和他们身上腐朽的气味。

他抛下身后纷杂的议论，径直走进了医馆。

医馆里那种味道更重了，将死之人身上的味道和药苦涩的气味混杂在一起，撞得人脑子发蒙。有个小孩子因为皮肤溃烂，哭得撕心裂肺，在大人怀里挣扎着，意外抓住了白珏的衣角。

他没什么表情地看过去，那孩子收回手，哭得更大声了。

“你表情太凶，吓到他了。”有人小声说。

“我就这么玉树临风、英俊潇洒的一张脸，”他掀起袍角，盘腿坐下，顺手将雨时剑横在膝上，“爱看不看。”

说话的人长着一张憨厚朴实的脸，眼睛很大眉毛很粗，五官轮廓转折得很生硬。

他个子小小的，像是从小吃不饱饭所以长不高，来来去去地给大夫们打杂。他试图从白珏的表情里揣测出什么，可对方板着一张臭脸，他什么也看不出来，只好挨着对方坐下了。

“你最好藏好点。”白珏闭目养神，低声说，“这些人已经快被吓疯了，看谁都像要害他们的。要是这时候你暴露了你是妖，他们非得一把火烧了你不可。”

“我是石头啊！”他同样低声回答，“我又不怕火。”

“真是个愣货。”白珏眼皮子都没动一下，“你不怕火，他们淹死你、砸死你，你怕不怕？就算不怕，你不会疼？那他们一口咬定瘟疫是你干的，找个修士来给你灌符水，穿肠烂肚，你怕不怕？”

小石头缩了缩脖子，小声应“好”。

半晌，他又问：“道长，瘟疫什么时候能结束？”

“疫鬼死了就结束了。”

白珏答得漫不经心，心里却在打鼓。他和容许都有猜测，这场瘟疫大概和江南那次一样，整个镇子都被笼罩在那血鬼阵中。只是这一次，没有小师叔来操纵全局了。上官策这些天都快把自己淹死在古籍里了，也没找出半点破阵方法的蛛丝马迹。

“好吧。”小石头抱着膝盖，有些呆，“我还想赶紧离开这里去找人呢！”

白珏头一次遇到这个石头精，他就念叨着自己要找人。若他还是那个闲着没事干的纨绔，大概会很乐意听他讲讲来龙去脉。但现在的白珏一脑门糟心事，听见这种话头就会礼貌地请对方闭嘴。

只是今天白珏实在是太累了，所以也没有管这只小石头精在说什么。

小石头精絮絮叨叨地说：“道长，你游历四方、见多识广，认不认识一个叫沈玉的男孩子？他和他父亲从东边山里的无名道观来，长得很漂亮，像个女孩子似的。你认识他们吗？”

白珏心不在焉地搭了一句：“不认识。”

小石头精还不死心：“真的不认识吗？沈玉的父亲还是个挺厉害的修士，我还没化形的时候，他看我一眼我都不敢喘气。”

“你这么笨，化形一定要很长时间。”白珏说，“凡人寿命不过百年，就算是修士，突破未果也会老死。你要找的那个沈玉和他父亲说不定早就死了。”

小石头精有些生气，胆大包天地跳起来踢了他一脚：“你太恶毒了！”

白珏心想，你再踢我第二脚，我就把你扔出去。

小石头精没有得寸进尺，气哼哼地去帮大夫们的忙了。

“喂，你找他干什么？”白珏忽然问。

“也没什么。”小石头精踢着地上的泥，不大自在地说，“沈玉小时候就很胆小，我说过等我修炼成功了就保护他，只是他当年跟着他父亲下山太匆忙，我们连道别都没有。我就是想问问他，这话还作不作数。”

“如果他还没死的话，我日后游历可以帮你留意一下。”白珏说。

小石头精刚想答应，却猛地跪了下去。

白珏一惊，刚想站起来，却发现自己的四肢百骸被死死地摁住了。这种熟悉的、令人想要膜拜的威压迫使他抬起头来，他看见黑烟缭绕的天空中有七道白虹横贯而过——那是七支裹挟着光与焰的羽箭！

“三师兄，别挣扎。”一只手按住了他的肩膀，“会受伤的。”

白珏僵住了。

那七支箭落在了小镇不同的七个方位，构成了朱雀七宿的图案。

七个光点连接，光芒灿烂中，有什么东西“嚓”的一声碎了。笼罩在小镇上方的浊气无声无息地被化开，白珏莫名觉得呼吸都轻快了许多。

一袭白衣如满月般悬在檐上，勾着弓弦射出流星般的箭矢。

血鬼阵被打碎之后，潜伏在大街小巷中的疫鬼像是被开水浇了窝的蚂蚁一样逃窜出来。站在檐上的人屏息凝神，空气中传来几声弓弦振动的声音，随即有光亮在街头一闪而灭。

那股威压也退散下去，白珏重新控制了自己的四肢。

他有些怅然若失地看着自己的掌心，不敢相信似的，许久之后才回头去看身后的人。

白发银瞳的少女俏生生地站在那里，歪头看着他。

两人都没有说话。

羽烛白听容许说了很多的事，说他如今已是修真界有名的剑修，每逢出门必有人在谈论他的名字；说他的少爷脾气一天比一天大，走到哪里都摆着一张臭脸，要不是修为高，早就被人打死了；说他从前吃个点心都要挑三拣四的少爷，现在居然也能过风餐露宿的日子了。

但真正看到白珏了，还是不一样。

他少年时眉宇间飞扬的稚气早已被打磨得一干二净，生出一种凛冽得逼人的气质来，像是开锋的刀剑，碰一下就会流血。

白珏打破了这个僵局，他伸手拈起羽烛白的长发，有些嫌弃地说："你这样子看上去，倒真的像大师兄的祖宗了。你看见他那副未老先衰的尊容了吗？还没成亲的人，看着跟孙子满地爬的老头子一个样。"

羽烛白露出一个释然的笑容。

"所以，疫鬼是解决了吗？"白珏又问，"那一位又是谁？"

"我的道侣。"羽烛白坦然道，"此处的疫鬼他已经解决了。"

白珏眯起眼睛，仔细端详了一番站在上方不动的墨寒川，有些迟疑地问："我没记错的话，小师叔是和你一起走的，这该不会是小师叔吧？"

羽烛白干咳一声，默认了。

白珏沉吟片刻，拍着她的肩膀，语重心长地说："师兄那些年的话本子可算没给你白看，你真是出息大发了。"

"不是你想的那样！"羽烛白奓毛。

"不用解释，三师兄我早就看出你是个有反骨的主。"白珏宽宏大量地说。

墨寒川听得唇角弯弯，私下里给羽烛白传音说自己再去巡视一下，让她和白珏慢慢聊。

羽烛白等墨寒川一走就原形毕露，一脚踩在白珏的脚面上，凶巴巴的。白珏笑着哄她，两个人顺理成章地在廊下坐下了。

“那只小精怪是你的？”羽烛白看了一眼畏畏缩缩不敢过来的小石头精。

“我不收这么笨的精怪。”白珏说，“捡的。正好现在天下乱套了，就当积善成德了，免得他哪天被人吃了还帮着人烧水。你是回人间来，有公务在身吗？”

“我有什么公务？我连神庙都没有。回来瞎晃悠罢了。”羽烛白提醒了他们一句，“我修补了九嶷山的结界，你们最好留在山上别下来了。如今为祸人间的不止魔修和鬼修，还有魔种，这是超越凡人理解的种族。”

白珏犹豫了一下，问：“是杀了小师姐的那种魔种吗？”

羽烛白沉默片刻，点了下头。

白珏立刻就后悔了，生硬地转了话题说：“我在南方的一个小村子里学了个手艺，用树叶折蝴蝶，还靠这个挣了不少路费。我给你折一只吧？”

第二节 极北荒原·人间

墨寒川料到幕后之人会用魔种做文章，所以早早就大张旗鼓地将魔界数得上号的修罗王赶尽杀绝。剩下一些不成气候的魔种，即便逃窜到人间来，也抵不过天道一道天劫。

只是他当时未曾预料到血莲花池的崩塌，所以还是出了很多乱子。

九嶷山一带尚算安稳，其他地方有修真门派的庇佑，也还没有到流血漂橹的地步。墨寒川把那些寄到九嶷山的求救信笺全都拿走了，挨个去收拾作乱的魔种。反噬给羽烛白留下的伤还没好，她索性留在了九嶷山休养。

疫鬼被拔除之后，羽烛白去了九嶷山后山。

苏若秋的墓和江楼夫妇的挨得很近。

“听上官策说，大师兄常来这里。”白珏在她身后说，“大师兄应该是觉得小师姐还没走远吧。”

“他们的感情很好吗？”羽烛白回忆了一下，“小师姐好像对谁都是一个表情，没看出来对大师兄有什么特别。”

“他们是最早上山的啊！”白珏笑了起来，“感情应该比我们要深一些吧。说不定他们是世界上最了解彼此的人。”

这对师兄妹在坟前坐下，很久没有说话。

白珏随手抓了一把长草，指节翻飞，不多时折出来一只蝴蝶。

“大师兄说，小师姐眉心的梅花痕是一个封印。”白珏指了指自己的额头，说，“她生来就会给身边的人带来苦难，江楼师伯封印了她身上带着的厄难，可她还是忍不住害怕。你是她最重要的人，所以她离你最远。”

羽烛白没说话，只是伸手抚摸石碑上的字。

她想，原来是这样啊。可是苏若秋本来不必这样，所有人都不知道，苏若秋本来可以拥有另一种人生。如果明鉴知道她和羲和的计划最后还是害死了镜心宿主，她会后悔吗？如果白珏他们知道苏若秋遭此厄运，只是因为神明一意孤行的结果，他们又会怎么想？

“三师兄，”羽烛白忽然说，“我要去一趟极北之地。我会在九嶷山留下一个人偶，用以遮掩他人视线，你不用在意，一切如常即可。”

白珏一愣，也没问为什么，只是把青草蝴蝶塞进她手里：“走吧，离开人间的时候，记得来和师兄告别。说不定下一次我们相见，你还是青春年少的模样，师兄我已经白发苍苍了。总归是见一面少一面的。”

羽烛白露着雪白的牙齿笑了起来：“我三师兄就算老了，也是那堆鸡皮鹤发的老头子里最英俊潇洒的一个。”

“就你嘴甜。”白珏笑眯眯地捏捏她的脸。

“小舟走了吗？”容许睁开眼睛，庭院中梨花寂静。

白珏抱着剑站在廊下，头顶的引魂铃“叮叮当当”地响。他站没站相，没骨头似的靠在柱子上，嘴里还叼了根白净的草茎，闻言便点了点头。

上官策从屋子里走出来，手上捧着一卷古籍，有些遗憾地叹了口气。

“那你带回来的是个什么东西？”容许指着坐在白珏旁边安静地玩着草编蝴蝶的女孩问。那女孩虽然和羽烛白的容貌没有差别，但容许就是说不上来的陌生，因而一眼就看出来了。

“人偶。”白珏说，“掌门师兄你能别那么大惊小怪吗？显得怪没见识的。”

“她怎么就走了？”上官策问，“她走的时候说了还会回来吗？我这里还有好些古籍想让她帮忙去伪存真。”

“来日方长嘛。”白珏不甚在意地挥了挥手，“她可是神，活得比你长多了。就算没法帮你校正，帮你孙子的孙子校正也没问题。”

羽烛白御剑飞行在白色的荒原上。

作为人间和魔界的缝隙，极北之地理所应当的荒无人烟。低阶魔种无法越过此处结界，高阶魔种如修罗王这般的，要兴风作浪也是去人多的地方。几万年前天裂之战留下的怨灵在此盘桓不去，造就了这番与昆仑山相近的气候。

她低头望去，眼中映出了一座雪山。

雪山没什么稀奇的，吸引她的是雪下涌动的细微剑气和天谴的气息。羽烛白落到那座雪山上，立刻就察觉了不对。这座低矮的雪山前身是一座崩裂的山岳，再由积雪覆盖而有今日的模样。

她伸手在缥缈的雪中一抓，掌心里有一丝纯净的剑气挣动着。羽烛白对剑气很敏感，何况她曾亲眼目睹这样的剑气从长命锁中破出，斩杀了蛇女。

江楼来过这个地方。羽烛白想，说不定这里就是他的身殒之地。他干了什么，才招来了天谴？

她双手结印，于此展开了回溯之术。

数十年前的画面一一闪烁而过，那个背负断剑的凡人修士从雪中走来，仰首面对天道的诘问，迎上了天谴。

他拔剑、嘶吼，竭尽全力挥出的剑撞碎了天道的怒火。他仿佛须发皆张的狮子，在战斗中折断了自己的牙齿和爪子，又平静地接受了自己的死亡。

羽烛白神魄上被天谴烙下的印记灼烧起来，她跪在雪地里，反手按着自己的肩胛。

那里曾经抗下天谴的雷光，也因此留下了不可磨灭的伤痕。肩胛的烙印滚烫，像是要透过她的神魄，一直咬上她的骨头。

什么叫以此身应人间之大劫？天道曾经想过毁灭人间吗？

江楼作为天下第一人，占卜出了这个结果，因此孤身北上，替人间受了此劫。之后的十六年里，人间风调雨顺，十六年后，羽烛白在江画舟身上苏醒，腥风血雨再度降临。

天道收下了江楼的性命，给了人间十六年的喘息时间。

但在这十六年里，人间善恶并没有恢复平衡，只待江楼为天下人续上的灯油燃烧殆尽，迟来的浩劫便会再度降临。

按上官策翻出的卷宗记载，江画舟出生以前的人间并不好过。仙盟羸弱，鬼修魔修横行，白衣江神女孱弱之流被无知愚民推上祭坛，萧靳那样满手鲜血的卑劣之徒杀了容许全家都能全身而退。

这人间并不清白，也不无辜。在天道眼里，人间是在自取灭亡。

羽烛白的思绪从未如此清明。

神帝应该在更早的时候预见了相似的局面，无论其中有没有羲和的诱导，总归他决定给这世间一次机会，因此拿走了镜心。

青铜镜是天道的眼睛，这句话并非比喻。

失去眼睛的天道看不清这世间失衡的阴阳、疯狂增生的怨气，所以暂时放下了彻底将这个世界毁去的想法。神帝给了这人世第一次机会，才有江楼以身殉道的机会。

但神帝没能在天道闭上双眼的这段时间里找到平衡阴阳、消灭怨气的方法，反而将人间的生机酿成天下的浩劫，天道不可避免地滑向崩溃的深渊。他甚至来不及把一切告诉羽烛白，就在天道忍无可忍的反击中为羽烛白挡下天谴，魂消身殒。

可是我要怎么做？羽烛白头痛欲裂，杀光人间流窜的魔种吗，度化流离失所的怨魂吗？还是干脆，就站上无一台，向天道奉上血肉和魂魄，换取天道平衡世间的力量呢？

她茫然了，此生第一次觉得自己渺小如沧海一粟。

墨寒川第二次来林城，竟然是站在露华山的地界里。

虽然修真界如今风雨飘摇，但露华山身为四大派之一，瘦死的骆驼比马大，装潢相当华丽。露华山伫立在林城边缘一座高山的半山腰上，建筑物均是朱色木头搭建的，曲折的回廊间悬挂着经幡。

露华山都是医修，山上种满了草药，突降的暴雨洗去了药草上黏附的血色。

墨寒川就着雨水洗净了手上的血，看也不看身后被倒吊起来、放干了血的修士。那些修士已经没了气息，因为失血而皮肤苍白，像是一个个白色的茧，挂在朱色的楼阁间。

他面无表情地搓洗着烙进指纹里的血。

那颗青面獠牙的头跟个蹴鞠似的，蹚着雨水滚进了池子里。

附近观望的修士渐渐壮起胆子，走了进来。她们看见了惨死的同门，也看见了遍地倒伏的魔种，年幼些的修士直接跪在雨中痛哭出声。她们之中的主心骨招呼着人把尸体放下，又整理了衣冠，强忍着泪意走到墨寒川面前想要道谢。

墨寒川没有等她走来，转身直接离开了。

他想，九嶷山那群小崽子真是运气好，只是遇上了疫鬼。

血洗露华山的魔种是从血莲花池里跑出来的，又命大地从羽烛白手底下逃走了。这魔种欺软怕硬，没跟朱雀门和剑宗硬碰硬，反而占据了手无缚鸡之力的露华山。

有的魔种嗜血，有的魔种偏好魂魄，有的魔种则以怨念为食。这次的魔种就是以人的痛苦为食物，他慢慢地将露华山修士折磨致死，期间生出的恐惧让他吃得肚皮滚圆。

恐惧消散以后，愤怒占据了露华山弟子的脑海。

魔种袭来的时候，门中长辈护着她们先行逃离。而魔种为了得到更多的食物，便将露华山曾经救治过的人掳来，逼迫他们向露华山的修士举刀。

被所救之人杀害的怨念愈加强烈，以至于墨寒川现在还能听见风中怨灵的嘶吼。露华山弟子将那些躲在笼子里的凡人拉出来，恨得眼睛都红了，抄着匕首就要了结他们。

墨寒川没有阻止，他抬眼看着雨中出现的人。

那人披着青灰色的斗篷，没有打伞。

在气氛紧张的露华山，这样一个形容诡异的人必然引来许多人的目光，但是除了墨寒川，没有人在看他。

只有墨寒川看得见他。

“聊聊吗？”鬼王对着他一偏头。

墨寒川和他走到了山顶上，俯视半山腰上的露华山，鲜艳的血色在雨中蔓延开来。

“我最近挺忙的。”鬼王开了个莫名其妙的头。

“这是要来向我讨借用业火的报酬了？”墨寒川挑眉。

“人间的亡灵太多，忘川河上堵了很久，等着轮回的魂魄比往常多了三倍。”鬼王竖起三根手指头在他面前晃了晃，“这也就算了，毕竟不用我亲自动手。最严重的是，三恶道的阴灵越来越多，我昨天去看了一眼，那地方挤得下不去脚。”

“所以呢？”墨寒川无动于衷。

“我知道你只在乎沧雪神君，但也不用这么冷漠吧？好歹你也是在天裂之战建过功的，对这个你曾经拯救的世界，你就没有任何感情吗？”鬼王有些不满道，“你应该知道这意味着什么，怨念暴涨，阴阳失衡。再这样下去，轮回会崩溃的。天道是不是出事了？”

轮回是和天道一起诞生的，有了轮回，这世上才不会有魂魄无处可依。一旦轮回崩溃，人间必将游魂四处飘荡，终日笼罩在死亡的阴影中。

“你搞错了一件事。”墨寒川摇摇头，“就算我在意这件事，也没有任何作用。神明固然可以诛杀妖邪，但却不能左右人心。管天管地，管得了他们恨不恨、怨不怨吗？就算人不怨，妖族和魔种呢？能影响天道的可不止人间。”

“你的意思就是，顺其自然？”鬼王气得笑了起来，“昆仑君——不，墨寒川，你凭什么觉得这天下完蛋了，你能带着沧雪神君独善其身？她现在很强，强得天道都拿她没办法。但是等到阴阳彻底混乱，大魔降世，第一个死的就是她！”

“她不会死的。”墨寒川的瞳中倒映着淅淅沥沥的雨，像是一面镜子，“如果我和她之间一定要死一个，那个人一定会是我。”

鬼王怔住了，有些心虚地说：“我也不是咒她死。你们俩折腾这些年，好不容易有两天太平日子过了，我得有多缺德才会咒你们生离死别啊？我刚刚说的话收回，童言无忌大风吹去，呸呸呸。”

墨寒川没接这个不知道有几万岁的“童子”的茬。

“我听说无量天出事了，你们真的不管吗？”鬼王试探着问，“羲和那个疯子，把他弟弟吃了。”

墨寒川不可思议地看着他：“你说什么？”

白珏从山下买了几包点心上来，顺道取回了大哥寄来的家书。

修士只要不到油尽灯枯那一步，便是七老八十了，也是少年模样。因而大哥的孩子都到了可以议亲的年纪，白珏还是那副毛都没长齐的小白脸模样。

他一边往嘴里扔了两粒松子糖，一边拆了家书来看。

江南有诸多修真门派驻守，尚且不算太乱。

大哥在信里抱怨生意越来越不好做，儿子又跟白珏似的游手好闲，浑身上下就是不靠谱三个字，将来若是没有继承家业的本事，便将人送到白珏这里修道，好歹以后在天桥底下摆个摊给人算命，不至于饿死。

白珏看得直乐。

小侄子别的本事没有，就爱看他爹给自己写信，以为白珏真如传闻中那般风流潇洒，雨时剑一出便能斩了妖邪的命，也斩获少女的芳心。大哥发现这小子总是偷看二人来往信件以后，便在信里放狠话要教训他，把小侄子训得服服帖帖的。

林间有风吹过，白珏忽然停住了脚步。

还有几步就要踏进九嶷山的结界里，他却在风中嗅到了一丝血气。

白珏不动声色地扣住了剑镡，步履从容地靠近九嶷山。那丝似有若无的血气越来越近，他忽地暴起，拔剑回身捣向对方丹府。

背后的人反应神速，竟然生生按住了这一剑，雨时剑从什么坚硬光滑的东西上划过。白珏顺势把松子糖砸了他一脸，抄起符箓就对着他的天灵盖砸过去。

一道锋利的气息刺破了松子糖扬起的糖霜和符箓，挑向白珏面门。

白珏咬牙想着大不了就毁容，打算拿头撞得对方头破血流，动静闹大点给山上的容许和上官策报信。他一条心刚刚横下来，后领子就被人一扯，差点把他勒断气。

背后的人抓着他的领子，粗暴地把他扔进了九嶷山结界里，赤手空拳地架住了本该落在白珏脸上的刀锋。

“三师兄，我都说了别下山。”那具呆呆的人偶里飘出一个轻飘飘的声音，“拿我说话当放屁呢？”

白珏被她没轻没重的一勒，咳得眼泪都要掉下来了：“女孩子说话不要那么粗鲁。”

人偶没搭理他，转过去看着袭击白珏的人：“天道当真是死了吗，神祇都可以无故屠戮凡人了？你最好给我一个合理的解释，不然你就下去找神帝喊冤去吧。”

“神君不肯见我们，在下只好循着神君的气息找到了这里。只是神君在此布下结界，我进不去，正想和这位凡人修士商议，对方便先出手了。”那名神祇擦了擦唇边的血，解释道。

人偶接了那一刀，力量反震得他心脉震荡，血液逆流。

“你有话说话，一身血味的摸到我身后干什么？”白珏瞪大了眼睛。

人偶抱着胳膊，居高临下地看着那名神祇，一言不发。

“无量天已经彻底乱了，羲和吞食离曜，功力大增。神君真的要置身事外吗？”

“你说什么？”

这句话通过人偶的耳朵传到了极北之地的羽烛白耳边，砸得她措手不及。

“死的人，是离曜？”

第三节 失衡·天狼星

“这是我们从梧桐荫里偷出来的，离曜的一根羽毛。”神祇恭恭敬敬地隔着桌案，把一根沾血的金色翎羽递到人偶手中，“上面有阵法，只有神君您能打开。里面应当是羲和叛离天道的真正原因。”

“你们怎么知道？”人偶冷冷地问。

“离曜进梧桐荫与羲和对峙之前，曾对我等解释过神帝陛下之死和羲和的异常。他亲口所言会试探出羲和的意图，并交代我们，一定要将这根羽毛交到您手里。”

人偶把那根羽毛托在手里端详许久，开口命令道：“出去。”

神祇依言离开。

羽烛白的意识附着在人偶身上，竟觉得这根羽毛有千钧重。她脑子里混沌一片，羲和已经狠到这种地步了吗，连离曜都杀了？还是说从一开始，从离曜出生的那一天起，羲和就决定了离曜今天的结局？

不等她多想，金色的羽毛落到她手里便晃晃悠悠地飘起来，散作了一团光芒。

飘散的微光里幻化出一个身影，即便羽烛白知道离曜已经死了，却仍从光影中的人脸上看出了一丝落寞。离曜是无量天最骄傲的小凤凰，却被他最珍视的人踩断了一身傲骨，碾进泥泞里。

“沧雪，你是对的。”离曜的身影有些闪烁，“我哥设计了墨规和山墟君，又设计了你和墨寒川，他才是那个背叛天道的人。”

“别说这些，”羽烛白借人偶的口说，“这是你的残魂吗？别废话了，赶紧滚回去，我把你的残魂收起来养养，你说不定还有救。”

但她知道这样的可能微乎其微，离曜若是一息尚存，那道天谴也打不下来。

“这不是我的残魂，”离曜平静地开口，“我的时间不多，你听好了。

你要杀了我哥，凤凰的弱点不在羽毛，也不在翅膀，而是我们的眼睛和脊骨，此处是命门所在。但凤凰能浴涅槃之火不断重生，天谴奈何不了他，死亡只会使他更强大。我哥吞噬了我，我看似死了，其实是被他‘融合’了，无法挣扎而出。但你不是凤凰，你做不到这一点，你只有一次机会，攻击他的眼睛和脊骨之后，把他镇压在昆仑山下，不要给他重来的机会。”

人偶摇摇晃晃地站起来，羽烛白的喉咙干涩得说不出话，离曜的身影一点点褪色、透明。

“我杀了他，你被他融合了，那你呢？”羽烛白问。

“就当我死了吧，”离曜道，“血莲花池时是我的错，我欠你一条命，不必对我心怀愧疚。”

“沧雪，你一定要杀了他。”离曜用近乎恳求的语气说，“只有你能做到。”

羽烛白面色苍白地笑笑：“这么看得起我啊？”

离曜突然笑了起来，是那种少年人独有的灿烂笑容，阳光般让人不敢逼视。

“当然。你不知道我第一次见你的时候，你像一轮太阳一样挡在我面前，照亮了整个黑夜。天上地下，若要把这苍生托付给一个人，只能是你。神帝陛下也是这么想的吧？你可是沧雪神君啊。”

人偶颤颤巍巍伸出手去，离曜愣了一下，也同样伸手想握住她的手。

沧雪神君与小凤凰素来不睦，唯一的肢体接触是打架的时候蹭到对方的脸。但没人知道，他们在并肩作战的岁月里，也曾信任地将后背交给对方。

在人偶碰到离曜的刹那，他像是被风吹散的沙砾那样消散了。

人偶在原地呆呆地站了很久，而后随着主人的颤抖战栗起来，跪倒在地上，扫落了桌上的茶盏。

屋子外竖着耳朵的师兄弟三人听见动静就火急火燎地推门闯了进来，一眼看见跪在瓷器碎片里的人偶。这人偶做得惟妙惟肖，居然还会流血，容许的心一下子就揪紧了，赶紧把她扶起来。

“神君。”那名不知道叫什么的神祇走了进来，目光灼灼地看着人偶:

“要跟在下回无量天吗？”

白珏气得笑了起来，仗着有羽烛白撑腰搡着他的肩头把他撵了出去：“这位不知道庙在何方的神祇大人，您高低也是个神，遇事不知道自己解决，成天对别人不依不饶干什么？难道神也分高低贵贱吗？”

神祇没搭理他，只是直直地看着羽烛白，等着她的答复。

容许心疼地把她手里的碎瓷片拣出来，用清水洗干净了伤口，再用干爽的白布条包扎起来。羽烛白像是短暂地抛弃了对人偶的控制，她看上去乖得有点呆，让容许想起江画舟魂魄还未归位的时候。

容许忍不住捏了捏她的手。

“我要去一趟酆都。”人偶说，“你先回去吧。”

那神祇点点头，离开了。

酆都，也就是民间说的阴曹地府，九幽之下屹立的孤城。

忘川河的这头是蜿蜒的黄泉路，象征着“生”的人间，另一头就是象征“死”的酆都。即便修士逆天而行，不同于常人，听见这个地方还是忍不住打战。

“大师兄，你们都再不要下山了。这个人偶会在这里保护你们，就算我死了，人偶的力量也不会消散。”羽烛白说，“如果和我同行的人回来了，你就说……这次我不等他了。”

黄泉路上，红色的彼岸花随风摇曳。然而这绝非什么美妙的景色，一头恶鬼挣脱了鬼差的锁链，离他最近的几个小鬼尖叫着被他抓在手里，囫囵塞进口中。鬼差怒骂着扔出符箓和法器，把壮硕如牛的恶鬼锁死在原地。

恶鬼的皮肤上暴突出小蛇般的青黑色血管，肌肉充气般鼓起，在绞紧的锁链下不断地膨胀。

鬼差听见了锁链呻吟的声音。

“撑不住了！”一名鬼差喊着，“杀了吧！”

突然，白色的身影从天而降，一线银光一闪而灭，吓得屁滚尿流的小鬼和呆若木鸡的鬼差都只听见了利剑入鞘的扣合声。恶鬼四分五裂，他手里拎着的小鬼后知后觉地怕得哭了出来。

“沧雪神君，”鬼差们伏地叩首，“鬼王不在酆都。”

羽烛白低头看着哭啼不休的小鬼，那是个小男孩，长得白胖白胖的，眼泪从他软乎乎的小脸上滚落。不知为何，羽烛白竟然觉得这小孩和容许长得有些像，这无端的臆想撞得她后退了一步。

“这是怎么回事？”羽烛白问鬼差。

“这样已经很长时间了。”鬼差回道，“这名恶鬼是被修士所斩杀，他生前屠戮了十几门人家，一家子老的小的只要能喘气就绝不放过。当地居民以为是鬼魂作祟，请来了修士，那名修士就将他正法了。”

“这样的恶鬼，近来多吗？”羽烛白问。

“多。”鬼差笃定回答道。

“鬼王不在，那就叫判官过来，带我去轮回。”

六道轮回，三善道三恶道，依人生前功过善恶而判其应入何方。忘川河、六道轮回和生死簿是酆都最重要的三件东西，判官听说沧雪神君这位煞神来了，还指名道姓要去轮回，一身不存在的冷汗都要流下来了。

然而羽烛白看着不像来找麻烦的，甚至罕见的冷静稳重。

判官将她带到了一个荒芜的山头，指着下方幽深的山谷说：“神君，这便是六道轮回。”

常人一眼望去，下面不过是些翻滚的黑云。羽烛白的目光却穿过层层叠叠的黑暗，落到了那些茫然无知，只剩嗜血本能的魂魄身上。她听见了无数高低起伏的声音，叫嚣着杀戮和鲜血，抱怨着饥饿，还有恶鬼胆大包天地蛊惑她的欲望滋生。

神祇的气息让三恶道的恶鬼又惧怕又垂涎，密密麻麻的泛着血丝的灰色眼睛仰起，看着山巅上的羽烛白。

羽烛白俯视山谷中黑色的怒涛，知道这已经不是杀几个魔种能解决的问题了，天道因为失衡正在急剧地衰弱下去，如果不是因为没有镜心而被迫闭上了眼睛，人间现在已经陷入灭世的浩劫了。

这是远超过天裂之战的灾难。

“不要和鬼王说我来过。”羽烛白拂袖而去。

如今无量天是空荡荡的一片，只有羲和一人。

其他神祇不敌他，纷纷退至了须延天休养生息。羽烛白走进来的时候，所有人的目光都投向了她。她从那些人中找到了几张熟悉的面孔，都是天裂之战中出征的神将，一个个灰头土脸的。

“无量天现在只有羲和一个人？”羽烛白问。

看上去像是这群人中领头的神将颔首：“是的，只有羲和一人。”

“我记得你，你叫清融。”羽烛白看了他一眼，“天裂之战的时候我见过你，诛杀令的时候你怎么没来？”

“有幸随殿下征战。”清融卸下了半边肩甲，露出下面深可见骨的伤口，旁边的人帮着他把伤口包扎起来，“属下曾见过殿下为苍生搏命的模样，一直相信神帝之死另有乾坤，所以未接下过诛杀令。事实证明，天道并不是永远正确的。”

羽烛白打量他许久，拍拍他另一边完整的胳膊，说：“不必自称属下，我已经不是沧雪神君了。从天道对我下达诛杀令的那一刻起，我就只是昆仑山出来的叛逆羽烛白。直接叫我的名字好了。”

清融一板一眼地说：“是。”

羽烛白无奈地笑了起来，觉得他这副死心眼的样子倒是和上官策有些像。

“羲和杀了几个神祇，天谴落下来好几次，他都没死，反而比之前更强了。”清融说，“您打算怎么对付他？”

“他不是没死，只是‘重生’了。”羽烛白说，“你们守住无量天外围，我会设法将他镇压在昆仑山下。”

“是，我等一定死守无量天，不让他逃出。”

羽烛白沉默片刻，说：“不，我让你们守住无量天，是为了不让人进来。任何人都不行。”

清融愣了一下，纵然疑惑不解，但沧雪神君的积威使得他下意识地答应了下来，也没有追问原因。

“说了我已经不是沧雪神君了。你比我还大，这样毕恭毕敬地对我，在人间我可是会折寿的。”羽烛白玩笑道。

清融抓了抓额角，不好意思地笑起来：“可是属下已经习惯了，一时间很难改过来，相信其他人也是。沧雪神君不止是您的尊号，也是一个传说，一个符号，不是天道说剥夺就能剥夺的虚名。”

“太相信我的人都死了。”羽烛白挥了挥手，示意他退下，“我想一个人待一会儿。”

白珏戳了戳人偶柔软的脸颊，又小心翼翼地摸了摸她的睫毛，越发觉得羽烛白说的掩人耳目是在忽悠自己。

这人偶看上去虽然和常人无异，但安安静静的不像个活人，能掩谁的耳目？只怕是为了寻个理由把她留下来保护他们。

上官策见不得他那副猫嫌狗不待见的贱样，一会儿捏人偶的脸，一会儿拽她的头发。人偶也不发火，只是抬起一双澄净的眸子看看他，又坐着不动了。

“你能不能放过她？”上官策忍无可忍，拍着桌子说，“滚过来。”

白珏懒得跟他吵，认真地问：“她既然和真人没什么差别，那她要吃饭吗？”

上官策被问住了。

容许无奈至极：“小舟这明摆着是给我们留了个护身符，不是给我们留了个祖宗。”

白珏收了神通，几步跨到容许身边，讨好地给他捏肩：“掌门师兄，我想下山。”

“你下山干什么，找死吗？”

清凌凌的声音响起来，三个人都吓了一跳。

那呆滞的人偶“醒”了过来，身上终于有了一丝鲜活的气息。羽烛白借人偶的眼睛看清了三人脸上错愕的神情，有些不满道：“都是修道的人，不要露出那么没见识的表情可以吗？你们的眼神好像在看猴子。”

白珏拍着胸口舒出一口气：“还好师兄我洁身自好，昨天这人偶坐在池子边的时候我没脱衣服下水洗澡，不然我就清白不保了。”

人偶对着他扮了个鬼脸："谁要看你洗澡，你有什么好看的？"

白珏自觉受到了莫大的侮辱，一拉领口就要让她见识见识自己有什么好看的，被容许一巴掌摁着脑袋拍到了桌子上。

院子里鸡飞狗跳的，羽烛白说馋了，容许就去厨房里熬了甜甜的绿豆沙。

甜丝丝的味道从人偶的嘴里流到羽烛白舌尖。

夜渐渐深了，人偶一动不动，容许以为她已经走了，便拢着衣服回房休息了。上官策也去了藏书阁，他现在像是在里头扎了根，大有跟那些古籍孤本过下半生的意思。

只有白珏没脸没皮地坐到人偶旁边，把先前被他弄乱的头发梳好。

"没想到三师兄不仅胆色过人，连头发都梳得这么好。"人偶毫无预兆地开口，"你游历四方，还有给女孩梳辫子的经历？还真是阅历深厚、见多识广。"

白珏捂着心口："你下次出声之前能给个提醒吗？哑巴突然开口挺吓人的，何况现在三更半夜。你三师兄我能文能武，梳个头发算什么。我在外头风里来雨里去的，没点本事怎么活到今天。"

人偶捧着那只空碗，低垂的睫毛纤长。

"你真的吃了很多苦。以前我觉得你没心没肺的，跟我养的那只狐狸一个德行，烂泥扶不上墙。没想到你也有独当一面的一天。"

"喂，我还在呢！"白珏瞪她，"说我坏话至少也要背着我吧？"

人偶笑得灿烂："这叫先抑后扬，贬你是为了夸你，没听出来吗？"

白珏恨恨地掐了一下她的鼻尖。

"三师兄，你为什么想下山？"人偶突然问。

隔着千里江山和无边云海，羽烛白轻声问出了这个问题，像是在问白珏，又像是在问她自己。

"这事要说起来呢，可就是小孩没娘说来话长了。"白珏将双手枕在脑后，靠在柱子上仰头看着夜空中明亮的星子，"当年师尊那个坑蒙拐骗的，仗着江楼师伯还没被他败干净的名声，说我是块修剑道的材料，把我忽悠上了山。我爹对我没有别的期待，别为了家产回家跟我哥拍桌子，闹垮了家族根基就行，所以就让我上山了。

“我那时候年纪小，根本不知道师尊是跟我爹串通好的还是他真的欣赏我，反正我修为也稀松，在哪里当废物不是当呢？就这样过一辈子好像也不错。”

羽烛白在心里默默补充，可是后来鹤风死了，苏若秋也死了。

白珏略过了这一节没有说：“我在山下说好听了是斩妖除魔，说难听了就是欺软怕硬，打得过的妖邪我就打，打不过的就跑，也是命大，居然没把自己给葬送了。多多少少的，我也见了一些可怜人吧。我以前觉得自己就是天底下顶可怜的小孩，一生下来就被我爹安排得明明白白的，连自己选择的机会都没有。后来我发现，有的人连活着都是如此艰难。

“我是个没本事又心软的人，明明自己过得不怎么样，居然还善心泛滥地同情其他人。偏偏是我这样的人修了剑道，是不是很可笑？但是我既然师承九嶷山，就要守九嶷山的规训，逢乱必出、平靖山河。我们九嶷山千百年来也就出了江楼师伯一个英才，多的是平庸之辈，但天下大乱的时候，顶在前面的也是我们九嶷山的弟子。我师尊没了，但我不能辱没他的名声。”

白珏对着月光伸出自己的手，掌心里有厚厚的一层茧，他收拢五指，是个握剑的动作。

“死又怎么样，谁还能不死呢？是个人都怕死，但我们总要坦然地面对死亡。在一个已知的结局前屁滚尿流，未免太难看了。”

“是啊，说得真好。”羽烛白低声说，“我都想给你鼓个掌了。”

白珏转过来看着她，抬手往她的脑门上敲了一下：“你怎么心事重重的，出了什么大事吗？”

“能出什么天大的事啊？”人偶挑挑眉，说，“就算是天塌下来了，也是我这样的给你顶着，轮不着你操心。”

“口气不小，弄个人偶都能把杯子给打碎了，还挺得意。”白珏觑她一眼，“不是我说，你学艺不精就别瞎显摆，那天这笨手笨脚的人偶把杯子打碎弄伤了手。她顶着你的脸，大师兄就没办法无动于衷，心疼得不行。今天你又来讨绿豆沙喝，显然你跟人偶通感，大师兄那么聪明的人，今天又要睡不着了。下次小心一些。”

羽烛白心里想，没下次了，但面上仍然甜甜地笑道：“好。”

须延天。

羽烛白睁开了眼睛，扫视不安的人群。她手边的止霜剑兴奋地震颤着，撞得剑鞘“叮叮当当”地响。剑不平则鸣，指向兵戈嘈杂之地，强烈的杀机总能唤醒饮过鲜血的刀剑。

羽烛白抬手按住止霜，强行抚平了它的躁动。

她抬头望去，天狼星正缓缓滑到紫薇垣正中。

天狼星，主杀戮。

羽烛白提剑起身。

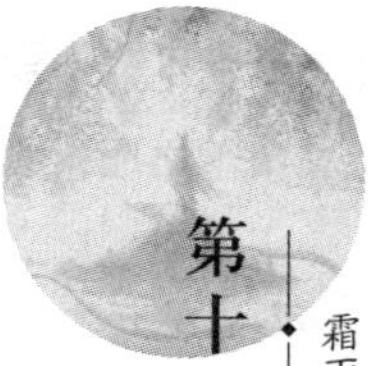

第十章 霜灭

墨寒川踏着淅淅沥沥的雨走上九嶷山，满山的梨花和枝叶被雨水洗濯出耀眼的素白和浓郁的苍翠。他一眼便望见了那个和羽烛白长得一模一样的女孩。

她正坐在阶上，低头捏着一枚精致的点心。

白珏靠在一边，苦恼地看着她，听见动静便抬起了头。

“小师叔。”白珏下意识地喊。

“嗯。”墨寒川点点头，走到女孩身边拿走了点心，仔仔细细擦干净了她的手指，“这是寄托了她力量和意志的人偶，在她没有控制人偶的时候，人偶不会做命令之外的事。所以她不会吃这个点心的，拿走吧。”

白珏挠了挠额角，说：“那她总会有控制人偶的一天吧？昨天晚上还跟大师兄撒娇要吃绿豆沙来着，所以今天才给了她这个。”

“她去哪里了？”墨寒川转而问。

白珏踌躇片刻，照实说：“她说，这次她就不等你了。”

不知为何，白珏觉得这句话对墨寒川来说过于残忍了，这句平平无奇的话像是一根钉子，死死地将他钉在了原地。

白珏甚至能听见雨点打在他伞檐上的声音，像是在叩问谁中空的心脏。

他默默地走开了，留下一无所知的人偶和墨寒川在雨中。

墨寒川觉得这大概就是报应，在他一次次试图抛下羽烛白独自前行之后，羽烛白终于也抛弃了他。他伸手摩挲着人偶温软的面颊，人偶毫无反应，连一丝疑惑不解都没流露出来，仿佛他只是一团空气。

“对不起啊。”墨寒川轻声说。

白珏听见纸伞落地的声音走出来时，只看见人偶一个人坐在那里，墨寒川早已消失得无影无踪。

“你还是来了。”

羲和坐在梧桐林间，还是从前那般素袍广袖的模样，像是什么都没发生过，他还是无量天那个众人皆知的老好人。他听见地上枝叶断裂的声音，睁眼望向声音来处。

羽烛白冷眼看着这位罪魁祸首，惊奇于自己竟没有想象中的愤怒和仇恨，内心一片澄净。

“别说的像是你很遗憾似的。”羽烛白丝毫不领他的情，“你还留在梧桐荫干什么，无量天都被你拿捏在手里了，还不砸了神帝的殿宇耀武扬威，等什么呢？等天道给你加冕吗，还是等离曜回魂来和你叙述兄弟之情？”

羲和有几分讶然地挑了挑眉：“你是为了离曜来的？我以为你们的关系并不好。”

“你真的杀了他。”羽烛白握紧了剑柄，看他的眼神一寸寸地冷下去。

“是啊，我杀了他。我那么用心地培养他、保护他，就是为了今天。他越强，作为我的食物就越合适。”羲和舒展着自己的指节，享受似的听着关节爆响的声音，“凤凰是不死的，能杀死凤凰的只有凤凰自己。他不能说是死了，但确实不算活着。”

“他一直不相信你是那个叛徒，”羽烛白咬着牙关，“你演得可真好。”

“如果他真的从未对我有过一丝疑虑，那你今天就不会站在这里了。”羲和平静地说，“沧雪，此事与你无关。天道崩塌在即，你没那个本事力挽狂澜。你不是和昆仑君互相倾慕吗，和他去过与世无争的日子多好。走吧。”

羽烛白充耳不闻，拔出止霜，雪亮的剑刃上映出羲和烦躁的表情。

“你真是和小时候一样固执。”羲和撕破了和善的面具，随着话音落下，指下两道琴音以迅雷不及掩耳之势劈向羽烛白。

羽烛白一剑劈碎了来势汹汹的琴音，剑风之暴烈，将她周遭一片枝繁叶茂的梧桐林摧折无数。羲和在她挥剑的刹那飞跃至空中，就在他离开原地的时候，寒光闪闪的冰锥和剑气把他身下的地面戳得千疮百孔。

羲和踏着风站在半空中，居高临下地看着地面上的羽烛白，像是主人在看胡闹的小猫。

他伸出手去，仿佛要摸摸她的头，空中却传来缭乱如刀剑相击的琴音，随之炸裂开的还有纯净的凤凰真火。赤金色的火焰像是海面上的风暴，对着林中纤细的女孩卷去，轻易就能将她碾成粉末。

炽热扭曲的热风中，羽烛白仰起了头，瞳中仿佛有银色的波涛起伏。风中纷飞的燃烧的草木、沙砾在她眼中汇聚成金色的星河，她像是被眼前壮丽的景象震住了，安静地站在原地没有动。

止霜猛地挥出一道直线，剑风破开了满目的烈焰和滚烫的空气，羽烛白顶着脑海中作乱的琴音，从那道缝隙中飞掠而过，欺身逼至羲和面前。

通明剑诀！

羽烛白只在江南看过一眼那位“天下第一人”独创的剑诀，但一眼已经足够她领悟其中的精髓。挥剑的瞬间她抛却了所有，心中只有一线澄明的剑意，足以劈开一切阻挡她前路的敌人！

少女雪白的长发在金色的烈风中飞扬，仿佛被阳光照耀的新雪。她毫不犹豫地提剑对着羲和的眼睛挥去，剑锋掠起的寒霜飞溅。

“当”的一声，止霜撞在了枪尖之上，羽烛白难以置信地顺着那柄长枪看过去。她看见了赤色的光影在羲和身后舒展开，俊朗逼人的少年身后扬起巨大的羽翼，单手握枪挡住了她必杀的一剑，随后腕上用劲，将她震飞了出去。

羽烛白的心肺都在颤抖，神魄法相的威力不容小觑。她在空中倒翻两圈后堪堪停下，凝视着那个熟悉的神魄法相。

离曜的神魄法相。

羲和的瞳中仿佛有金色的火焰燃烧，他露出一个神秘的微笑，竖起一根手指抵在唇前。羽烛白浑身上下的鸡皮疙瘩都起来了，一股说不清道不明的怒火从她的胸腔一路肆虐，冲上了她的天灵盖。

另一团金色的光影从羲和身后凝出了青年挺拔的身形，他盘起一条腿放着七弦古琴，衣间的褶皱上有细细的光和火焰流淌。他垂眸抚琴，眼中空无一物。

两个神魄法相。

离曜是真的被他“融合”了，连着神魄法相一起成为了羲和的武器。

羽烛白咽下喉咙里的血沫，躲开了神魄挥来的第二枪，反手将掌心里莲花与龙的法印拍在了枪尖上。

“昆仑君，你不能进去。”清融拦住了神色凝重的墨寒川。

“你们让她一个人进去和羲和交手？”墨寒川冷笑一声，“滚开。”

“你不明白羲和如今的情况，数量在他面前没有意义，我们就算和沧雪神君一起进去，也只会拖累她。”清融好声好气地说，“更何况，这是沧雪神君亲自下达的命令，谁都不能进去。”

“我只说最后一遍，滚。”

就在这时，玫瑰色的光染红了半个无量天的苍穹。

墨寒川和清融同时抬头，都知道那是羲和的神魄法相。清融还要说什么，已经被墨寒川掐着脖子扔了出去。墨寒川手上一点劲都没留，清融砸得地面开裂。

“你最好祈祷她平安无事，否则每个推着她走进无量天的人，有一个算一个，我全都不会放过。”

法印迎上枪尖的那一刻，巨大的冲击从羽烛白的掌心一直贯穿到心脏，撞得她头晕目眩。

然而她没有松手，幽蓝色的光晕氤氲开来，垂眸执剑的少女站在莲海之中，发丝随着突降的霜雪飞扬。

少女的虚影抬手对着长枪挥剑斩落，白色的寒霜裹住了烈焰。剑锋顺势对着持枪人的面门划了过去，直取那双金色的眼睛！

琴声骤然响起，不偏不倚地撞上了她脑子里最脆弱的那根弦，她手腕上一软，差点就要跪倒下去。但羽烛白狠狠地咬破了自己的舌尖，无视脑中挣扎不休的蜂鸣声，在转瞬即逝的迟疑后依然将剑推了出去。

但破绽就在一息之间。

离曜的神魄法相挥舞长枪，砸中她的胸口，硬生生地将人扫飞出去。

羽烛白的后背撞上一个熟悉的胸口，她屈起手肘撞在那人的胸膛上，把他往后推。

“昆仑君也来了，”羲和淡淡地说，“那就送你们一起上路好了。”

墨寒川一只胳膊锁住了挣扎的羽烛白，面无表情地抛出了一块闪闪发光的小东西。昆仑君最善奇门遁甲之术，羲和戒心大起，一道琴声击中了那块小玩意。

羽烛白瞪大了眼睛，她看清了那块小小的碎片。

那是镜心！

她扔进天池里的镜心！

千万面水银镜在瞬间铺展开，倒映出千千万万个羲和来，少年时坐在树荫下翻动书页的他；被神帝牵着手走进梧桐荫的他；涅槃之火里哭喊得撕心裂肺的他……还有那个小小的，趴在他后背上的女孩。

羲和从未见过女孩的模样，只能听见她的声音，偶尔她出现在自己面前，也只是一团勉强有个形状的光晕。

可是这一次他看清了，青铜镜能映出这世上所有的真相，没人能在镜宫里有秘密。

女孩的脸颊上带着一点婴儿肥，笑起来有两颗尖尖的虎牙。她趴在少年羲和的肩上，调皮地吹去落在他发上的花瓣。羲和嫌她烦，揉着她的脑袋把她往后面推。女孩不依不饶的，龇着小虎牙在他手上咬了一口。

“如果那个时候多陪她说说话就好了。”

羲和有种恍如隔世的感觉。

静谧安恬的画面随着水银镜中心的裂缝破碎，携着业火和厉风的羽箭刺向他的眉心。

羲和在星星点点的银色碎片中看见了墨寒川冷漠的表情和女孩碎裂的笑颜，他忽然笑出了声，不顾身后挥向他脊骨的止霜。

明亮不可逼视的火焰从他身上爆裂开来，十倍百倍地扩大，剧烈燃烧的空气横扫了整个无量天！纯白的莲海在沸腾的池水中化为灰烬，苍翠挺拔的梧桐树瞬间枯萎，被烧成一片焦炭。

凤凰清锐的长鸣响彻天地，每座山岳都随着太古神禽的嘶吼而颤抖。凤凰的每一根翎羽上都流淌着细碎的光芒和火焰，五彩的尾羽光彩熠熠。

暴虐的力量把空中的两人都震了出去。

羽烛白和墨寒川像是两颗背道而驰的流星，向着相反的方向坠落下去。

墨寒川离羲和较远，脑中尚有一线清明。他在急速的坠落中现出原形，穿过凤凰洒下的金色火雨接住了羽烛白。羽烛白脱力地躺在白龙坚硬的脊背上，缓缓蜷缩成一团，抽搐着呕出黑色的血块来。

镜心像是冉冉升起的白色星辰，在一片飞腾的烟尘中升起，落到了无一台上。

千丝万缕清澈的气息涤荡开来，羽烛白微微睁开了被血液黏住的眼睛，不知道接下来会发生什么。按照山墟君的推断，天道睁开了眼睛，该是天崩地裂的时刻了吧？

雷光轰鸣，天谴砸落在那个涌动着火光的庞大影子上。

凤凰在闪烁的雷光中坠落下去，然而羽烛白知道，事态还未平息。她强撑着跪伏起身，按着墨寒川岩石般粗粝的鳞片，说：“我们过去。”

“凤凰涅槃重生而不死，死亡只会助长他们的力量。”墨寒川说，“你过去送死吗？”

羽烛白也不跟他争，手上捏了个瞬移符，顷刻消失在他眼前。

墨寒川骂了一声。

羲和又看见她了。

他总在死亡的虚影中看见那个女孩单薄的身影，好像冥冥之中，她仍然寄居在他的脊骨里保护着他似的。雷火轰顶，羲和满身的光芒、烈焰散去，他像是断线的风筝一样从云间坠落下去。然而他并不害怕，他知道死亡对自己而言只是另一种开始。

他只是稍微有点累了。

羲和清晰地听见停滞的血液重新流动起来的声音，断裂的骨骼从脏器中拔出来，生长、扣合的声音，乃至于神魄上的灼痛都消散下去了。

他在风中握紧了手指，感受着力量一点点倒流回身体的感觉。

剑锋突然逼近他的眼睛，羲和猛地握住了冰削成的剑锋，掌心立刻流出血来。

鲜红的血珠从他手上落下，直坠入身下苍茫的山谷。凤凰的血染红了透明的剑锋，立刻燃烧起来，把锋利的杀机融成了一摊水。

羽烛白当机立断，抛去了剑柄，一脚踩在羲和的胸口上，把他踹飞出去。

"我一而再再而三地放过你，你就这么想我死？"羲和站定了，摊开双手，"除了算计墨寒川上无量天，我也没什么对不起你的吧？他不也没死吗，还好端端地回到了你身边。难道你真的是为了所谓的'公道正义'，才对我不依不饶吗？"

羽烛白握剑在手，止霜映出她一双清亮的眼："我也很好奇，你凭什么觉得你配对我说教？"

"天道爱众生，却不爱众生之中的任何一个人。神帝也是如此，口口声声说着为了天道，为了苍生，他可在意过苍生中任何一个人的死活？没有。你那个凡人师姐不就是被他'牺牲'掉的吗，直到死都不明白为什么。"羲和认真地看着她，"连山墟君都觉得这样虚伪的公平不值得，你又在执着什么呢？"

“你不配提山墟君。”羽烛白冷冷地说。

“羽烛白，你可怜白衣江神女，可怜镜心宿主，但谁又来可怜你？你不过也是祭坛上的羔羊罢了，还妄想拯救别人，简直可悲又可笑。”羲和冷笑起来，眼瞳中闪烁着嘲讽，“你真是一如既往的孩子气。还是说你也认可神帝那一套‘为众人牺牲一切’的说辞？只有被保护的人才会称颂这种愚蠢的牺牲，被牺牲的人都是没有唇舌的哑巴！”

“你这样的人，是永远没有办法理解神帝的。他如果是慷他人之慨的小人，我今天就不会站在这里。他可以为了天道的平衡牺牲所有人，包括他自己。”羽烛白道，“你觉得自己无辜又可怜，你满心的愤恨，想要这天下人为你的仇恨送葬，你比天道还不堪，居然还有脸在这里大放厥词！”

下雪了。

白珏震惊地见证了六月飞雪，也不知道是什么样的冤情才逼得老天爷在这种酷热的季节里拉下脸来。

他一面用大氅把那无知无觉的人偶裹成了粽子，一面把她往屋子里拖。但人偶却握住了门框，死活不肯走，也不出声，还反手把他塞进了门里。

上官策急匆匆地从屋子里奔出来，看见对门发呆的白珏，问：“你在干什么？”

“反思自己是不是近来修为懈怠了。”白珏直愣愣地看着自己手腕上的一圈红印，“那人偶看着呆头呆脑的，力气居然这么大，我刚刚压根动不了！”

“她去哪儿了？”上官策也是怔住了。

“不知道啊，她把我推进来了。”白珏伸手去拉门，脸色剧变，“这门上被人施了法术，她把我们锁住了！”

容许听见动静走出来，皱眉看着他们，扬手打开了水镜。

水镜映出了山下的场景，那白发银瞳的人偶迅捷地穿梭在林中，很快抵达了山脚。

三人都狠狠打了个寒战，山脚赫然站着一群鬼气森森的鬼修！

天下逢乱必降大雪，这是怨气横生之兆。

白衣江水君行走在白衣江岸边，伸手抚平了怒吼的江水。

他没有立刻起身，只是低头看着江水中自己的倒影发呆。仙人是不会老去的，而大部分仙人都将自己的容貌保留在青春靓丽的那一刻。他这般白发苍苍快要入土的样子，倒像是坊间里早早定下了寿衣等死的老人。

“伯伯，别离水边那么近，会掉下去的。”一个矮小笨拙的影子费力地把伞挪到他头上。

水君心不在焉地看了他一眼，僵住了。

小石头精也愣住了：“你是沈玉的父亲……不，你是神仙。你飞升了？那沈玉呢？我找了你们好多年，一直没有你们的音讯。沈伯伯，沈玉在哪里？”

他看水君迟钝呆滞的模样，有些迟疑地问：“你不记得我了？我是道观边上的小石头精，从前常常陪沈玉玩的那一个。”

水君点了点头：“我记得你。”

小石头精雀跃起来：“我就知道你记得！沈玉呢，沈玉也飞升了吗？还是在修炼？您可以带我去见他吗？”

“他死了。”

止霜剑碎了。

羽烛白满手的伤口和血，来不及感伤山墟君给她留下的唯一一件东西也没了，就急急忙忙地侧身躲过砸落在地上的火色巨蟒。漆黑的山谷陷入了火海中，羲和身处火海中心，漫不经心地看着她，仿佛她是自己手心里的一只小虫。

两个神魄法相俯视着她，而无量天上的莲海被毁去，神帝的力量根基也随之衰弱，法印已经失去了最初的威力。

三枚羽箭破空而出，直取羲和的双眼和眉心。

羲和错身躲过的同时，铺天盖地的火焰织网出现了缝隙。墨寒川把羽烛白揽到他身后，带着她退出了火海。羲和看见他就想起镜宫里转瞬即逝的旧人，恼怒之下，两个神魄法相同时对着他们砸下攻击。

墨寒川挣脱了羽烛白的手，凛冽的冰雪铺陈开来，拉弓引弦的少年在银白色的光辉中站起来，像是从雪山中雕出的神像。他射出的三支箭都被火光吞没了，转而以长弓格挡住了砸落的长枪。

琴声如利刃般从他身上滚过，神魄法相闪烁起来，却没有后退一步。

“快走。”墨寒川的齿缝间渗出了血。

“我还有最后一个办法。”羽烛白贴在他的耳边，微凉的气息拂过他的颈侧，“寒川，记得找一个温暖的、即便是冬天水也不会结冰的地方生活啊。就像我们说好的那样。”

墨寒川在强大得难以呼吸的压迫感中回头看了她一眼。

羽烛白笑了起来，容光粲然，连阳光都黯然失色。她做出握剑的动作，千山万水都在她指间跪伏，九天十地的生灵莫不臣服。一道灰色的光自昆仑山掠出，落到了她的手里，她轻描淡写地挥剑，剑锋划出一道优雅的弧线。

密不透风的杀机骤然溃散，墨寒川压抑在肺里的空气猛地吐了出来。他不安地去抓羽烛白的手，却只触碰到她翻飞的衣角。

他看清了羽烛白手里的剑。

那把被当作摆设扔在神殿里的“定八荒”。

羽烛白忽地暴起，定八荒和她手心里残存的神帝法印交相辉映，莲海的气息熄灭了凤凰永不熄灭的火焰。羲和惊骇之下后退一步，挥出数十道琴音，长枪对着她的头颅挥出。

羽烛白无视一切，定八荒如快刀裁纸般切开了两个叠合在一起的魂魄。

羽烛白觉得有人站在自己的身后，那个不可一世的小凤凰在关键时刻挣脱了兄长的桎梏，替她挡下了那一枪。一次呼吸的时间已经足够，羽烛白推着定八荒穿过飘散的火焰，刺进了羲和的眼睛。

羲和痛苦地嘶吼起来，羽烛白抓住他的衣领，锁死了他周身的经脉。

墨寒川摇摇晃晃地走近她，他觉得自己要彻底失去她了。

“烛白，不要。”墨寒川嘶哑着声音说。

“寒川，再见。”羽烛白轻声说。

白龙腾空而起，抓着人事不省的羲和直上重霄。

第十一章 沧雪

白龙庞大的身躯落到无一台前，连带着羲和滚了出去。

羽烛白无力地化出人形，看着走下无一台的天道。那其实只是一团闪烁着微光的雾风，隐约能看出个人样来。天道靠近的时候，羽烛白竟然觉得莫名的安详。

“沧雪神君。”天道对着她点了点头。

“我没力气了，”羽烛白踢了一脚羲和，对天道说，“你自己处理吧。”

天道低头看了一眼血迹斑斑的羲和，挥挥手，十二道沉默的白影出现，把羲和围了起来。

羽烛白还以为十二劫上次已经被她砸碎了，没想到还在。但她已经没有余力思考这些了，她攥着天道的领子才勉力站起来。

“我要怎么做？”

“你为什么要这么做？”天道反而问，“山墟君恨天道，你应该也恨。天道让你们失去了很多。可是你不惜燃烧神魄才握住定八荒，是为了救你心爱的人吗？他应当更想你活着和他一起生活。”

“哪里有那么多为什么？”羽烛白喃喃道，“难道要我看着这世间千疮百孔，我自己逍遥快活吗？我做不到，山墟君不是这么教我的……寒川也不是。天道剥夺了我很多东西，可是没有天道的话，寒川也许等不到被山墟君收养的那一天就死了，其他人也是一样。我恨你没错，但你活着能救更多人。

“别废话了，我快站不起来了。我要怎么做？”

“我明白了。”天道让开了通往无一台的路，指着那座白色的高台说，“你走上去就可以了。在此之前，我可以答应你一个愿望。”

“这是契约吗？”羽烛白带着血色一步步走向无一台，“我可以要两个吗？”

“说来听听。”

“我想要镜心宿主的名字重新出现在生死簿上。”羽烛白踏上了第一级台阶，“还有寒川……忘记我。”

墨寒川冲进无量天的时候，被清融扶了一把。

他已经听不见了，只能看见清融的双唇张张合合，隐约是“沧雪”两个字。墨寒川踉踉跄跄地奔向无一台，一眼就看见了拖曳着血色的白色台阶。

他不知道自己是怎么走上无一台的，神魄被压制、骨骼被碾得“咯吱”作响。

墨寒川走上高台，看见了那个被包裹在白色丝线中的女孩。她像是睡着了，神色安详，就像小时候枕在他的膝头，在午后的阳光中熟睡。

墨寒川把她从那些丝线中剥了出来，手指被割得鲜血淋漓。

羽烛白竟然在这种时候睁开了眼睛。那双仿佛盈着月光的眼睛此刻只有混浊的灰色，她已经看不见了。她试探着伸手去摸墨寒川的脸颊，睫毛微微地颤动着。

“是寒川啊……”羽烛白的声音很轻，像是风一吹就会散掉。

“嗯，是我。”墨寒川的眼泪落下来，滴进她的眼睛，“我来带你回家了。”

“好啊，”羽烛白又闭上了眼睛，“你可以抱紧我一点吗？我有点冷。”

“好。”

墨寒川收紧了怀抱，白色的女孩沉沉睡去，在他怀里散作了白色的星辰，随风而去。

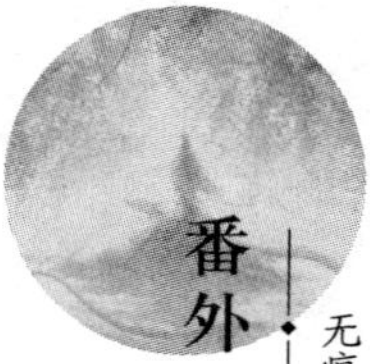

番外一 无痕

生死簿上那个名字再次浮现的时候，判官已经急得快哭出来了。

他任职多年，从没动过这生死簿一根手指头，生怕出什么乱子。结果这玩意儿跟成了精似的，之前这个名字无故消失，现在又莫名其妙地回到了生死簿上，疯狂地踩踏判官脆弱的神经。

鬼王饶有兴味地抚摸着那个名字。

“苏若秋”三个字下面的命格已经不是“不得好死”，而是原来的“命途坎坷，但至情至坚，当有大功德”。

“抖什么，这不是好事吗？”鬼王轻飘飘地撂下这句话，抬脚往忘川河边去了。

白珏是在河边遇到那个小姑娘的。

离那次六月飞雪已经过去了十年，那人偶当天把师兄弟三人锁在山上，孤身下山，宰了围攻九嶷山的所有鬼修。

那天以后，人偶照旧任由他们摆布，不会哭也不会笑，无悲无喜地看着他们在九嶷山上来来去去。人偶再也没有在某个深夜突然开口，向容许讨一碗绿豆沙喝，只是在危险降临的时候才苏醒，挡在他们面前。

四处流浪的小石头精也死了，死于天谴。

他杀了白衣江水君。尽管时至今日白珏也没弄明白，这小小的精怪怎么能有这种本事和胆子。小石头精带着满身的血上了九嶷山，要和白珏做最后的告别。

他很平静地说："沈玉曾经和我说，要是一个人死了，却没有人为他流眼泪，那应该是相当悲哀的一件事。所以你能为我哭一下吗？一次就好。"

"你不找他了？"白珏皱眉看着他。

"不找了，找不到了。"小石头精摇摇头，"白道长，你是个好人，谢谢你连日以来的照顾。我没有什么可以报答你的，就祝你平安顺遂，心想事成好了。"

白珏生出一点怜悯来，摸了摸他的头说："我答应你。"

小石头精叩谢白珏之后走到九嶷山前的空地上，仰首面对倾泻而下的雷霆。

他没有告诉白珏，白衣江水君自始至终都未曾反抗，也没有说自己其实并不在意死得悲哀不悲哀。他只是觉得沈玉死的时候，水君肯定没有哭，而自己是妖，也哭不出来，所以仗着白珏心善，想为沈玉向白珏讨一滴眼泪。

上官策和容许都没什么改变，白珏又背着剑开始游历。

他下山的时候，人偶坐在盛放的梨花树下，一只蝴蝶停驻在她的指尖。她朝门边的白珏看了一眼，那一刻白珏的心悸动起来，以为羽烛白又回来了。但人偶只是看了他一眼，复又低下头去。

白珏走到一处繁华的小镇，有一条河贯穿了整个镇子，来来往往的客商划着小船做交易。白珏租了一艘小船，在月上中天的时候坐在船边看水中破碎的月影。

水边忽然传来歌声，是有人在唱那支《无题》，江楼和萧暨一叶湖论道的往事仍然是修真界津津乐道的美谈。

如今的仙盟盟主正是萧暨的徒弟松石，他花了很长的时间和各个门派周旋，重组三司，平息了鬼修和魔修制造的混乱。期间几次差点被人暗杀，都是容许和白珏出手相救。

仙盟把钉子撒向了整个人间，稽查司的范围前所未有的广，无论何处有妖邪作祟，都逃不开仙盟的眼睛。

白珏觉得这歌声清婉悠扬，想看看唱歌的人，却在目光触及那女孩时全身僵住。

那是个约莫十岁左右的小女孩，穿着粗布衣裳，小脸圆嘟嘟的。她挽着头发，一边唱歌一边玩水，没束紧的一缕头发在颊边晃晃悠悠。

她白皙的额头上有一抹红痕。

白珏花了很长的时间查探女孩的消息，得知她姓秋，单名一个晚字。

秋晚是镇上一户糊灯笼的工匠家里的小女儿，因着有个疯疯癫癫的老道曾指着女孩额头上的印记说此乃血光，这女孩在上辈子是个杀人如麻的女魔头，她又不爱说话，家里人便不大待见她。

白珏给了邱家一袋金子，带走了秋晚。

秋晚没有哭闹，只是安安静静地看着大喜过望的家人和这个走到她面前来的漂亮哥哥。不知道为什么，她分明是第一次见白珏，却觉得他十分亲切熟悉。

“叫秋晚是吗？”白珏按着膝盖，微微俯身和她平视，“‘晚来天欲雪，能饮一杯无’，是个好名字。你想修仙吗？”

秋晚没有修仙的概念，但她本能地亲近这个人，于是用力点头。

白珏如释重负地吐出一口气，他本来已经做好了被拒绝的打算，小师姐无论前世今生，看上去都不太好亲近。如果秋晚不愿意和他走，那么他就把人送到江南白家去，总归是不能让人在这里接着受委屈的。

他抱起了女孩，把随身带着的锦囊塞到她手里，用无人能听见的声音说：“小师姐，我们回家了。”

秋晚晃了晃手里的锦囊，里头的碎铁“叮叮当当”地响。

九嶷山上的梨花也快要开了。

番外二 不信人间有白头

江南玉城的积云巷里住了位墨公子。

他搬来的那天，半个巷子里未出嫁的姑娘都从轩窗推开的缝隙里偷看他的白衣。雨丝缥缈，墨公子打着纸伞走过青石板，只是经过便惹红了无数姑娘的脸。

他似乎没有成婚，不知为何也没有家人，除了零零星星几个客人上门拜访，就只有一只八哥作伴。

知道他的男人都酸溜溜地说，这样一个没家业又没功名的男人，嫁给他只能喝西北风。而玉城高门大户的千金小姐都咬着手帕，只恨墨公子不肯吃这口软饭，扬言有情饮水饱，看着墨公子那张脸就像看完了下半生所有的风景，要什么家业功名？

墨寒川对此没有任何表示，只是可怜汀罗，从乌鸦到八哥，一次比一次没排面。

他是白龙山墟君的养子，在数十年前由凤凰羲和掀起的那场腥风血雨中受了伤，养了许久才能下地走动。也许是因为曾经重伤的缘故，他有许多事都记不清了，包括那位传闻中以身殉道的沧雪神君。

按理来说，沧雪神君应该是和他一同长大的青梅竹马，但他对这个人却没什么印象。

养好伤以后，墨寒川想看这山河平靖、河清海晏的光景，便离开了昆仑山。

他并不喜欢热闹，也不怕孤独，但莫名的，他不喜欢昆仑山那个地方。他的脑海里总有一个小小的声音，在催促他离开这里，去一个温暖湿润的地方。

所以他来了江南。

墨寒川在院子里种了很多花，姹紫嫣红的。玉城是江南最热的地方，一年四季都很温暖，即便是冬日也很少落雪，他的花便开得很好。

他种了一架蔷薇，一树海棠，又种了一丛杜鹃，花圃里总有蜂蝶流连。

但他总觉得少了什么，只是头太疼了，想不起来。

墨寒川不爱出门。

但巷子尾有一个小姑娘，因为眼睛看不见所以不能出门，墨寒川怜悯她小小年纪就吃这样的苦，无事可做的时候便去书馆里听一耳朵说书，回来讲给她听。

现下最时兴的，是一名叫“五剑客”的人纂写的《九嶷风华录》。只可惜笔者已经弃了这篇文章，写至师兄妹五人散落天涯，便没了下文。

墨寒川不知道这东西有什么可听的，写得粗浅又浮躁，只是少年人的意气风发力透纸背，尚有几分可读的意思。

冬日的早晨，墨寒川买了两屉点心，在书馆里听了说书先生自己补全的《九嶷风华录》，只觉得沧桑老气，连最后有点意思的少年气都没了。

他恨铁不成钢地摇着头离开了，心想还不如我自己编的好。

他走到巷子尾那间房子前，敲了敲窗户。

小女孩从里面探出头来，小声叫了一声“墨叔叔”。墨寒川摸摸他的头，把点心塞到她手里。

女孩跟个小松鼠似的吃完了两块点心，问他：“墨叔叔，《九嶷风华录》

有结局了吗？”

“没有。”墨寒川说。

女孩沮丧地低下头去。

墨寒川有些后悔，便改口说：“其实有的故事不需要结局。你看，他们师兄妹五个散落天涯，总好过生离死别对不对？故事不结尾，他们就有重聚的那一日。就算书的作者没有写，你心里也已经替他们写了一个最好的结局了。”

女孩听得愣住：“墨叔叔，你一定看过好多书吧？”

墨寒川怔住，问：“怎么这么说？”

“你说的话我听不懂，但是我觉得你好厉害啊！”

墨寒川笑了笑，又和她说了两句话，便拎着剩下的点心回家了。

他并不爱吃甜的，小女孩也吃不了多少。但是他却总喜欢买各种甜点心回家，放在那里慢慢坏掉。他模模糊糊地记得，有谁是爱吃甜的。

墨寒川推开门的动作有些大，汀罗扑棱着翅膀从柜子上狼狈地滚下来，连带着柜子里的东西都摔了一地。

搬来这里的时候，东西都是汀罗收拾的，他并没有过问。因而那满满十几个匣子的画像滚出来的时候，他有些茫然。

画像上都是同一个人，是墨寒川自己。

“这是谁画的？”墨寒川忽然心痛如绞，问汀罗。

汀罗咬着牙，说：“属下不知道。”

墨寒川已经把羽烛白忘了，虽然不知道是为什么，但遗忘总比带着痛苦活下去好。就算今天墨寒川宰了他，他也要梗着脖子说不知道。

但墨寒川什么都没做，只是把那些画像收起来，束之高阁。遍地的画像中有一幅颇为突兀，画上是四个并排的雪人，看着像墨寒川自己的笔法。但他想不起来是什么时候画的了。

墨寒川把画收好了，对汀罗说：“下次小心一些。”

汀罗松了一口气。

今年江南的冬天格外冷，傍晚的时候下了雪。

墨寒川呆呆地站在院子里，仰头看着飞旋而下的大雪，明明身处闹市之中，心里却生出无边的寂寥来。雪花缱绻万分地吻上了他的眉眼，像是某个人微凉的吻。但墨寒川什么都想不起来，脑海中一片空白。

莫名其妙地，他泪流满面。

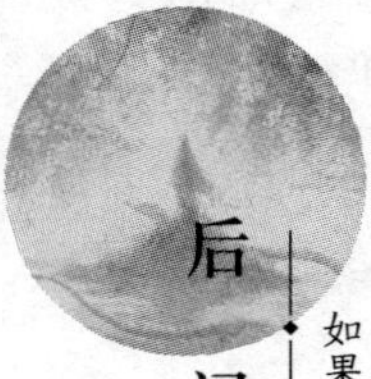

后记

如果没有西门豹

我的仙侠作品启蒙是《仙剑奇侠传三》，时至今日，我仍然会反复播放其中的插曲、某些片段。我生长在一个信息相对闭塞的乡镇，出门读书之前，电视和为数不多的书本是我认识世界的唯一方式。

这样一来，幻想文学不可避免地成了我的精神乌托邦。试想一下，即便身处荒野，我的世界仍然瑰丽缤纷，但我从未将这个世界和这种快乐袒露给任何人。我固执地认为没有人理解我，我并不是一个人缘很好的孩子，没有人会安安静静地听我说一下午故事。

大家更乐意去看黑猫警长和舒克贝塔。

我憋了许多年，在有点文字底子的时候，开始试着写故事。

《昆仑雪》的雏形诞生于我的高中，但其中第一个成形的故事《神女祠》的灵感来源于小学时的一篇课文《河伯的新娘》。

《河伯的新娘》主角不是河伯也不是新娘，而是个反封建迷信的大胡子西门豹。西门豹拯救了被献祭的少女，将迫害百姓的老巫婆沉江。

小学课本的插图上，西门豹威风凛凛，老巫婆涕泗横流。

时隔多年，我想起这个故事，却只是阴暗地揣测："真正的罪人难道只有巫婆吗？"

于是我从"河伯的新娘"这个角度，设计了白衣江神女这个人物，有意思的是，白衣江神女是个少年。女性在文学作品里往往给人脆弱、美丽和易碎的印象，这个设计只是灵光一闪。

无论男女，都只是祭坛上的祭品罢了。

前面提到过，我的仙侠启蒙作品是《仙剑奇侠传三》，所以我对悲剧和宿命感有一种执着。

神女是祭品，小师姐是祭品，连我们的女主角羽烛白自己也是祭坛上的羔羊。她们在无知无觉的情况下被推上神坛，被迫剖开自己的心肺，用自己的血和魂去续天下人的命。

羽烛白以为自己是西门豹，墨寒川也以为自己是西门豹，可他们谁都改变不了这个结局，只能看着名为"宿命"的小舟在江水的波涛间沉没。

即便你有移山填海之能，也难抵命运的洪流席卷而过。

而全书最令我意外的角色是大师兄容许。

原定的结局里他是要死的，死在血莲花池崩塌后，新仙盟保卫人间的战役中。这样的结局悲伤又壮烈，配得上九嶷山的年轻掌门这个名号，而在这之后白珏接过掌门印等等按下不提。

但小师姐去世后，容许和羽烛白第一次重逢，我修改了原定的结局。

我很难形容那个出场，但写到那一段的时候，万籁俱寂。容许和他的小师妹对视的瞬间，我生出一种感觉，好像这个人物活过来了，他走出了师门支离破碎的悲伤，带着他仅剩的家人们努力地往前走。

容许是第一个脱离我控制的人物，所以我放过了他。

我的朋友说这是个很消极的故事，男主角预见未来，做了他能做的一切，却终究无法挽回他最爱的人。

我不能否认这是个悲剧，但悲剧之外，这本书里也有希望的种子。总要有值得的东西证明牺牲是有意义的，否则会显得上苍和作者都很呆。

啰唆到这里，不得不提一下我的朋友长卿。

文章开头的时候遇到了很多困难，写得很费劲。长卿给我提了很多建设性的建议，虽然后面她因为对悲剧过敏所以没有看完全文，但在我创作的过程中也不断给我鼓励和督促。

嗨，长卿，你在看吗？

莫奈何